KB096198

고등학생 필독서

한국단편소설

국어 교과서 작품 읽기

고등학생 필독서 한국단편소설

국어 교과서 작품 읽기

발 행 | 2023년 04월 18일
저 자 | 이효석 외 5인
편 집 | 본투비문학연구소
펴낸곳 | 본투비
출판사등록 | 2022.02.22. (제2022-000022호)
주 소 | 경기도 고양시 덕양구 충장로 103번길 23
이메일 | born2behero@naver.com
ISBN | 9791169174008(43810)

고등학생 필독서

한국단편소설

국어 교과서 작품 읽기

글 - 이효석 외 5인

목차

머리말

한국인이 사용하는 교착어이고, 계통적으로는 알타이 어족에 속한다고 보는 것이 일반적이다. 한반도 전역에서 쓴다. 어순(語順)은 주어, 목적어(또는 보어), 술어의 순이며 꾸미는 말이 꾸밈을 받는 말의 앞에 놓이는 특성이 있다.

이러한 국어 교과서(敎科書) 교육 학교에서 교과 과정에 따라 주된 교재로 사용하기 위하여 편찬한 책에 수록한 한국이 가장 좋아하는 단편소설 작품을 수록했다.

청소년(靑少年)이 꼭 읽어야 할 한국 단편소설을 추천하며 청년과 소년을 아울러 19세 미만인 중학생(中學生), 고등학생(高等學生)이 한 번쯤을 읽을 만한 국어 교과서 수록 작품 읽기를 권장한다.

한국 문학사(韓國文學史) 또는 국문학사(國文學史)로 우리 문학이 고대에서 현대에 이르기까지 변화, 발전해 온 역사, 그것에 관한 학문을 토대로 '서울대·연세대·고려대 작품 선정' 필독서 다수 포함하였다.

한국 근현대 단편(短篇)은 짤막하게 지은 글로 길이가 짧은 형태의 소설. 보통 200자 원고지 70매 내외의 분량으로 인생의 단면을 독자적 관점으로 날카롭게 파악하여 간결하게 표현하면서 단일 주제로 단일 효과를 볼 수 있다.

소설(小說)은 사실 또는 작가의 상상력에 바탕을 두고 허구적으로 이야기를 꾸며 나간 산문체의 문학 양식. 일정한 구조 속에서 배경과 등장인물의 행동, 사상, 심리 따위를 통하여 인간의 모습이나 사회상을 드러낸다. 분량에 따라 장편·중편·단편으로, 내용에 따라 과학 소설·역사 소설·추리 소설 따위로 구분할 수 있으며, 옛날의 설화나 서사시 따위의 전통을 이어받아 근대에 와서 발달한 문학 양식으로 발전했다.

[일러두기]
- 이 책은 작가의 활동 시대 국문법을 따랐다.
- 한문, 사투리, 지명 등 옛 표기를 적용했다.
- 원문 소실, 삭제, 중략, 탈락한 문장을 그대로 적용했다.
- 문장 중 한국 정서에 맞게 수정 및 보완 되었다.

고등학생 필독서

한국단편소설

국어 교과서 작품 읽기

■ 동백꽃

오늘도 또 우리 수탉이 막 쫓기었다. 내가 점심을 먹고 나무를 하러 갈 양으로 나올 때이었다. 산으로 올라서려니까 등 뒤에서 푸드득 푸드득 하고 닭의 횃소리[1]가 야단이다. 깜짝 놀라서 고개를 돌려보니 아니나다르랴 두 놈이 또 얼리었다.

점순네 수탉(대강이가 크고 똑 오소리같이 실팍하게 생긴 놈)이 덩저리 작은 우리 수탉을 함부로 해내는 것이다. 그것도 그냥 해내는 것이 아니라 푸드득하고 면두[2]를 쪼고 물러섰다가 좀 사이를 두고 푸드득하고 모가지를 쪼았다. 이렇게 멋을 부려 가며 여지없이 닭아 놓는다. 그러면 이 못생긴 것은 쪼일 적마다 주둥이로 땅을 받으며 그 비명이 킥, 킥, 할 뿐이다. 물론 미처 아물지도 않은 면두(볏)를 또 쪼이며 붉은 선혈은 뚝뚝 떨어진다. 이걸 가만히 내려다보자니 내 대강이가 터져서 피가 흐르는 것같이 두 눈에서 불이 번쩍 난다. 대뜸 지게막대기를 메고 달려들어 점순네 닭을 후려칠까 하다가 생각을 고쳐먹고 헛매질로 떼어만 놓았다.

이번에도 점순이가 쌈을 붙여 놨을 것이다. 바짝바짝 내 기를 올

---

1) 횃소리, 닭이 홰를 치는 소리.
2) 면두, '볏'의 방언(황해)

리느라고 그랬음에 틀림없을 것이다. 고놈의 계집애가 요새로 들어서 왜 나를 못 먹겠다고 고렇게 아르렁거리는지 모른다.

나흘 전 감자건만 하더라도 나는 저에게 조금도 잘못한 것은 없다. 계집애가 나물을 캐러 가면 갔지 남 울타리 엮는 데 쌩이질을 하는 것은 다 뭐냐. 그것도 발소리를 죽여 가지고 등 뒤로 살며시 와서,

"얘! 너 혼자만 일하니?"

하고 긴치 않는 수작을 하는 것이다.

어제까지도 저와 나는 이야기도 잘 않고 서로 만나도 본체 만 척하고 이렇게 점잖게 지내던 터이련만 오늘로 갑작스레 대견해졌음은 웬일인가. 항차 망아지만 한 계집애가 남 일하는 놈 보구…….

"그럼 혼자 하지 떼루 하디?"

내가 이렇게 내배앝는 소리를 하니까,

"너 일하기 좋니?"

또는,

"한여름이나 되거든 하지 벌써 울타리를 하니?"

잔소리를 두루 늘어놓다가 남이 들을까 봐 손으로 입을 틀어막고는 그 속에서 깔깔댄다. 별로 우스울 것도 없는데 날씨가 풀리더니 이놈의 계집애가 미쳤나 하고 의심하였다. 게다가 조금 뒤에는 제 집께를 할금 할금 돌아보더니 행주치마의 속으로 꼈던 바른손을 뽑아서 나의 턱밑으로 불쑥 내미는 것이다. 언제 구웠는지 더운 김이 확 끼치는 굵은 감자 세 개가 손에 뿌듯이 쥐였다.

"느 집엔 이거 없지?"

하고 생색 있는 큰소리를 하고는 제가 준 것을 남이 알 면은 큰

일 날 테니 여기서 얼른 먹어 버리란다. 그리고 또 하는 소리가,

"너 봄 감자가 맛있단다."

"난 감자 안 먹는다. 너나 먹어라."

나는 고개도 돌리지 않고 일하던 손으로 그 감자를 도로 어깨 너머로 쑥 밀어 버렸다. 그랬더니 그래도 가는 기색이 없고, 뿐만 아니라 쌔근쌔근하고 심상치 않게 숨소리가 점점 거칠어진다. 이건 또 뭐야 싶어서 그때에야 비로소 돌아다보니 나는 참으로 놀랐다. 우리가 이 동네에 들어온 것은 근 삼 년째 되어 오지만 여태껏 가무잡잡한 점순이의 얼굴이 이렇게까지 홍당무처럼 새빨개진 법이 없었다. 게다가 눈에 독을 올리고 한참 나를 요렇게 쏘아보더니 나중에는 눈물까지 어리는 것이 아니냐. 그리고 바구니를 다시 집어 들더니 이를 꼭 악물고는 엎어질 듯 자빠질 듯 논둑으로 횡하게 달아나는 것이다.

어쩌다 동리 어른이,

"너 얼른 시집을 가야지?"

하고 웃으면,

"염려 마서유. 갈 때 되면 어련히 갈라구!"

이렇게 천연덕스레 받는 점순이었다. 본시 부끄럼을 타는 계집애도 아니거니와 또한 분하다고 눈에 눈물을 보일 얼병이도 아니다. 분하면 차라리 나의 등어리3)를 바구니로 한번 모질게 후려쌔리고 달아날지언정.

그런데 고약한 그 꼴을 하고 가더니 그 뒤로는 나를 보면 잡아먹으려 기를 복복 쓰는 것이다.

설혹 주는 감자를 안 받아먹는 것이 실례라 하면, 주면 그냥 주

---

3) 등어리, '등'의 방언(경남, 전라, 제주, 충청)

었지 '느 집엔 이거 없지.'는 다 뭐냐. 그렇잖아도 저희는 마름이고 우리는 그 손에서 배재를 얻어 땅을 부치므로 일상 굽실거린다. 우리가 이 마을에 처음 들어와 집이 없어서 곤란으로 지낼 제 집터를 빌리고 그 위에 집을 또 짓도록 마련해 준 것도 점순네의 호의였다. 그리고 우리 어머니 아버지도 농사 때 양식이 딸리면 점순이네한테 가서 부지런히 꾸어다 먹으면서 인품 그런 집은 다시없으리라고 침이 마르도록 칭찬하곤 하는 것이다. 그러면서도 열일곱 씩이나 된 것들이 수군수군하고 붙어 다니면 동네의 소문이 사납다고 주의를 시켜 준 것도 또 어머니였다. 왜냐하면, 내가 점순이하고 일을 저질렀다가는 점순네가 노할 것이고, 그러면 우리는 땅도 떨어지고 집도 내쫓기고 하지 않으면 안 되는 까닭이었다.

그런데 이놈의 계집애가 까닭 없이 기를 복복 쓰며 나를 말려 죽이려고 드는 것이다. 눈물을 흘리고 간 담날 저녁나절이었다. 나무를 한 짐 잔뜩 지고 산을 내려오려니까 어디서 닭이 죽는소리를 친다. 이거 뉘 집에서 닭을 잡나, 하고 점순네 울 뒤로 돌아오다가 나는 고만 두 눈이 똥그랬다. 점순이가 저희 집 봉당에 홀로 걸터앉았는데 이게 치마 앞에다 우리 씨암탉을 꼭 붙들어 놓고는,

"이놈의 씨닭! 죽어라, 죽어라."

요롷게 암팡스레 패 주는 것이 아닌가. 그것도 대가리나 치면 모른다마는 아주 알도 못 낳으라고 그 볼기짝께를 주먹으로 콕콕 쥐어박는 것이다.

나는 눈에 쌍심지가 오르고 사지가 부르르 떨렸으나 사방을 한번 휘둘러보고야 그제야 점순이 집에 아무도 없음을 알았다. 잡은 참지게막대기를 들어 울타리의 중턱을 후려치며,

"이놈의 계집애! 남의 닭 알 못 낳으라구 그러니?"

하고 소리를 빽 질렀다.

그러나 점순이는 조금도 놀라는 기색이 없고 그대로 의젓이 앉아서 제 닭 가지고 하듯이 또 죽어라, 죽어라, 하고 패는 것이다. 이걸 보면 내가 산에서 내려올 때를 겨냥해 가지고 미리부터 닭을 잡아가지고 있다가 네 보라는 듯이 내 앞에서 쮀지르고 있음이 확실하다.

그러나 나는 그렇다고 남의 집에 뛰어 들어가 계집애하고 싸울 수도 없는 노릇이고 형편이 썩 불리함을 알았다. 그래 닭이 맞을 적마다 지게막대기로 울타리를 후려칠 수밖에 별도리가 없다. 왜냐하면 울타리를 치면 칠수록 울섶이 물러앉으며 뼈대만 남기 때문이다. 허나 아무리 생각하여도 나만 밑지는 노릇이다.

"아, 이년아! 남의 닭 아주 죽일 터이야?"

내가 도끼눈을 뜨고 다시 꽥 호령을 하니까 그제야 울타리께로 쪼르르 오더니 울 밖에 서 있는 나의 머리를 겨누고 닭을 내팽개친다.

"에이 더럽다! 더럽다!"

"더러운 걸 널더러 입때 끼고 있으랬니? 망할 계집애년 같으니"

하고 나도 더럽단 듯이 울타리께를 횡허케 돌아내리며 약이 오를 대로 다 올랐다, 라고 하는 것은 암탉이 풍기는 서슬에 나의 이마빼기에다 물찌똥을 찍 갈겼는데 그걸 본다면 알집만 터졌을 뿐 아니라 골병은 단단히 든 듯싶다. 그리고 나의 등 뒤를 향하여 나에게만 들릴 듯 말 듯한 음성으로,

"이 바보 녀석아!"

"애! 너 배냇병신이지?"

그만도 좋으련만,

"얘! 너, 느 아버지가 고자라지?"

"뭐 울 아버지가 그래 고자야?"

할 양으로 열벙거지가 나서 고개를 홱 돌리어 바라봤더니 그때까지 울타리 위로 나와 있어야 할 점순이의 대가리가 어디 갔는지 보이지를 않는다. 그러다 돌아서서 오자면 아까에 한 욕을 울 밖으로 또 퍼붓는 것이다. 욕을 이토록 먹어 가면서도 대거리 한마디 못하는 걸 생각하니 돌부리에 채이어 발톱 밑이 터지는 것도 모를 만큼 분하고 급기야는 두 눈에 눈물까지 불끈 내솟는다.

그러나 점순이의 침해는 이것뿐이 아니다.

사람들이 없으면 틈틈이 제집 수탉을 몰고 와서 우리 수탉과 쌈을 붙여 놓는다. 제 수탉은 썩 힘상궂게 생기고 쌈이라면 홰를 치는 고로 으레 이길 것을 알기 때문이다. 그래서 툭하면 우리 수탉이 면두며 눈깔이 피로 흐드르하게 되도록 해 놓는다. 어떤 때에는 우리 수탉이 나오지를 않으니까 요놈의 계집애가 모이를 쥐고 와서 꾀어내다가 쌈을 붙인다.

이렇게 되면 나도 다른 배차를 차리지 않을 수 없었다. 하루는 우리 수탉을 붙들어 가지고 넌지시 장독께로 갔다. 쌈닭에게 고추장을 먹이면 병든 황소가 살모사를 먹고 용을 쓰는 것처럼 기운이 뻗친다 한다. 장독에서 고추장 한 접시를 떠서 닭 주둥아리께로 들여 밀고 먹여 보았다. 닭도 고추장에 맛을 들였는지 거스르지 않고 거진 반 접시 턱이나 곧잘 먹는다. 그리고 먹고 금시는 용을 못 쓸 터이므로 얼마쯤 기운이 돌도록 횃속에다 가두어 두었다.

밭에 두엄을 두어 짐 져내고 나서 쉴 참에 그 닭을 안고 밖으로 나왔다. 마침 밖에는 아무도 없고 점순이만 저희 울안에서 헌 옷을 뜯는지 혹은 솜을 터는지 웅크리고 앉아서 일을 할 뿐이다.

나는 점순네 수탉이 노는 밭으로 가서 닭을 내려놓고 가만히 맥을 보았다. 두 닭은 여전히 얼리어 쌈을 하는데 처음에는 아무 보람이 없었다. 멋지게 쪼는 바람에 우리 닭은 또 피를 흘리고 그러면서도 날갯죽지만 푸드덕푸드덕하고 올라 뛰고, 뛰고 할 뿐으로 제법 한번 쪼아 보지도 못한다.

그러나 한번엔 어쩐 일인지 용을 쓰고 펄쩍 뛰더니 발톱으로 눈을 하비고 내려오며 면두를 쪼았다. 큰 닭도 여기에는 놀랐는지 뒤로 멈칫하며 물러난다. 이 기회를 타서 작은 우리 수탉이 또 날쌔게 덤벼들어 다시 면두를 쪼니 그제서는 감 때 사나운 그 대강이에서도 피가 흐르지 않을 수 없다.

옳다 알았다, 고추장만 먹이 며는 되는구나 하고 나는 속으로 아주 쟁그라워 죽겠다. 그때에는 뜻밖에 내가 닭쌈을 붙여 놓는 데 놀라서 울 밖으로 내다보고 섰던 점순이도 입맛이 쓴지 눈살을 찌푸렸다.

나는 두 손으로 볼기짝을 두드리며 연방,

"잘한다! 잘한다!"

하고, 신이 머리끝까지 뻐치었다.

그러나 얼마 되지 않아서 나는 넋이 풀리어 기둥같이 묵묵히 서 있게 되었다. 왜냐하면, 큰 닭이 한번 쪼인 앙갚음으로 호들갑스레 연거푸 쪼는 서슬에 우리 수탉은 찔끔 못하고 막 곯는다. 이걸 보고서 이번에는 점순이가 깔깔거리고 되도록 이쪽에서 많이 들으라고 웃는 것이다.

나는 보다 못하여 덤벼들어서 우리 수탉을 붙들어 가지고 도로 집으로 들어왔다. 고추장을 좀 더 먹였더라면 좋았을 걸, 너무 급하게 쌈을 붙인 것이 퍽 후회가 난다. 장독께로 돌아와서 다시 턱

밑에 고추장을 들이댔다. 흥분으로 말미암아 그런지 당최 먹질 않는다.

나는 하릴없이 닭을 반듯이 눕히고 그 입에다 궐련 물부리를 물리었다. 그리고 고추장물을 타서 그 구멍으로 조금씩 들여 부었다. 닭은 좀 괴로운지 킥킥하고 재채기를 하는 모양이나 그러나 당장의 괴로움은 매일 같이 피를 흘리는 데 댈 게 아니라 생각하였다.

그러나 한 두어 종지 가량 고추장물 먹이고 나서는 나는 고만 풀이 죽었다. 싱싱하던 닭이 왜 그런지 고개를 살며시 뒤틀고는 손아귀에서 뻐드러지는 것이 아닌가. 아버지가 볼까 봐서 얼른 홰에다 감추어 두었더니 오늘 아침에서야 겨우 정신이 든 모양 같다.

그랬던 걸 이렇게 오다 보니까 또 쌈을 붙여 놓으니 이 망한 계집애가 필연 우리 집에 아무도 없는 틈을 타서 제가 들어와 홰에서 꺼내 가지고 나간 것이 분명하다.

나는 다시 닭을 잡아다 가두고 염려는 스러우나 산으로 나무를 하러 가지 않을 수도 없는 형편이었다.

소나무 삭정이를 따며 가만히 생각해 보니 암만해도 고년의 목쟁이를 돌려놓고 싶다. 이번에 내려가면 망할 년 등줄기를 한번 되게 후려치겠다 하고 싱둥겅둥4) 나무를 지고는 부리나케 내려왔다.

거지반 집에 다 내려와서 나는 호드기 소리를 듣고 발이 딱 멈추었다. 산기슭에 널려 있는 굵은 바윗돌 틈에 노란 동백꽃이 소보록하니 깔리었다. 그 틈에 끼어 앉아서 점순이가 청승맞게 시리 호드기를 불고 있는 것이다. 그보다도 더 놀란 것은 고 앞에서 또 푸드득, 푸드득, 하고 들리는 닭의 횃소리다. 필연코 요년이 나의

---

4) 싱둥겅둥. '건성건성'의 의미로 '싱둥겅둥'를 쓰는 경우가 있으나 '건성건성'만 표준어로 삼는다.

약을 올리느라고 또 닭을 집어내다가 내가 내려올 길목에다 쌈을 시켜 놓고 저는 그 앞에 앉아서 천연스레 호드기를 불고 있음에 틀림없으리라.

나는 약이 오를 대로 올라서 두 눈에서 불과 함께 눈물이 퍽 쏟아졌다. 나뭇지게도 벗어 놀 새 없이 그대로 내동댕이치고는 지게 막대기를 뻗치고 허둥허둥 달려들었다.

가까이 와 보니 과연 나의 짐작대로 우리 수탉이 피를 흘리고 거의 빈사지경에 이르렀다. 닭도 닭이려니와 그러함에도 불구하고 눈 하나 깜짝 없이 고대로 앉아서 호드기만 부는 그 꼴에 더욱 치가 떨린다. 동네에서도 소문이 났거니와 나도 한때는 걱실걱실히 일 잘 하고 얼굴 예쁜 계집애인 줄 알았더니 시방 보니까 그 눈깔이 꼭 여우 새끼 같다.

나는 대뜸 달려들어서 나도 모르는 사이에 큰 수탉을 단매로 때려 엎었다. 닭은 푹 엎어진 채 다리 하나 꼼짝 못 하고 그대로 죽어 버렸다. 그리고 나는 멍하니 섰다가 점순이가 매섭게 눈을 홉뜨고 닥치는 바람에 뒤로 벌렁 나자빠졌다.

"이놈아! 너 왜 남의 닭을 때려죽이니?"

"그럼 어때?"

하고 일어나다가,

"뭐 이 자식아! 누 집닭인데?"

하고 복장을 떼미는 바람에 다시 벌렁 자빠졌다. 그러고 나서 가만히 생각을 하니 분하기도 하고 무안도스럽고, 또 한편 일을 저질렀으니, 인젠 땅이 떨어지고 집도 내쫓기고 해야 될는지 모른다.

나는 비슬비슬 일어나며 소맷자락으로 눈을 가리고는, 얼김에 엉하고 울음을 놓았다. 그러나 점순이가 앞으로 다가와서,

"그럼, 너 이담부텀 안 그럴 테냐?"

하고 물을 때에야 비로소 살길을 찾은 듯싶었다. 나는 눈물을 우선 씻고 뭘 안 그러는지 명색도 모르건만,

"그래!"

하고 무턱대고 대답하였다.

"요담부터 또 그래 봐라, 내 자꾸 못살게 굴 테니."

"그래, 그래 이젠 안 그럴 테야!"

"닭죽은 건 염려 마라, 내 안 이를 테니."

그리고 뭣에 떠밀렸는지 나의 어깨를 짚은 채 그대로 퍽 쓰러진다. 그 바람에 나의 몸뚱이도 겹쳐서 쓰러지며, 한창 피어 퍼드러진 노란 동백꽃 속으로 폭 파묻혀 버렸다.

알싸한, 그리고 향긋한 그 냄새에 나는 땅이 꺼지는 듯이 온 정신이 고만 아찔하였다.

"너 말 마라!"

"그래!"

조금 있더니 요 아래서,

"점순아! 점순아! 이년이 바느질을 하다 말구 어딜 갔어?"

하고 어딜 갔다 온 듯싶은 그 어머니가 역정이 대단히 났다.

점순이가 겁을 잔뜩 집어먹고 꽃 밑을 살금살금 기어서 산 아래로 내려간 다음 나는 바위를 끼고 엉금엉금 기어서 산 위로 치빼지 않을 수 없었다.

■ 만무방

——————— 김유정

산골에, 가을은 무르녹았다.

아름드리 노송은 삑삑이 늘어박혔다. 무거운 송낙을 머리에 쓰고 건들건들. 새새이 끼인 도토리, 벚, 돌배, 갈잎들은 울긋불긋. 잔디를 적시며 맑은 샘이 쫄쫄거린다. 산토끼 두 놈은 한가로이 마주 앉아 그 물을 할짝거리고. 이따금 정신이 나는 듯 가랑잎은 부수수하고 떨린다. 산산한 산들바람. 귀여운 들국화는 그 품에 새뜩새뜩 넘논다. 흙내와 함께 향긋한 땅김이 코를 찌른다. 요놈은 싸리버섯, 요놈은 잎 썩은 내, 또 요놈은 송이— 아니, 아니, 가시넝쿨 속에 숨은 박하풀냄새로군.

응칠이는 뒷짐을 딱 지고 어정어정 노닌다. 유유히 다리를 옮겨 놓으며 이 나무 저 나무 사이로 호아든다. 코는 공중에서 벌렸다 오므렸다 연신 이러며 훅, 훅. 구붓한 한 송목 밑에 이르자 그는 발을 멈춘다. 이번에는 지면에 코를 얕이 갖다 대고 한 바퀴 비잉, 나물 끼고 돌았다.

"아하, 요놈이로군!"

썩은 솔잎에 덮이어 흙이 봉곳이 돌아 올랐다.

그는 손가락을 꾸짖으며 정성스레 살살 헤쳐 본다. 과연 귀여운 송이. 망할 녀석, 조금만 더 나오지, 그걸 뚝 따들고 뒷짐을 지고 다시 어실렁 어실렁. 가끔 선하품은 터진다. 그럴 적마다 두 팔을 떡 벌리곤 먼 하늘을 바라보고 늘어지게도 기지개를 늘린다.

때는 한창 바쁠 추수 때이다. 농군치고 송이파적 나올 놈은 생겨나도 않았으리라. 하나 그는 꼭 해야만 할 일이 없었다. 싶으면 하고 말면 말고 그저 그뿐. 그러함에는 먹을 것이 더러 있느냐면 있기는커녕 부쳐 먹을 농토조차 없는, 계집도 없고 자식도 없고. 방은 있다야 남의 곁방이요 잠은 새우잠이요. 하지만 오늘 아침만 해도 한 친구가 찾아와서 벼를 털 텐데 일 좀 와 해달라는 걸 마다하였다. 몇 푼 바람에 그까짓 걸 누가 하느냐보다는 송이가 좋았다. 왜냐면 이 땅 삼천리강산에 늘여 놓인 곡식이 말짱 뉘 것이람. 먼저 먹는 놈이 임자 아니냐. 먹다 걸릴 만치 그토록 양식을 쌓아 두고 일이 다 무슨 난장 맞을 일이람. 걸리지 않도록 먹을 궁리나 할 게지. 하기는 그도 한 세 번이나 걸려서 구메밥으로 사관을 틀었다. 마는 결국 제 밥상 위에 올라앉은 제 몫도 자칫하면 먹다 걸리긴 매일반.

올라갈수록 덤불은 욱었다. 머루며 다래, 칡, 게다 이름 모를 잡초. 이것들이 위아래로 이리저리 서리어 좀체 길을 내지 않는다. 그는 잔디길로만 돌았다. 넓적다리가 벌쭉이는 찢어진 고의 자락을 아끼며 조심조심 사려 딛는다. 손에는 칡으로 엮어 든 일곱 개 송이. 늙은 소나무마다 가선 두리번거린다. 사냥개 모양으로 코로 쿡, 쿡, 내를 한다. 이것도 송이 같고 저것도 송이 같고. 어떤 게 알짜 송이인지 분간을 모른다. 토끼 똥이 소보록한 데 갈잎이 한 잎 뚝 떨어졌다. 그 잎을 살며시 들어 보니 송이 대구리가 불쑥 올라왔다. 매우 큰 송이인 듯. 그는 반색하여 그 앞에 무릎을 털썩

꿇었다. 그리고 그 위에 두 손을 내들며 열 손가락을 다 펴들었다. 가만가만히 살살 흙을 헤쳐 본다. 주먹만 한 송이가 나타난다. '얘, 이놈 크구나.' 손바닥 위에 따 올려놓고는 한참 들여다보며 싱글벙글한다. 우중충한 구석으로 바위는 벽같이 깎아질렀다. 그 중턱을 얽어 나간 칡잎에서는 물이 쪼록쪼록 흘러내린다. 인삼이 썩어 내리는 약수라 한다. 그는 돌 위에 걸터앉으며 또 한 번 하품을 하였다. 간밤 쓸데없는 노름에 밤을 팬 것이 몹시 나른하였다. 따사로운 햇발이 숲을 새어든다. 다람쥐가 솔방울을 떨어치며, 어여쁜 할미새는 앞에서 알씬거리고. 동리에서는 타작을 하느라고 와글거린다. 흥겨워 외치는 목성, 그걸 억누르고 공중에 응, 응, 진동하는 벼 터는 기계 소리. 맞은쪽 산속에서 어린 목동들의 노래는 처량히 울려온다. 산속에 묻힌 마을의 전경을 멀리 바라보다가 그는 눈을 찌긋하며 다시 한번 하품을 뽑는다. 이 웬 놈의 하품일까. 생각해 보니 어젯저녁부터 여태껏 창자가 곯렸던 것이다. 불현듯 송이 꾸러미에서 그중 크고 먹음직한 놈을 하나 뽑아 들었다.

응칠이는 그 송이를 물에 써억써억 비벼서는 떡 벌어진 대구리부터 걸쌍스레 덥석 물어 떼었다. 그리고 넓죽한 입이 움질움질 씹는다. 혀가 녹을 듯이 만질만질하고 향기로운 그 맛. 이렇게 훌륭한 놈을 입맛만 다시고 못 먹다니. 문득 옛 추억이 혀끝에 뱅뱅 돈다. 이놈을 맛보는 것도 참 근자의 일이다. 감불생심이지 어디 냄새나 똑똑히 맡아 보리. 산속으로 쏘다니다 백판 못 따기도 하려니와 더러 딴다는 놈은 행여 상할까 봐 손도 못 대게하고 집에 내려다 묻고, 묻고 하는 것이다. 그러나 요행히 한 꾸러미 차면 금시로 장에 가져다 판다. 이틀 사흘씩 공들인 거로되 잘 하면 사십 전, 못 받으면 이십오 전. 저녁거리를 기다리는 아내를 생각하며 좁쌀 서너 되를 손에 사 들고 어두운 고개를 터덜터덜 올라오는 건 좋으나 이 신세를 뭐에 쓰나 하고 보면 을프냥궂기가 짝이 없겠고— 이까짓 걸 못 먹어 그래 홧김에 또 한 놈을 뽑아 들고 이번엔 물에 흙도 씻을 새 없이 그대로 텁석거린다. 그러나 다른 놈들도 별수 없으렷다. 이 산골이 송이의 본고향이로되 아마 일 년에 한 개조차 먹는 놈이 드물 리라.

"흠, 썩어진 두상들!"

그는 폭넓은 얼굴을 일그리며 남이나 들으란 듯이 이렇게 비웃는다. 썩었다 함은 데생겼다 모멸하는 그의 언투였다. 먹다 나머지 송이 꽁댕이를 바로 자랑스럽게 입에다 치뜨리곤 트림을 섞어 가며 우물거린다.

송이 두 개가 들어가니 이제는 더 먹을 재미가 없다. 뭔가 좀 든든한 걸 먹었으면 좋겠는데. 떡, 국수, 말고기, 개고기, 돼지고기 그렇지 않으면 쇠고기냐. 아따, 궁한 판이니 아무거나 있으면 속중으로 여러 가질 먹으며 시름없이 앉았다. 그는 눈꼴이 슬그머니 돌아간다. 웬 놈의 닭인지 암탉 한 마리가 조 아래 무덤 앞에서 뺑뺑 맨다. 골골거리며 감도는 걸 보매 아마 알자리를 보는 맥이라. 그는 돌에서 궁뎅이를 들었다. 낮은 하늘로 외면하여 못 본 척하고 닭을 향하여 저 편으로 널찍이 돌아내린다. 그러나 무덤까지 왔을 때 몸을 돌리며,

"후, 후, 후, 이 자식이 어딜 가 후—"

두 팔을 벌리고 쫓아간다. 산꼭대기로 치모니 닭은 허둥지둥 갈 길을 모른다. 요리 매낀 조리 매낀, 꼬꼬댁거리며 속만 태울 뿐. 그러나 바위틈에 끼어 와살스러운 그 주먹에 모가지가 둘로 나기에는 불과 몇 분 못 걸렸다.

그는 으슥한 숲속으로 찾아들었다. 닭의 껍질을 홀랑 까고서 두 다리를 들고 찢으니 배창이 옆구리로 꿰진다. 그놈은 긁어 뽑아서 껍질과 한데 뭉치어 흙에 묻어 버린다.

고기가 생기고 보니 연하여 나느니 막걸리 생각. 이걸 부글부글 끓여 놓고 한 사발 떡 곁으면 똑 좋을 텐데 제─기. 응칠이의 고기 는 어디 떨어졌는지 술집까지 못 가는 고기였다. 아무려나 고기 먹 고 술 먹고 거꾸론 못 먹느냐. 그는 닭의 가슴패기를 입에 들여대 고 쭉 찢어가며 먹기 시작한다. 쫄깃쫄깃한 놈이 제법 맛이 들었 다. 가슴을 먹고 넓적다리, 볼기짝을 먹고 거반 반쯤을 다 해내고 나니 어쩐지 맛이 좀 적었다. 결국 음식이란 양념을 해야 하는군. 수풀 속으로 그냥 내던지고 그는 설렁설렁 내려온다. 솔숲을 빠져 화전께로 내리려 할 때 별안간 등 뒤에서,

"여보게, 저 응칠이 아닌가."

고개를 돌려 보니 대장간 하는 성팔 이가 작달막한 체수에 들갑 작거리며 고개를 넘어온다. 그런데 무슨 긴한 일이나 있는지 부리 나케 달려들더니,

"자네, 응고개 논의 벼 없어진 거 아나?"

응칠이는 그만 가슴이 덜컥 내려앉았다. 이 바쁠 때 농군의 몸으 로 응고개까지 앨 써 갈 놈도 없으려니와 또한 하필 절 보고 벼의 없어짐을 말하는 것이 여간 심상치 않은 일이었다.

잡담 제하고 응칠이는,

"자넨 어째서 응고개까지 갔던가?"

하고 대담스레 그 눈을 쏘아보았다. 그러나 성팔 이는 조금도 겁 먹은 기색 없이,

"아 어쩌다 지났지 뭘 그래."

하며 도리어 얼레 발을 치고 덤비는 수작이다. 고얀 놈, 응칠이
는 입때 다녀야 동무를 팔아 배를 채우고 그런 비열한 짓은 안 한
다. 낯을 붉히자 눈에 불이 보이며,

"어쩌다 지냈다?"

응칠이가 이 동리에 들어온 것은 어느덧 달이 넘었다. 인제는 물
릴 때도 되었고, 좀 떠보고자 생각은 간절하나 아우의 일로 말미암
아 망설거리는 중이었다.

그는 오라는 데는 없어도 갈 데는 많았다. 산으로 들로 해변으로
발부리 놓이는 곳이 즉 가는 곳이다.

그러나 저물면은 그대로 쓰러진다. 남의 방앗간이고 헛간이고 혹
은 강가, 시새장. 물론 수가 좋으면 괴때기5) 위에서 밤을 편히 잘
적도 있었다. 이렇게 하여 강원도 어수룩한 산골로 이리 넘고 저리
넘고 못 간 데 별로 없이 유람 겸 편답하였다.

그는 한구석에 머물러 있음은 가슴이 답답할 만치 되우 괴로
웠다.

그렇다고 응칠이가 본시 역마직성이냐 하면 그런 것도 아니다.
그도 오 년 전에는 사랑하는 아내가 있었고 아들이 있었고 집도
있었고, 그때야 어딜 하루라도 집을 떨어져 보았으랴. 밤마다 아내
와 마주 앉으면 어찌하면 이 살림이 좀 늘어 볼까 불어 볼까, 애
간장을 태우며 갖은 궁리를 되하고 되하였다마는, 별 뾰족한 수는
없었다. 농사는 열심히 하는 것 같은데 알고 보면 남는 건 겨우
남의 빚뿐. 이러다가는 결말엔 봉변을 면치 못할 것이다. 하루는
밤이 깊어서 코를 골며 자는 아내를 깨웠다. 밖에 나아가 우리의
세간이 몇 개나 되는지 세어 보라 하였다. 그리고 저는 벼루에 먹

---

5) 괴때기. '괴꼴' 타작을 할 때에 생기는 벼 낟알이 섞인 짚북데기.

을 갈아 찍어 들었다. 벽에 바른 신문지는 누렇게 끄을렀다. 그 위에다 아내가 불러 주는 물목대로 일일이 내려 적었다. 독이 세 개, 호미가 둘, 낫이 하나로부터 밥사발, 젓가락, 짚이 석 단까지 그다음에는 제가 빚을 얻어온 데, 그 사람들의 이름을 쪽 적어 놓았다. 금액은 제각기 그 아래다 달아 놓고, 그 옆으론 조금 사이를 떼어 역시 조선 문으로 나의 소유는 이것밖에 없노라. 나는 오십사 원을 갚을 길이 없으매 죄진 몸이라 도망하니 그대들은 아예 싸울 게 아니겠고 서로 의논하여 억울치 않도록 분배하여 가기 바라노라 하는 의미의 성명서를 벽에 남기자 안으로 문들을 걸어 닫고 울타리 밑구멍으로 세 식구가 빠져나왔다.

이것이 응칠이가 팔자를 고치던 첫날이었다.

그들 부부는 돌아다니며 밥을 빌었다. 아내가 빌어다 남편에게, 남편이 빌어다 아내에게. 그러자 어느 날 밤 아내의 얼굴이 썩 슬픈 빛이었다. 눈보라는 살을 에인다. 다 쓰러져 가는 물방앗간 한 구석에서 섬을 두르고 어린애에게 젖을 먹이며 떨고 있더니 여보 게유 하고 고개를 돌린다. 왜 하니까 그 말이, 이러다간 우리도 고생일 뿐더러 첫째 어린애를 잡겠수, 그러니 서로 갈립시다, 하는 것이다. 하긴 그럴 법한 말이다. 쥐뿔도 없는 것들이 붙어 다닌댔자 별수는 없다. 그보담은 서로 갈리어 제 맘대로 빌어먹는 것이 오히려 가든하리라. 그는 선뜻 응낙하였다. 아내의 말대로 개가를 해가서 젖먹이나 잘 키우고 몸 성히 있으면 혹 연분이 닿아 다시 만날지도 모르니깐, 마지막으로 아내와 같이 땅바닥에서 나란히 누워 하룻밤을 새고 나서 날이 훤해지자 그는 툭툭 털고 일어섰다.

매팔자란 응칠이의 팔자이겠다.

그는 버젓이 게트림으로 길을 걸어야 걸릴 것은 하나도 없다. 논

맬 걱정도, 호포 바칠 걱정도, 빚 갚을 걱정, 아내 걱정, 또는 굶을 걱정도. 호동그란히 털고 나서니 팔자 중에는 아주 상팔자다. 먹고만 싶으면 도야지구, 닭이구, 개구, 언제나 옆을 떠날 새 없겠지, 그리고 돈, 돈도.

그러나 주재소는 그를 노려보았다. 툭하면 오라, 가라, 하는데 학질이었다. 어느 동리고 가 있다가 불행히 일만 나면 누구보다도 그부터 붙들려 간다. 왜냐면 그는 전과 사범이었다. 처음에는 도박으로, 다음엔 절도로, 또 고 담에는 절도로, 절도로.

그러나 이번 멀리 아우를 방문함은 생활이 궁하여 근대러 왔다거나 혹은 일을 해보러 온 것은 결코 아니었다. 혈족이라곤 단 하나의 동생이요, 또한 오래 못 본지라 때 없이 그리웠다. 그래 모처럼 찾아온 것이 뜻밖에 덜컥 일을 만났다.

지금까지 논의 벼가 서 있다면 그것은 성한 사람의 짓이라 안 할 것이다.

응오는 응고개 논의 벼를 여태 베지 않았다. 물론 응오가 베어야 할 것이다. 누가 듣던지 그 형 응칠이를 먼저 의심하리라. 그럼 여기에 따르는 모든 책임을 응칠이가 혼자 지지 않으면 안 될 것이다.

응오는 진실한 농군이었다. 나이 서른하나로 무던히 철났다 하고 동리에서 쳐주는 모범 청년이었다. 그런데 벼를 베지 않는다. 남은 다들 거둬들였고 털기까지 하련만 그는 벨 생각조차 않는 것이다.

지주라든 혹은 그에게 장리를 놓은 김참판이든 뻔찔 찾아와 벼를 베라 독촉하였다.

"얼른 털어서 낼 건 내야지."

하면 그 대답은,

"계집이 죽게 됐는데 벼는 다 뭐지유—"

하고 한결같이 내뱉는 소리뿐이었다.

하기는 응오의 아내가 지금 기지사경[6]이매 틈은 없었다 하더라도 돈이 놀아서 약을 못 쓰는 이 판이니 진시 벼라도 털어야 할 것이다.

그러면 왜 안 털었던가.

그것은 작년 응오와 같이 지주 문전에서 타작을 하던 친구라면 묻지는 않으리라. 한 해 동안 애를 졸이며 홑 자식 모양으로 알뜰히 가꾸던 그 벼를 거둬들임은 기쁨에 틀림없었다. 꼭두새벽부터 엣, 엣, 하며 괴로움을 모른다. 그러나 캄캄하도록 털고 나서 지주에게 도지를 제하고, 장리쌀을 제하고, 색초를 제하고 보니 남은 것은 등줄기를 흐르는 식은땀이 있을 따름. 그것은 슬프다 하기보다 끝없이 부끄러웠다. 같이 털어 주던 동무들이 뻔히 보고 섰는데 빈 지게로 덜렁거리며 집으로 돌아오는 건 진정 열없기 짝이 없는 노릇이었다. 참다 참다 못해 응오는 눈에 눈물이 흘렀던 것이다.

가뜩한데 엎치고 덮치더라고 올해는 고나마 흉작이었다. 샛바람과 비에 벼는 깨깨 비틀렸다. 이놈을 가을 하다간 먹을 게 남지 않음은 물론이요 빚도 다 못 가릴 모양. 에라, 빌어먹을 거 너들끼리 캐다 먹든 말든 멋대로 하여라. 하고 내던져 두지 않을 수 없다. 벼를 거뒀다고 말만 나면 빚쟁이들은 우— 몰려들 거니깐.

응칠이의 죄목은 여기에서도 또렷이 드러난다. 국으로 가만 만 있었다면 좋은 걸 이 사품에 뛰어들어 지주의 뺨을 제법 갈긴 것이 응칠이었다.

처음에야 그럴 작정이 아니었다. 그는 여러 곳 물을 마신 이만치

---

6) 기지사경(幾至死境), 거의 죽을 지경에 이르다.

어지간히 속이 튄 건달이었다. 지주를 만나 까놓고 썩 좋은 소리로 의논하였다. 올 농사는 반실이니 도지도 좀 감해 주는 게 어떠냐 고. 그러나 지주는 암말 없이 고개를 모로 흔들었다. 정 이러면 하 여튼 일 년 품은 빼야 할 테니 나는 그 논에다 불을 지르겠수, 하 여도 잠자코 응치 않는다. 지주로 보면 자기로도 그 벼는 넉넉히 거둬들일 수는 있다마는, 한번 버릇을 잘못 해놓으면 어느 작인까 지 행실을 버릴까 염려하여 겉으로 독촉만 하고 있는 터이었다. 실 상이야 고까짓 벼쯤 있어도 고만 없어도 고만, 그 심보를 눈치 채 고 응칠이는 화를 벌컥 낸 것만은 좋으나 저도 모르게 대뜸 주먹 뺨이 들어갔던 것이다.

이렇게 문제 중에 있는 벼인데 귀신의 놀음 같은 변괴가 생겼다. 다시 말하면 벼가 없어졌다. 그것도 병들어 쓰러진 쭉정이는 제쳐 놓고 무얼로 그랬는지 알장 이삭만 따갔다. 그 면적으로 어림하면 아마 못 돼도 한 댓 말가량은 될는지!

응칠이가 아침 일찍이 그 논께로 노닐자 이걸 발견하고 기가 막 혔다. 누굴 성가시게 굴려고 그러는지. 산속에 파묻힌 논이라 아직 은 본 사람이 없는 모양 같다. 하나 동리에 이 소문이 퍼지기만 하면 저는 어느 모로든 혐의를 받아 폐는 좋이 입어야 될 것이다.

응칠이는 송이도 송이려니와 실상은 궁리에 바빴다. 속마음으로 지목 갈 만한 놈을 여럿 들어 보았으나 이렇다 찍을 만한 증거가 없다. 어쩌면 재성이나 성팔이 이 둘 중의 짓이리라, 하고 결국 이렇게 생각던 것도 응칠이가 아니면 안 될 것이다.

원수는 외나무다리에서 만났다.

응칠이는 저의 짐작이 들어맞음을 알고 당장에 일을 낼 듯이 성 팔이의 눈을 들이 노렸다.

성팔 이는 신이 나서 떠들다가 그 눈총에 어이가 질려서 고만 벙벙하였다. 그리고 얼굴이 핼쑥하여 마주 대고 쳐다보더니,

"그래, 자네 왜 그케 노하나. 지내다 보니깐 그렇길래 일테면 자네보고 얘기지 뭐."

하고 뒷갈망을 못 하여 우물쭈물한다.

"노하긴 누가 노해!"

응칠이는 뻐팅겼던 몸에 좀 더 힘을 올리며,

"응고개를 어째 갔더냐 말이지?"

"놀러 갔다 오는 길인데 우연히……."

"놀러 갔다, 거기가 노는 덴가?"

"글쎄, 그렇게까지 물을 게 뭔가. 난 응고개 아니라 서울은 못 갈 사람인가."

하다가 성팔 이는 속이 타는지 코로 후응 하고 날숨을 길게 뽑는다.

이렇게 나오는 데는 더 물을 필요가 없었다. 성팔 이란 놈도 여간내기가 아니요 구장네 솥인가 뭔가 떼다 먹고 한 번 다녀온 놈이었다. 많이 사귀지는 못했으나 동리 평판이 그놈과 같이 다니다가는 엉뚱한 일 만난다 한다. 이번에 응칠이 저 역시 그 섭수에 걸렸음을 알고,

"그야 응고개라고 못 갈 리 없을 테……."

하고 한 번 엇먹다, 그러나 자네두 알다시피 거 어디야, 거기 바로 길이 있다든지 사람 사는 동리라면 혹 모른다 하지마는 성한 사람이야 응고개에 뭘 먹으러 가나, 그렇지 자네야 심심하니까, 하고 앞을 꽉 눌러 등을 떠본다.

여기에는 대답 없고 성팔 이는 덤덤히 쳐다만 본다. 무엇을 생각

했는가? 한참 있더니 호주머니에서 단풍갑을 꺼낸다. 우선 제가 한 개를 물고 또 하나를 뽑아 내대며,

"궐련 하나 피우게."

매우 듬직한 낯을 해 보인다.

이놈이 이에 밝기가 몹시 밝은 성팔 이다. 턱없이 궐련 하나라도 선심을 쓸 궐자가 아니리라, 생각은 하였으나 그렇다고 예까지 부르대는 건 도리어 저의 처지가 불리하다.

그것은 짜장 그 손에 넘는 짓이니,

"아 웬 궐련은 이래."

하고 슬쩍 눙치며,

"성냥 있겠나?"

일부러 불까지 거 대게 하였다.

응칠이에게 액을 떠넘기어 이용하려는 고 야심을 생각하면 곧 달려들어 다리를 꺾어 놔야 옳을 것이다. 그러나 이 마당에 떠들어 대고 보면 저는 드러누워 침 뱉기. 결국 도적은 뒤로 잡지 앞에서 어르는 법이 아니다. 동리에 소문이 퍼질 것만 두려워하며,

"여보게, 자네가 했건 내가 했건 간."

하고 과연 정다이 그 등을 툭 치고 나서,

"우리 둘만 알고 동리에 말을 내지 말게."

하다가 성팔 이가 이 말에 되우 놀라며 눈을 말똥말똥 뜨니,

"그까진 벼쯤 먹으면 어떤가!"

하고 껄껄 웃어 버린다.

성팔 이는 한 굽 접히어 말문이 메였는지 얼떨하여 입맛만 다신다.

"아예 말은 내지 말게, 응 알지."

하고 다시 다질 때에야 겨우 주저주저 입을 열어,

"내야 무슨 말을 내겠나."

하고 조금 사이를 떼어 또,

"내야 무슨 말을…… 그건 염려 말게."

하더니 비실비실 몸을 돌리어 저 갈 길을 내 걷는다. 그러나 저 앞 고개까지 가는 동안에 두 번이나 돌아다보며 이쪽을 살피고, 살피고 한 것만은 사실이었다.

응칠이는 그 꼴을 이윽히 바라보고 입안으로 죽일 놈, 하였다. 아무리 도적이라도 같은 동료에게 제 죄를 넘겨씌우려 함은 도저히 의리가 아니다.

그건 그렇다 치고 응오가 더 딱하지 않은가. 기껏 힘들여 지어 놓았다. 남 좋은 일 한 것을 안다면 눈이 뒤집힐 일이겠다.

이래서야 어디 이웃을 믿어 보겠는가.

확적히 증거만 있어 이놈을 잡으면 대번에 요절을 내리라 결심하고 응칠이는 침을 탁 뱉어 던지고 산을 내려온다.

그런데 그놈의 행티로 가늠 보면 응칠이 저만치는 때가 못 벗은 도적이다. 어느 미친놈이 논두렁에까지 가새를 들고 오는가. 격식도 모르는 풋둥이가 그러려면 바로 조 낟가리나 수수 낟가리 말이지 그 속에 들어앉아 가위로 속닥거려야 들킬 리도 없고 일도 편하고 두 포대고 세 포대고 마음껏 딸 수도 있다. 그러나 틈 보고 집으로 나르면 그만이지만 누가 논의 벼를 다…… 그렇게도 벼에 걸신이 들었다면 바로 남의 집 머슴으로 들어가 한 달포 동안 주인 앞에 얼렁거리며 신용을 얻어 오다가 주는 옷이나 얻어 입고 다들 잠들거든 볏섬이나 두둑이 짊어 메고 덜렁거리면 그뿐이다. 이건 맥도 모르는 게 남도 못살게 굴려고 에―이 망할 자식두……

그는 분노에 살이 다 부들부들 떨리는 듯싶었다. 그러나 이런 좀도적이란 봉이 나기 전에는 바짝 물고 덤비는 법이었다. 오늘 밤에는 요놈을 지켰다 꼭 붙들어 가지고 정강이를 분질러 노리라. 밥을 먹고는 태연히 막걸리 한 사발을 껄떡껄떡 들이켜자,

"커! 가을이 되니깐 맛이 한결 낫군!"

그는 주먹으로 입가를 쓱쓱 훔친 다음 송이 꾸럼에서 세 개를 뽑는다. 그리고 그걸 갈퀴같이 마른 주막 할머니 손에 내어 주며,

"엣수, 송이나 잡숫게유."

하고 술값을 치렀으나,

"아이, 송이두 고놈 참."

간사를 피우는 것이 겉으로는 반기는 척하면서도 좀 시쁜 모양이다. 제 딴은 한 개에 삼전씩 치더라도 구전밖에 안 되니깐.

응칠이는 슬며시 화가 나서 그 얼굴을 유심히 들여다보았다. 움푹 들어간 볼때기에 저건 또 왜 저리 멋없이 불거졌는지 툭 나온 광대뼈하고 치마 아래로 남실거리는 발가락은 자칫 잘못 보면 황새발목이니 이건 언제 잡아가려고 남겨 두는 거야— 보면 볼수록 하나 예쁜 데가 없다. 한두 번 먹은 것도 아니요 언젠가 울타리께 풀을 베어 주고 술사발이나 얻어먹은 적도 있었다. 고렇게 야멸치게 따질 건 뭔가. 그는 눈살을 흘깃 맞히고는 하나를 더 꺼내어,

"옜수, 또 하나 잡숫게유!"

내던져 주곤 댓돌에 가래침을 탁 뱉었다.

그제야 식성이 좀 풀리는지 그 가축으로 웃으며,

"아이구 이거 자꾸 주면 어떻게 해."

"어떡하긴 자꾸 살찌게유."

하고 한마디 툭 쏘고 일어서다가 무엇을 생각함인지 다시 툇마루

에 주저앉는다.

"그런데 참 요즘 성팔 이 보셨수?"

"아—니, 당최 볼 수가 없더구면."

"술도 안 먹으러 와유?"

"안 와!"

하고는 입속으로 뭐라고 중얼거리며 의아한 낯을 들더니,

"왜, 또 뭐 일이……?"

"아니유, 본 지가 하 오래니깐!"

응칠이는 말끝을 얼버무리고 고개를 돌리어 한데를 바라본다. 벌써 점심때가 되었는지 닭들이 요란히 울어 댄다. 논둑의 미루나무는 부 하고 또 부 하고 잎이 날리며 팔랑팔랑 하늘로 올라간다.

"성팔 이가 이 마을에서 얼마나 살았지요?"

"글쎄, 재작년 가을이지 아마."

하고 장죽을 빡빡 빨더니,

"근대 또 떠난 대든가, 홍천인가 어디 저 성님한테로 간대."

하고 그게 옳지, 여기서 뭘 하느냐, 대장간이라구 일이나 많으면 모르거니와 밤낮 파리만 날리는데 그보다는 저 형이 크게 농사를 짓는다니 그 뒤나 거들어 주고 국으로 얻어먹는 게 신상에 편하겠지. 그래 불일간 처자식을 데리고 아마 떠나리라고 하고,

"농군은 그저 농사를 지야 돼."

"낼 술 먹으러 또 오지유."

간단히 인사만 하고 응칠이는 다시 일어났다.

주막을 나서니 옷깃을 스치는 개운한 바람이다. 밭두둑의 대추는 척척 늘어진다. 멀지 않아 겨울은 또 오렷다. 그는 응오의 집을 바라보며 그간 죽었는지 궁금하였다.

응오는 봉당에 걸터앉았다. 그 앞 화로에는 약이 바글바글 끓는다. 그는 정신없이 들여다보고 앉았다.

우중충한 방에서는 아내의 가쁜 숨소리가 들린다. 색, 색 하다가 아이구, 하고는 까무러지게 콜록거린다. 가래가 치밀어 몹시 괴로운 모양. 뽑아 줄 사이가 없이 풀들은 뜰에 엉겼다. 흙이 드러난 지붕에서 망초가 휘어청휘어청 바람은 가끔 찾아와 싸리문을 흔든다. 그럴 적마다 문은 을씨년스럽게 삐―꺽 삐―꺽. 이웃의 발발이는 부엌에서 한창 바쁘게 달그락거린다. 마는, 아침에 아내에게 먹이고 남은 조죽밖에야. 아니 그것도 참 남편이 마저 긁었으니 사발에 붙은 찌꺼기뿐이리라.

"거, 다 졸았나 부다."

응칠이는 약이란 다 졸면 못쓰니 고만 짜 먹여라 하였다. 약이라야 어젯저녁 울 뒤에서 옭 아들인 구렁이지만.

그러나 응오는 듣고도 흘렸는지 혹은 못 들었는지 잠자코 고개도 안 든다.

"옜다, 송이 맛이나 봐라."

하고 형이 손을 내밀 제야 겨우 시선을 들었으나 술이 거나한 그 얼굴을 거북살스레 훑어본다. 그리고 송이를 고맙지 않게 받아 방에 치뜨리고는,

"이거나 먹어."

하다가,

"뭐?"

소리를 크게 질렀다. 그래도 잘 들리지 않으므로,

"뭐야, 뭐야, 좀 똑똑히 하라니깐?"

하고 골피를 찌푸린다. 그러나 아내는 손짓만으로 무슨 소린지

알 수가 없다. 음성으로 치느니보다 종이 비비는 소리랄지, 그걸 듣기에는 지척도 멀었다.

가만히 보다 응칠이는 제가 다 불안하여,

"뒤보겠다는 게 아니냐?"

"그럼 그렇다 말이 있어야지."

남편은 이내 짜증을 내며 몸을 일으킨다. 병약한 아내의 음성이 날로 변하여 감을 시방 안 것도 아니련만—

그는 방바닥에 늘어져 꼬치꼬치 마른 반송장을 조심히 일으키어 등에 업었다.

울 밖 밭머리에 잿간은 놓였다. 머리가 눌릴 만치 납작한 굴속이다. 게다가 거미줄은 예제없이 엉키었다. 부춘돌 위에 내려놓으니 아내는 벽을 의지하여 웅크리고 앉는다. 그리고 남편은 눈을 멀뚱멀뚱 뜨고 지키고 서 있는 것이다.

이 꼴들을 멀거니 바라보다 응칠이는 마뜩치 않게 코를 횡 풀며 입맛을 다시었다. 응오의 짓이 어리석고 울화가 터져서이다. 요즘 응오가 형에게 잘 말도 않고 왜 어딱비딱하는지 그 속은 응칠이도 모르는 바 아닐 것이다.

응오가 이 아내를 찾아올 때 꼭 삼 년간을 머슴을 살았다. 그처럼 먹고 싶던 술 한 잔 못 먹었고, 그처럼 침을 삼키던 그 개고기 한 메 물론 못 샀다. 그리고 사경을 받는 대로 꼭꼭 장리를 놓았으니 후일 선채로 썼던 것이다. 이렇게까지 근사를 모아 얻은 계집이련만 단 두 해가 못 가서 이 꼴이 되고 말았다.

그러나 이 병이 무슨 병인지 도시 모른다. 의원에게 한 번이라도 변변히 봬본 적이 없다. 혹 안다는 사람의 말인즉 뇌점[7]이니 어렵

---

7) 뇌점(癆漸) 한의학에서 '폐결핵(肺結核)'

다 하였다. 돈만 있으면 야 뇌점이고 염병이고 알바가 못 될 거로 되 사나흘 전 거리로 쫓아 나오며,

"성님!"

하고 팔을 챌 적에는 응오도 어지간히 급한 모양이었다.

"왜?"

응칠이가 몸을 돌리니 허둥지둥 그 말이 이제는 별도리가 없다. 있다면 꼭 한 가지가 남았으니 그것은 엊그저께 산신을 부리는 노인이 이 마을에 오지 않았는가. 그 노인이 응오를 특히 동정하여 십오 원만 들어 산치성8)을 올리면 씻은 듯이 낫게 해 주리라는데.

"성님은 언제나 돈 만들 수 있지유?"

"거, 안 된다. 치성 들여 날 병이 안 낫겠니."

하여 여전히 딱 떼고 그러게 내 뭐래든, 애초에 계집 다 내버리고 날 따라 나서랬지, 하고,

"그래 농군의 살림이란 제 목매기라지!"

그러나 아우가 암말 없이 몸을 홱 돌리어 집으로 들어갈 제 응칠이는 속으로 또 괜한 소리를 했구나, 하였다.

응오는 도로 아내를 업어다 방에 뉘었다. 약은 다 졸았다. 불이 삭기 전 짜야 할 것이다. 식기를 기다려 약사발을 입에 대어 주니 아내는 군말 없이 그 구렁이 물을 껄떡껄떡 들이마신다.

응칠이는 마당에 우두커니 앉았다. 사람의 목숨이란 과연 중하군 하였다. 그러나 계집이라는 저 물건이 저렇게 떼기 어렵도록 중할까, 하니 암만해도 알 수 없고.

"너 참 요 건너 성팔이 알지?"

"……"

---

8) 산치성(山致誠), 산신령에게 정성을 드리는 일.

"너하고 친하냐?"

"……"

"성이 뭐라는데 거 대답 좀 하렴."

하고 소리를 빽 질러도 아우는 대답은 말고 고개도 안 든다. 그러나 응칠이는 하늘을 쳐다보고 트림만 끄윽 하고 말았다. 술기가 코를 꽉꽉 찔러야 할 터인데 이건 풋김치 냄새만 코 밑에서 뱅뱅 돈다. 공짜 김치만 퍼먹을 게 아니라 한 잔 더 했다면 좋았을걸. 그는 일어서서 대를 허리에 꽂고 궁둥이의 흙을 털었다. 벼 도둑맞은 이야기를 할까, 하다가 아서라 가뜩이나 울상이 속이 쓰릴 것이다. 그보다는 이놈을 잡아 놓고 낭중 희자를 뽑는 것이 점잔 하겠지.

그는 문밖으로 나와 버렸다.

답답한 아우의 살림을 보니 역 답답하던 제 살림이 연상되고 가슴이 두루 답답하였다. 이런 때에는 무가 십상이다. 사실 하느님이 무를 마련해 낸 것은 참으로 은혜로운 일이다. 맥맥할 때 한 개를 씹고 보면 꿀꺽 하고, 쿡 치는 그 맛이 좋고, 남의 무밭에 들어가 하나를 쑥 뽑으니 가락 무. 이—키, 이거 오늘 운수 대통이로군. 내던지고 그 다음 놈을 뽑아 들고 개울로 내려온다. 물에 쓰윽 닦아서는 꽁지는 이로 베어 던지고 어썩 깨물어 붙인다.

개울 둔덕에 포플러는 호젓하게도 매출이 컸다. 자갈돌은 그 밑에 옹기종기 모였다. 가생이(가장자리)로 잔디가 소보록하다. 응칠이는 나가자빠져 마을을 건너다보며 눈을 멀뚱멀뚱 굴리고 누웠다. 산이 뺑뺑 둘리어 숨이 콕 막힐 듯한 그 마을.

아리랑 아리랑 아라리요
아리랑 띄어라 노다 가세

증기차는 가자고 윈고동 트는데
정든 님 품 안고 낙누낙누
아리랑 아리랑 아라리요
아리랑 띄어라 노다 가세
낼 갈지 모래 갈지 내 모르는데
옥씨기 강냉이는 심어 뭐 하리
아리랑 아리랑 아라리요
아리랑 띄어라…….

　그는 콧노래로 이렇게 흥얼거리다 갑작스레 강릉이 그리웠다. 펄펄 뛰는 생선이 좋고, 아침 햇살이 빗기어 힘차게 출렁거리는 그 물결이 좋고. 이까짓 둠 구석에서 쪼들리는 데 대다니. 그래도 즈 이딴엔 무어 농사 좀 지었답시고 악을 복복 쓰며 잘도 떠들어 댄다. 하지만 그런 중에도 어디인가 형언치 못할 쓸쓸함이 떠돌지 않는 것도 아니다. 삼십여 년 전 술을 빚어 놓고 쇠를 울리고 흥에 질리어 어깨춤을 덩실거리고 이러던 가을과는 저 딴 쪽이다. 가을이 오면 기쁨에 넘쳐야 될 시골이 점점 살기만 띠어 옴은 웬일인고. 이렇게 보면 재작년 가을 어느 밤 산중에서 낫으로 사람을 찍어 죽인 강도가 문득 머리에 떠오른다. 장을 보고 오는 농군을 농군이 죽였다. 그것도 많이나 되었으면 모르되 빼앗은 것이 한껏 동전 네 닢에 수수 일곱 되, 게다가 흔적이 탄로 날까 하여 낫으로 그 얼굴의 껍질을 벗기고 조깃대강이 이기듯 끔찍하게 남기고 조긴 망나니다. 흉악한 자식. 그 알량한 돈 사 전에, 나 같으면 가여워 덧돈을 주고라도 왔으리라. 이번 놈은 그따위 깍다귀9)나 아닐

━━━━━━━━━━━━━━━━━━━━━━━━
9) 깍다귀, '각다귀'과의 곤충을 통틀어 이르는 말. 모양은 모기와 비슷

는지 할 때 찬 김과 아울러 치미는 소름에 머리끝이 다 쭈뼛하였다. 그간 아우의 농사를 대신 돌봐 주기에 이럭저럭 날이 늦었다. 오늘 밤에는 이놈을 다리를 꺾어 놓고 내일쯤은 봐서 설렁설렁 뜨는 것이 옳은 일이겠다. 이 산을 넘을까 저 산을 넘을까 주저거리며 속으로 점을 치다가 슬그머니 코를 골아 올린다.

밤이 내리니 만물은 고요히 잠이 든다. 검푸른 하늘에 산봉우리는 울퉁불퉁 물결을 치고 흐릿한 눈으로 별은 떴다. 그러다 구름 떼가 몰려 닥치면 깜깜한 절벽이 된다. 또한, 마을 한복판에는 거친 바람이 오락가락 쓸쓸히 궁글고 이따금 코를 찌르는 후련한 산사 내음새. 북쪽 산 밑 미루나무에 싸여 주막이 있는데 유달리 불이 반짝인다. 노세, 노세, 젊어서 놀아. 노랫소리는 나직나직 한산히 흘러온다. 아마 벼를 뒷심 대고 외상이리라.

응칠이는 잠자코 벌떡 일어나 바깥으로 나섰다. 그리고 다 나와서야 그 집 친구에게 눈치를 안 채이도록,

"내 잠깐 다녀옴세!"

"어딜 가나?"

친구는 웬 영문을 몰라서 뻔히 쳐다보다 밤이 이렇게 늦었으니 나갈 생각 말고 어여 이리 들어와 자라 하였다. 기껏 둘이 앉아서 개코쥐코 떠들다가 갑자기 일어서니까 꽤 이상한 모양이었다.

"건넛마을 가 담배 한 봉 사올라구."

"담배 여깄는데, 또 사 뭐 하나?"

친구는 호주머니에서 굳이 연봉을 꺼내어 손에 들어 보이더니,

"이리 들어와 섬이나 좀 쳐주게."

"아 참, 깜빡……."

하나 크기는 더 크다.

하고 응칠이는 미안스러운 낯으로 뒤통수를 긁적긁적한다. 하기는 섬을 좀 쳐달라고 며칠 째 당부하는 걸 노름에 몸이 팔려 그만 잊고, 잊고 했던 것이다. 먹고 자고 이렇게 신세를 지면서 이건 썩 안됐다, 생각은 했지만,

"내 곧 다녀올걸. 뭐."

어정쩡하게 한마디 남기곤 그 집을 뒤에 남긴다.

그러나 이 친구는,

"그럼, 곧 다녀오게!"

하고 때를 재치는 법은 없었다. 언제나 여일같이,

"그럼 잘 다녀오게!"

이렇게 그 신상만 편하기를 비는 것이다.

응칠이는 모든 사람이 저에게 그 어떤 경의를 갖고 대하는 것을 가끔 느끼고 어깨가 으쓱거린다. 백판 모르는 사람도 데리고 앉아서 몇 번 말만 좀 하면 대뜸 구부러진다. 그렇게 장한 것인지 그 일을 하다가, 그 일이라야 도적질이지만, 들어가 욕보던 이야기를 하면 그들은 눈을 커다랗게 뜨고,

"아이구, 그걸 어떻게 당하셨수!"

하고 적이 놀라면서도,

"그래 그 돈은 어떡했수?"

"또 그럴 생각이 납디까요?"

"참, 우리 같은 농군에 대면 호강살이유!"

하고들 한편 썩 부러운 모양이었다. 저들도 그와 같이 진탕 먹고 살고는 싶으나 주변 없어 못 하는 그 울분에서 그런 이야기만 들어도 다소 위안이 되는 것이다. 응칠이는 이걸 잘 알고 그 누구를 논에다 거꾸로 박아 놓고 달아나다가 붙들리어 경치던 이야기를

부지런히 하며,

"자네들은 안적 멀었네, 멀었어."

하고 흰소리를 치면 그들은, 옳다는 뜻이겠지, 묵묵히 고개만 꺼떡꺼떡하며 속없이 술을 사주고 담배를 사주고 하는 것이다.

그런데 이번 벼를 훔쳐 간 놈은 응칠이를 마구 넘보는 모양 같다.

이렇게 생각하면 응칠이는 더욱 괘씸하였다. 그는 물푸레 몽둥이를 벗 삼아 논둑길을 질러서 산으로 올라간다.

이슥한 그믐칠야.

길은 어둡고 흐릿한 언저리만 눈앞에 아물거린다.

그 논까지 칠 마장은 느긋하리라. 이 마을을 벗어나는 어귀에 고개 하나를 넘는다. 또 하나를 넘는다. 그러면 그 다음 고개와 고개 사이에 수목이 울창한 산중턱을 비껴 대고 몇 마지기의 논이 놓였다. 응오의 논은 그 중의 하나이었다. 길에서 썩 들어앉은 곳이라 잘 뵈도 않는다. 동리에 그런 소문이 안 났을 때에는 천행으로 본 놈이 없을 것이나 반드시 성팔 이의 성행임에는……

응칠이는 공동묘지의 첫 고개를 넘었다. 그리고 다음 고개의 마루턱에 올라섰을 때 다리가 주춤하였다. 저 왼편 높은 산고랑에서 불이 반짝 하다 꺼진다. 짐승 불로는 너무 흐리고…… 아―하, 이 놈들이 또 왔군. 그는 가던 길을 옆으로 새었다. 더듬더듬 나뭇가지를 짚으며 큰 산으로 올라간다. 바위는 미끄러 내리며 발등을 찧는다. 딸기 가시에 종아리는 따갑고 엉금엉금 기어서 바위를 끼고 감돈다.

산, 거반 꼭대기에 바위와 바위가 어깨를 겯고 움쑥 들어간 굴이 있다. 풀들은 뻗치어 굴문을 막는다.

그 속에 돌아앉아서 다섯 놈이 머리를 맞대고 수군거린다. 불빛이 샐까 염려다. 남폿불을 얕이 달아 놓고 몸들을 바싹바싹 여미어 가리운다.

"어서 후딱후딱 쳐, 갑갑해서 원."

"이번엔 누가 빠지나?"

"이 사람이지 뭘 그래."

"다시 섞어, 어서 이따위 수작이야."

하고 한 놈이 골을 내고 화투를 빼앗아 제 손으로 섞다가 깜짝 놀란다. 그리고 버썩 대드는 응칠이를 벙벙히 쳐다보며 얼쭐한다.

그들은 응칠이가 오는 것을 완고척이 싫어하는 눈치였다. 이런 애송이 노름판인데 응칠이를 들였다가는 맥을 못 쓸 것이다. 속으로는 되우 꺼렸지마는 그렇다고 응칠이의 비위를 건드림은 더욱 좋지 못하므로,

"아, 응칠인가, 어서 들어오게."

하고 선웃음을 치는 놈에,

"난 올 듯 하기에, 자넬 기다렸지."

하며 어수대는 놈,

"하여튼 한 케 떠보세."

이놈들은 손을 잡아들이며 썩들 환영이었다.

응칠이는 그 속으로 들어서며 무서운 눈으로 좌중을 한번 훑어보았다.

그런데 재성이도 그 틈에 끼어 있는 것이 아닌가. 사나흘 전만 해도 응칠이더러 먹을 양식이 없으니 돈 좀 취하라던 놈이 의심이 부썩 일었다. 도둑이란 흔히 이런 노름판에서 씨가 퍼진다. 그 옆으로 기호도 앉았다. 이놈은 며칠 전 제 계집을 팔았다. 그 돈으로 영동 가서 장사를 하겠다던 놈이 노름을 왔다. 제깐 주제에 딸 듯

싶은가. 하나는 용구. 농사엔 힘 안 쓰고 노름에 몸이 달았다. 시키는 부역도 안 나온다고 동리에서 손도를 맞을 놈이다. 그리고 남의 집 머슴 녀석. 뽐을 내고 멋없이 점잔을 피우는 중늙은이 상투쟁이, 이 물건은 어서 날아왔는지 보지도 못하던 놈이다. 체, 이것들이 뭘 한다구!

응칠이는 기호의 등을 꾹 찔러 가지고 밖으로 나왔다. 외딴곳으로 데리고 와서,

"자네 돈 좀 없겠나?"

하고 돌아서다가,

"웬걸 돈이 어디……."

눈치만 남고 어름어름하니,

"아내와 갈렸다지, 그 돈 다 뭐했나?"

"아 이 사람아, 빚 갚았지!"

기호는 눈을 내리깔며 매우 거북한 모양이다.

오른편 엄지로 한 코를 막고 홍 하고 내뽑더니 이번 빚에 졸리어 죽을 뻔했네 하고 묻지 않는 발뺌까지 얹어서 설대로 등어리를 긁죽긁죽한다.

그러나 응칠이는 속으로 이놈, 하였다.

응칠이는 실눈을 뜨고 기호를 유심히 쏘아 주었더니,

"꼭 사 원 남았네."

하고 선뜻 알리고,

"빚 갚고 뭣하고 흐지부지 녹았어."

어색하게도 혼자말로 우물쭈물 웃어 버린다.

응칠이는 퉁명스러이,

"나 이 원만 최게."

하고 손을 내 대다 그래도 잘 듣지 않으매,

"따서 둘이 노눌 테야, 누가 떼먹나."

하고 소리가 한번 빽 아니 나올 수 없다.

이 말에야 기호도 비로소 안심한 듯, 저고리 섶을 쳐들고 홈척거리다 쭈볏쭈볏 꺼내 놓는다. 딴은 응칠이의 솜씨면 낙자는 없을 것이다. 설혹 재간이 모자라 잃는다면 우격이라도 도로 몰아갈 테니깐.

"나두 한 케 떠보세."

응칠이는 우쬐스레 굴로 기어든다. 그 콧등에는 자신 있는 그리고 흡족한 미소가 떠오른다. 사실이지 노름만큼 그를 행복하게 하는 건 다시없었다. 슬프다가도 화투나 투전장을 손에 들면 공연스레 어깨가 으쓱거리고 아무리 일이 바빠도 노름판은 옆에 못 두고 지난다. 그는 이놈 저놈의 눈치를 슬쩍 한번 훑고,

"두 패루 나누지?"

응칠이는 재성 이와 용구를 데리고 한옆으로 비켜 앉았다. 그리고 신바람이 나서 화투를 섞다가 손을 따악 짚으며,

"뛰전이래지 이깐 화투는 하여튼 뭘 할 텐가, 녹삐킨가 켤텐가?"

"약단이나 그저 보지!"

사방은 매섭게 조용하였다. 바위 위에서 혹 바람에 모래 구르는 소리뿐이다. 어쩌다,

"옜다. 봐라."

하고 화투짝이 쩔꺽, 한다. 그리곤 다시 쥐죽은 듯 잠잠하다.

그들은 이 욕에 몸이 달아서 이야기고 뭐고 할 여지가 없다. 행여 속지나 않는가 하여 눈들이 빨개서 서로 독을 올린다. 어떤 놈이 뜨는 놈이고 어떤 놈이 뜯기는 놈인지 영문 모른다. 응칠이가

한 장을 내던지고 명월 공산을 보기 좋게 떡 젖혀 놓으니,

"이거 왜 수짜질이야!"

용구는 골을 벌컥 내며 쳐다본다.

"뭐가?"

"뭐라니, 아, 이 공산 자네 밑에서 빼내지 않았나?"

"봤으면 고만이지 그렇게 노할 건 또 뭔가!"

응칠이는 어설피 입맛을 쩍쩍 다시다,

"그럼 이번엔 파토지?"

하고 손의 화투를 땅에 내던지며 껄껄 웃어 버린다.

이때 한옆에서 별안간,

"이 자식, 죽인가!"

악을 쓰는 것이니 모두들 놀라며 시선을 몬다. 머슴이 마주 앉은 상투의 뺨을 갈겼다. 말인즉 매조 다섯 끗을 엎어 쳤다고.

하나 정말은 돈을 잃은 것이 분한 것이다. 이 돈이 무슨 돈이냐 하면 일 년 품을 판 피 묻은 사경이다. 이런 돈을 송두리째 먹히다니.

"이 자식, 너는 야마시(사기)꾼이지. 돈 내라."

멱살을 홈켜잡고 다시 두 번을 때린다.

"허, 이놈이 왜 이러누, 어른을 몰라보고."

상투는 책상다리를 잡숫고 허리를 쓰윽 펴더니 점잖이 호령한다. 자식뻘 되는 놈에게 뺨을 맞는 건 말이 좀 덜 된다. 약이 올라서 곧 일을 칠 듯이 엉덩이를 번쩍 들었으나 그러나 그대로 주저앉고 말았다. 악에 바짝 받친 놈을 건드렸다가는 결국 이쪽이 손해다. 더럽단 듯이 허, 허 웃고,

"버릇없는 놈 다 봤고!"

하고 꾸짖은 것은 잘됐으나 기어이 어이쿠, 하고 그 자리에 푹 엎어진다. 이마가 터져서 피가 흘렀다. 어느 틈엔가 돌멩이가 날아와 이마의 가죽을 터친 것이다.

응칠이는 싱글거리며 굴을 나섰다. 공연스레 쑥스럽게 일어나 벌어지면 성가신 노릇이다. 그리고 돈 백이나 될 줄 알았더니 다 봐야 한 사십 원 될까 말까. 그걸 바라고 어느 놈이 앉았는가.

그가 딴 것은 본 밑을 알라 구 원 하고 팔십 전이다. 기호에게 오 원을 내주고,

"자, 반이 넘네. 자네 계집 잃고 돈 잃고 호강이겠네."

농담으로 비웃어 던지고는 숲속으로 설렁설렁 내려온다.

"여보게, 자네에게 청이 있네."

재성이 목이 말라서 바득바득 따라온다. 그 청이란 묻지 않아도 알 수 있었다. 저에게 돈을 다 빼앗기곤 구문이겠지. 시치미를 딱 떼고 나갈 길만 걷는다.

"여보게 응칠이, 아, 내 말 좀 들어!"

그제는 팔을 잡아낚으며 살려 달라 한다. 돈을 좀 늘릴까 하고 벼 열 말을 팔아 해보았더니 다 잃었다고. 당장 먹을 게 없어 죽을 지경이니 노름 밑천이나 하게 몇 푼 달라는 것이다. 그러나 벼를 털었으면 그저 먹을 것이지 어쭙잖게 노름은……

"그런 걸 왜 너보고 하랬어?"

하고 돌아서며 소리를 빽 지르다가 가만히 보니 눈에 눈물이 글썽하다. 잠자코 돈 이 원을 꺼내 주었다.

응칠이는 돌에 앉아서 팔짱을 끼고 덜덜 떨고 있다.

사방은 뺑— 돌리어 나무에 둘러싸였다. 거무튀튀한 그 형상이 헐 없이 무슨 도깨비 같다. 바람이 불적마다 쏴— 하고 쏴— 하고

음충맞게 건들거린다. 어느 때에는 쨱, 쨱 하고 목을 따는지 비명
도 울린다.

그는 가끔 뒤를 돌아보았다. 별일은 없을 줄 아나 호옥 뭐가 덤
벼들지도 모른다. 서낭당은 바로 등 뒤다. 족제빈지 뭔지, 요동 통
에 돌이 무너지며 바스락바스락한다. 그 소리가 묘하게도 등줄기를
쪼옥 긁는다. 어두운 꿈속이다. 하늘에서 이슬은 내리어 옷깃을 축
인다. 공포도 공포려니와 냉기로 하여 좀처럼 견딜 수가 없었다.

산골은 산신까지도 주렸으렷다. 아들 낳아 달라고 떡 갖다 바칠
이 없을 테니까. 이놈의 영감님 홧김에 덥석 달려들면. 앞뒤를 다
시 한 번 휘돌아본 다음 설대를 뽑는다. 그리고 오금팽이로 불을
가리고는 한 대 뻑뻑 피워 물었다. 논은 여남은 칸 떨어져 그 아
래 누웠다. 일심정기를 다하여 나무 틈으로 뚫어보고 앉았다. 그러
나 땅에 대를 털려니까 풀숲이 이상스러이 흔들린다. 뱀, 뱀이 아
닌가. 구시월 뱀이라니 물리면 고만이다. 자리를 옮겨 앉으며 손으
로 입을 막고 하품을 터진다.

아마 두어 시간은 더 넘었으리라. 이놈이 필연코 올 텐데 안 오
니 또 무슨 조활까. 이 짓이란 소문이 나기 전에 한 번 더 와 보
는 것이 원칙이다. 잠을 못 자서 눈이 뻑뻑한 것이 제물에 슬금슬
금 감긴다. 이를 악물고 눈을 뒵쓰면 이번에는 허리가 오글거린다.
속은 쓰리고 골치는 때리고. 불꽃같은 노기가 불끈 일어서 몸을 옥
죄인다. 이놈의 다리를 못 꺾어 놔도 애비 없는 후레자식이겠다.

닭들이 세 홰를 운다. 멀―리 산을 넘어오는 그 음향이 퍽은 서
글프다. 큰비를 몰아드는지 검은 구름이 잔뜩 낀다. 하긴 지금도
빗방울이 뚝, 뚝, 떨어진다.

그때 논둑에서 희끄무레한 허깨비 같은 것이 얼씬거린다. 정신을

바짝 차렸다. 영락없이 성팔 이, 재성이 그들 중의 한 놈이리라. 이 고생을 시키는 그놈! 이가 북북 갈리고 어깨가 다 식식거린다. 몽둥이를 잔뜩 우려 잡았다. 그리고 벌떡 일어나서 나무줄기를 끼고 조심조심 돌아내린다. 하나 도랑쯤 내려오다가 그는 멈칫하여 몸을 뒤로 물렸다. 늑대 두 놈이 짝을 짓고 이편 산에서 저편 산으로 설렁설렁 건너가는 길이었다. 빌어먹을 늑대, 이것까지 말썽이람. 이마의 식은땀을 씻으며 도로 제자리로 돌아온다. 어쩌면 이번 이놈도 재작년 강도 짝이나 안 될는지. 급시로 불길한 예감이 뒤통수를 '탁' 치고 지나간다.

그는 옷깃을 여미어 한 대를 더 붙였다. 돌연히 풍세는 심하여진다. 산골짜기로 몰아드는 억센 놈이 가끔 발광이다. 다시금 더르르 몸을 떨었다. 가을은 왜 이 지경인지. 여기에서 밤새울 생각을 하니 기가 찼다.

얼마나 되었는지 몸을 좀 녹이고자 일어나서 서성서성할 때이었다. 논으로 다가오는 희미한 그림자를 분명히 두 눈으로 보았다. 그리고 보니 피로고, 한고이고 다 딴소리다. 고개를 내 대고 딱 버티고 서서 눈에 쌍심지를 올린다.

흰 그림자는 어느 틈엔가 어둠 속에 사라져 보이지 않는다. 그리고 다시 나올 줄을 모른다. 바람 소리만 왱, 왱, 칠뿐이다. 다시 암흑 속이 된다. 확실히 벼를 훔치러 논 속으로 들어갔을 것이다. 여깽10)이 같은 놈이 궂은 날새를 기화 삼아 맘껏 하겠지. 의리 없는 썩은 자식, 격장에서 같이 굶는 터에— 오냐 대거리만 있어라. 이를 한번 부드득 갈아붙이고 차츰차츰 논께로 내려온다.

응칠이는 논께로 바특이 내려서서 소나무에 몸을 착 붙였다. 섰

---

10) 여깽이, '여우'의 방언(강원, 경북, 충북)

불리 서둘다간 남의 횡액을 입을지도 모른다. 다 훔쳐 가지고 나올 때만 기다린다. 몸뚱이는 잔뜩 힘을 올린다.

한 식경쯤 지났을까, 도적은 다시 나타난다. 논둑에 머리만 내놓고 사면을 두리번거리더니 그제야 기어 나온다. 얼굴에는 눈만 내놓고 수건인지 뭔지 헝겊이 가리었다. 봇짐을 등에 짊어 메고는 허리를 구붓이 뺑손을 놓는다.

그러자 응칠이가 날째게 달려들며,

"이 자식, 남의 벼를 훔쳐 가니!"

하고 대포처럼 고함을 지르니 논둑으로 고대로 데굴데굴 굴러서 떨어진다. 얼결에 호되게 놀란 모양이다.

응칠이는 덤벼들어 우선 허리께를 내려조겼다. 어이쿠쿠, 쿠— 하고 처참한 비명이다. 이 소리에 귀가 번쩍 띄어서 그 고개를 들고 팔부터 벗겨 보았다. 그러나 너무나 어이가 없었음인지 시선을 치걷으며 그 자리에 우두망찰한다.

그것은 무서운 침묵이었다. 살똥맞은 바람만 공중에서 북새를 논다.

한참을 신음하다 도적은 일어나더니,

"성님까지 이렇게 못살게 굴기유?"

제법 눈을 부라리며 몸을 홱 돌린다. 그리고 느끼며 울음이 복받친다. 봇짐도 내버린 채,

"내 것 내가 먹는데 누가 뭐래?"

하고 데퉁스러이 내뱉고는 비틀비틀 논 저쪽으로 없어진다.

형은 너무 꿈속 같아서 멍하니 섰을 뿐이다.

그러다 얼마 지나서 한 손으로 그 봇짐을 들어 본다. 가뿐하니 끽 말가웃이나 될는지. 이까짓 걸 요렇게까지 해가려는 그 심정은

실로 알 수 없다. 벼를 논에다 도로 털어 버렸다. 그리고 아내의 치마이겠지, 검은 보자기를 척척 개서 들었다. 내 걸 내가 먹는다 — 그야 이를 말이랴. 하나 내 걸 내가 훔쳐야 할 그 운명도 얄궂거니와 형을 배반하고 이 짓을 벌인 아우도 아우렸다. 에—이 고얀 놈, 할 제 볼을 적시는 것은 눈물이다. 그는 주먹으로 눈물을 쓱, 비비고 머리에 번쩍 떠오르는 것이 있으니 두레 두레한 황소의 눈깔. 십오 리를 남쪽 산으로 들어가면 어느 집 바깥뜰에 밤마다 늘 매여 있는 투실투실한 그 황소. 아무렇게 따지든 칠십 원은 갈 데 없으리라. 그는 부리나케 아우의 뒤를 밟았다.

공동묘지까지 거반 왔을 때에야 가까스로 만났다. 아우의 등을 탁 치며,

"얘, 좋은 수 있다. 네 원대로 돈을 해줄게. 나하구 잠깐 다녀오자."

씩씩한 어조로 기쁘도록 달랬다. 그러나 아우는 입 하나 열려 하지 않고 그대로 실쭉하였다. 뿐만 아니라 어깨 위에 올려놓은 형의 손을 부질없단 듯이 몸으로 털어 버린다. 그리고 삑익 달아난다. 이걸 보니 하 엄청나고 기가 꽉 막히었다.

"이눔아!"

하고 악에 받치어,

"명색이 성이라며?"

대뜸 몽둥이는 들어가 그 볼기짝을 후려갈겼다. 아우는 모로 몸을 꺾더니 시나브로 찌그러진다. 뒤미처 앞정강이를 때리고 등을 팼다. 일어나지 못할 만치 매는 내리었다. 체면을 불고하고 땅에 엎드리어 엉엉 울도록 매는 내리었다.

홧김에 하긴 했으되 그 꼴을 보니 또한 마음이 편할 수 없다. 침

을 퉤, 뱉어 던지곤 팔자 드신 놈이 그저 그렇지 별수 있나, 쓰러진 아우를 일으키어 등에 업고 일어섰다. 언제나 철이 날는지 딱한 일이었다. 속 썩는 한숨을 후— 하고 내뿜는다. 그리고 어청어청 고개를 묵묵히 내려온다.

■ 금 따는 콩밭

_____ 김유정

땅속 저 밑은 늘 음침하다.

고달픈 간드렛 불[11], 맥없이 푸르끼하다.

밤과 달라서 낮엔 되우 흐릿하였다.

겉으로 황토 장벽으로 앞뒤 좌우가 콕 막힌 좁직한 구덩이. 흡사히 무덤 속같이 귀중중하다. 싸늘한 침묵, 쿠더브레한 흙내와 징그러운 냉기만이 그 속에 자욱하다.

곡괭이는 뻔질 흙을 이르집는다. 암팡스럽게 내려쪼며,

'퍽 퍽 퍼억.'

이렇게 메떨어진 소리뿐. 그러나 간간 우수수하고 벽이 헐린다. 영식이는 일손을 놓고 소맷자락을 끌어당기어 얼굴의 땀을 훑는다. 이놈의 줄이 언제나 잡힐는지 기가 찼다. 흙 한 줌을 집어 코밑에 바짝 들여대고 손가락으로 샅샅이 뒤져본다. 완연히 버력은 좀 변한 듯싶다. 그러나 불통 버력이 아주 다 풀린 것도 아니었다. 말똥 버력[12]이라야 금이 온다는데 왜 이리 안 나오는지.

곡괭이를 다시 집어 든다. 땅에 무릎을 꿇고 궁뎅이를 번쩍 든

---

11) 간드레(candle) 불, 광산의 갱(坑) 안에서 불을 켜 들고 다니는 카바이드등.
12) 말똥버력, 양파 모양으로 벗겨져 부스러지기 쉬운 버력.

채 식식거린다. 곡괭이는 무작정 내려찍는다. 바닥에서 물이 스미어 무르팍이 홍건히 젖었다. 굿 엎은 천판에서 흙방울은 내리며 목덜미로 굴러든다. 어떤 때에는 웃벽의 한쪽이 떨어지며 등을 탕 때리고 부서진다.

그러나 그는 눈도 하나 깜짝하지 않는다. 금을 캔다고 콩밭 하나를 다 잡쳤다. 약이 올라서 죽을 둥 살 둥 눈이 뒤집힌 이 판이다. 손바닥에 침을 탁 뱉고 곡괭이 자루를 한번 꼰아잡더니 쉴 줄 모른다.

등 뒤에서는 흙 긁는 소리가 드윽드윽 난다. 아직도 버력을 다 못 친 모양. 이 자식이 일을 하나 시졸 하나. 남은 속이 바직바직 타는데 웬 뱃심이 이리도 좋아.

영식이는 살기 띤 시선으로 고개를 돌렸다. 암말 없이 수재를 노려본다. 그제야 꾸물꾸물 바지게에 흙을 담고 등에 메고 사다리를 올라간다.

굿이 풀리는지 벽이 우찔하였다. 흙이 부서져 내린다. 전날이라면 이곳에서 아내 한번 못하고 생죽음이나 안 할까 털끝까지 쭈뼛할 게다. 그러나 이젠 그렇게 되고도 싶다. 수재란 놈하고 흙더미에 묻히어 한껍에 죽는다면 그게 오히려 날게다.

이렇게까지 몹시, 몹시 미웠다.

이놈 풍치는 바람에 애꿎은 콩밭 하나만 결딴을 냈다. 그뿐만 아니라 모두가 낭패다. 세 벌 논도 못 맸다. 논둑의 풀은 성큼 자란 채 어지러이 널려 있다. 이 기미를 알고 지주는 대로하였다. 내년부터는 농사질 생각을 말라고 발을 굴렀다. 땅은 암만을 파도 지수가 없다.

이만해도 다섯 길은 훨씬 넘었으리라. 좀 더 지퍼야 옳을지 혹은 북으로 밀어야 옳을지, 우두커니 망설거린다. 금점 일에는 푸뜸이다. 입때껏 수재의 지휘를 받아 일을 하여왔고, 앞으로도 역 그러해야 금을 딸 것이다. 그러나 그런 칙칙한 짓은 안 한다.

"이리 와 이것 좀 파게."

그는 어쓴 위풍을 보이며 이렇게 분부하였다. 그리고 저는 일어나 손을 털며 뒤로 물러선다. 수재는 군말 없이 고분하였다. 시키는 대로 땅에 무릎을 꿇고 벽채로 군버력을 긁어낸 다음 다시 파기 시작한다.

영식이는 치다 나머지 버력을 짊어진다. 커다란 걸대를 뒤뚝거리며 사다리로 기어오른다. 굿문을 나와 버력더미에 흙을 막 내치려 할 제,

"왜 또 파. 이것들이 미쳤나 그래!"

산에서 내려오는 마름과 맞닥뜨렸다. 정신이 떠름하여 그대로 벙벙히 섰다. 오늘은 또 무슨 포악을 들으려는가.

"말라니까 왜 또 파는 게야."

하고 영식이의 바지게 뒤를 지팡이로 꽉 찌르더니,

"갈아먹으라는 밭이지 흙 쓰고 들어가라는 거야, 이 미친것들아. 콩밭에서 웬 금이 나온다구 이 지랄들이야 그래."

하고 목에 핏대를 올린다. 밭을 버리면 간수 잘못한 자기 탓이다. 날마다 와서 그 북새를 피고 금하여도 담날 보면 또 여전히 파는 것이다.

"오늘로 이 구뎅이를 도로 묻어놔야지 낼로 당장 징역 갈 줄 알게."

너무 감정에 격하여 말도 잘 안 나오고 떠듬떠듬 거린다. 주먹은 곧 날아들 듯이 허구리에서 불불 떤다.

"오늘만 좀 해보고 고만두겠어유."

영식이는 낯이 붉어지며 가까스로 한마디 하였다. 그리고 무턱대고 빌었다. 마름은 들은 척도 안 하고 가버린다. 그 뒷모양을 영식이는 멀거니 배웅하였다. 그러나 콩밭 낯짝을 들여다보니 무던히 애통터진다. 멀쩡한 밭에 가 구멍이 사면 풍풍 뚫렸다.

예제없이 버력은 무더기 무더기 쌓였다. 마치 사태 만난 공동묘지와도 같이 귀살쩍고 되우 을씨년스럽다. 그다지 잘되었던 콩 포기는 거반 버력더미에 다아 깔려버리고 군데군데 어쩌다 남은 놈들만이 고개를 나풀거린다. 그 꼴을 보는 것도 자식 죽는 걸 보는 게 낫지 차마 못 할 경상이었다.

농토는 모조리 떨어질 것이다. 그러나 대관절 올 밭도지 벼 두 섬 반은 뭘로 해야 좋을지. 게다 밭을 망쳤으니 자칫하면 징역을 갈는지도 모른다. 영식이가 구뎅이 안으로 들어왔을 때 동무는 땅에 주저앉아 쉬고 있었다. 태연 무심히 담배만 뻑뻑 피는 것이다.

"언제나 줄을 잡는 거야."

"인제 차차 나오겠지."

"인제 나온다."

하고 코웃음치고 헛먹더니 조금 지나매,

"이 새끼."

흙덩이를 집어 들고 골통을 내려친다.

수재는 어쿠 하고 그대로 폭 엎드린다. 그러다 벌떡 일어선다. 눈에 띄는 대로 곡괭이를 잡자 대뜸 달려들었다. 그러나 강약이 부동. 와살스러운 팔뚝에 튕겨져 벽에 가서 쿵 하고 떨어졌다. 그 순간에 제가 빼앗긴 곡괭이가 정백이를 겨누고 날아드는 걸 보았다. 고개를 홱 돌린다. 곡괭이는 흙벽을 퍽 찍고 다시 나간다.

수재 이름만 들어도 영식이는 이가 갈렸다. 분명히 홀딱 속은 것이다.

영식이는 본디 금전에 이력이 없었다. 그리고 흥미도 없었다. 다만 밭고랑에 웅크리고 앉아서 땀을 흘려가며 꾸벅꾸벅 일만 하였다. 올엔 콩도 뜻밖에 잘 열리고 맘이 좀 놓였다. 하루는 홀로 김을 매고 있노라니까,

"여보게, 덥지 않은가. 좀 쉬었다 하게."

고개를 들어보니 수재다. 농사는 안 짓고 금전으로만 돌아다니더니 무슨 바람에 또 왔는지 싱글벙글한다. 좋은 수나 걸렸나 하고,

"돈 좀 많이 벌었나. 나 좀 주게."

"벌구 말구, 맘껏 먹고 맘껏 쓰고 했네."

술에 거나한 얼굴로 신껏 주적거린다. 그리고 밭머리에 쭈그리고 앉아 한참 객설을 부리더니,

"자네, 돈벌이 좀 안 할려나. 이 밭에 금이 묻혔네! 금이."

"뭐?" 하니까,

바로 이 산 너머 큰골에 광산이 있다. 광부를 삼백여 명이나 부리는 노다지판인데 매일 소출 되는 금이 칠십 냥을 넘는다. 돈으로 치면 칠천 원. 그 줄맥이 큰 산허리를 뚫고 이 콩밭으로 뻗어 나왔다는 것이다. 둘이서 파면 불과 열흘 안에 줄을 잡을 게고, 적어도 하루 서너 돈씩은 따리라.

우선 삼십만 원만해도 얼마냐. 소를 산대도 만 필이 아니냐고. 그러나 영식이는 귀담아듣지 않았다. 금점이란 칼 물고 뜀뛰기다, 잘되면 이거니와 못되면 신세만 조진다, 이렇게 전일부터 들은 소리가 있어서였다. 그 담날도 와서 꾀송거리다[13] 갔다.

---

13) 꾀송거리다. 듣기 좋거나 능숙한 말솜씨로 남을 자꾸 꾀다.

셋째 번에는 집으로 찾아왔는데 막걸리 한 병을 손에 떡 들고 영을 피운다. 몸이 달아서 또 온 것이었다. 봉당에 걸터앉아서 저녁상을 물끄러미 바라보더니 조당수는 몸을 훑는다는 둥 일꾼은 든든히 먹어야 한다는 둥 남들은 논을 사느니 밭을 사느니 떠드는데 요렇게 지내다 그만둘 테냐는 둥 일쩌웁게 지껄인다.

"아주머니, 이것 좀 먹게 해주시게유."

그리고 비로소 영식이 아내에게 술병을 내놓는다. 그들은 밥상을 끼고 앉아서 즐겁게 술을 마셨다. 몇 잔이 들어가고 보니 영식이의 생각도 돌아섰다. 딴은 일 년 고생하고 끽 콩 몇 섬 얻어먹느니보다는 금을 캐는 것이 슬기로운 짓이다.

하루에 잘만 캔다면 한 해 줄곧 공들인 그 수확보다 훨씬 이익이다. 올봄 보낼 제 비료 값, 품삯, 빚해 빚진 칠 원 까닭에 나날이 졸리는 이 판이다. 이렇게 지지하게 살고 말 바에는 차라리 가로지나 세로지나 사내자식이 한번 해볼 것이다.

"내일부터 우리 파보세. 돈만 있으면 이야 그까짓 콩은…"

수재가 안달 나게 재우쳐 보채일 제 선뜻 응낙하였다.

"그래 보세. 빌어먹을 거 안 됨 고만이지."

그러나 꽁무니에서 죽을 마시고 있던 아내가 허구리를 쿡쿡 찔렀게 망정이지 그렇지 않았다면 좀 주저할 뻔도 하였다.

아내는 아내대로의 심이 빨랐다. 시체는 금점이 판을 잡았다. 선부르게 농사만 짓고 있다간 결국 비렁뱅이밖에는 더 못 된다. 얼마 안 있으면 산이고 논이고 밭이고 할 것 없이 다 금쟁이 손에 구멍이 뚫리고 뒤집히고 뒤죽박죽이 될 것이다. 그때는 뭘 파먹고 사나.

자, 보아라. 머슴들은 짜위나 한 듯이 일하다 말고 후딱 하면 금점으로들 내빼지 않는가. 일꾼이 없어서 올엔 농사를 질 수 없느니 마느니 하고 동리에서는 떠들썩하다. 그리고 번동 포농이 쫓아 호미를 내어던지고 강변으로 개울로 사금을 캐러 달아난다. 그러나 며칠 뒤에는 다비신에다 옥당목을 떨치고 히짜를 뽑는 것이 아닌가.

아내는 콩밭에서 금이 날 줄은 아주 꿈밖이었다. 놀라고도 또 기뻤다. 올해는 노상 침만 삼키던 그놈 코다리(명태)를 짜장 먹어보겠구나, 만 하여도 속이 메질 듯이 짜릿하였다. 뒷집 양근 댁은 금점 덕택에 남편이 사다 준 흰 고무신을 신고 나릿나릿 걷는 것이 무척 부러웠다. 저도 얼른 금이나 펑펑 쏟아지면 흰 고무신도 신고 얼굴에 분도 바르고 하리라.

"그렇게 해보지 뭐. 저 양반 하잔 대로만 하면 어련히 잘될라구."

얼뚤하여 앉아있는 남편을 이렇게 추겼던 것이다.

동이 트기 무섭게 콩밭으로 모였다. 수재는 진언이나 하는 듯 이리대고 중얼거리고 저리대고 중얼거리고 하였다. 그리고 덤벙거리며 이리 왔다가 저리 왔다가 하였다. 제 딴은 땅속에 누운 줄 맥을 어림하여 보는 맥이었다.

한참을 밭을 헤매다가 산 쪽으로 붙은 한구석에 딱 서며 손가락을 펴들고 설명한다. 큰 줄이란 본시 산운 산을 끼고 도는 법이다. 이 줄이 노다지임에는 필시 이켠으로 버듬히 누웠으리라. 그러니 여기서부터 파 들어가자는 것이었다.

영식이는 그 말이 무슨 소린지 새기지는 못했다. 마는 금점에는 난다는 수재이니 그 말대로 하기만 하면 영락없이 금퇴야 나겠지 하고 그것만 꼭 믿었다. 군말 없이 지시해 받은 곳에다 삽을 폭

꽂고 파헤치기 시작하였다.

금도, 금이면 애써 키워온 콩도 콩이었다. 거의 다 자란 허울 멀쑥한 놈들이 삽 끝에 으스러지고 흙에 묻히고 하는 것이다. 그걸 보는 것은 썩 속이 아팠다. 애틋한 생각이 물밀 때 가끔 삽을 놓고 허리를 구부려서 콩잎의 흙을 털어주기도 하였다.

"아, 이 사람아, 맥쩍게 그건 봐 뭘 해, 금을 캐자니깐."

"아니야, 허리가 좀 아파서!"

핀잔을 얻어먹고는 좀 열없었다. 하기는 금만 잘 터져 나오면 이 까진 콩밭쯤이야. 이 밭을 풀어 논도 만들 수 있을 것이다. 눈을 감아버리고 삽의 흙을 아무렇게나 콩잎 위로 휙휙 내어던진다.

"구구루 땅이나 파먹지 이게 무슨 지랄들이야!"

동리 노인은 뻔질 찾아와서 귀 거친 소리를 하고 하였다.

밭에 구멍을 셋이나 뚫었다. 그리고 대구 뚫는 길이었다. 금인가 난장을 맞을 건가? 그것 때문에 농군은 버렸다. 이게 필연코 세상이 망하려는 징조이리라. 그 소중한 밭에다 구멍을 뚫고 이 지랄이니 그놈이 온전할 겐가.

노인은 제물 화에 지팡이를 들어 삿대질을 아니 할 수 없었다.

"벼락 맞느니 벼락 맞어."

"염려 말아유. 누가 알래지유."

영식이는 그럴 적마다 데퉁스리 쏘았다. 골김에 흙을 되는대로 내 꼰 지고는 침을 탁 뱉고 구뎅이로 들어간다. 그러나 마음 한구석에는 언제나 끄은 하였다. 줄을 찾는다고 콩밭을 통이 뒤집어놓았다. 그리고 줄이 언제나 나올지 아직 까맣다. 논도 못 매고 물도 못 보고 벼가 어이 되었는지 그것조차 모른다. 밤에는 잠이 안 와 멀뚱하니 애를 태웠다.

수재는 낙담하는 기색도 없이 늘 하냥이었다. 땅에 웅숭그리고 시적시적 노량으로 땅만 판다.

"줄이 꼭 나오겠나?"

하고 목이 말라서 물으면,

"이번에 안 나오거든 내 목을 비게."

서슴지 않고 장담을 하고는 꿋꿋하였다.

이걸 보면 영식이도 마음이 좀 뇌는 듯싶었다. 전들 금이 없다면 무슨 멋으로 이 고생을 하랴. 반드시 금은 나올 것이다. 그제서는 이왕 손해는 하릴없거니와 고만두리라는 절망이 스스로 사라지고 다시금 주먹이 쥐어지는 것이었다.

캄캄하게 밤은 어두웠다. 어디선가 뭇 개가 요란히 짖어 대인다.

남편은 진흙투성이를 하고 산에서 내려왔다. 풀이 죽어서 몸을 잘 가누지도 못하고 아랫목에 축 늘어진다.

이 꼴을 보니 아내는 맥이 다시 풀린다. 오늘도 또 글렀구나. 금이 터지 며는 집을 한 채 사간다고 자랑을 하고 왔더니 이내 헛일이었다. 인제 좌지가 나서 낯을 들고 나아갈 염의조차 없어졌다.

남편에게 저녁을 갖다 주고 딱하게 바라본다.

"인젠 꿔온 양식도 다 먹었는데…"

"새벽에 산제를 좀 지낼 텐데 한 번만 더 꿔와."

남의 말에는 대답 없고 유하게 흘게 늦은 소리뿐 그리고 드러누운 채 눈을 지그시 감아버린다.

"죽거리두 없는데 산제는 무슨…"

"듣기 싫어, 요망 맞은 년 같으니."

이 호통에 아내는 고만 멈칫하였다. 요즘 와서는 무턱대고 공연스리 골만 내는 남편이 역 딱하였다. 환장을 하는지 밤잠도 아니

자고 소리만 뻑뻑 지르며 덤벼들려고 든다. 심지어 어린것이 좀 울어도 이 자식 갖다 내꾼지라고 북새를 피는 것이다.

저녁을 아니 먹으므로 그냥 치워버렸다. 남편의 영을 거역키 어려워 양근 댁한테로 또다시 안 갈 수 없다. 그간 양식은 줄곧 꾸어다 먹고 갚지도 못하였는데 또 무슨 면목으로 입을 벌릴지 난처한 노릇이었다.

그는 생각다 끝에 있는 염치를 보째 쏟아 던지고 다시 한 번 찾아가는 것이다. 마는 딱 맞닥뜨리어 입을 열고,

"낼 산제를 지낸다는데 쌀이 있어야지유."

하자니 역 낯이 화끈하고 모닥불이 날아든다.

그러나 그들은 어지간히 착한 사람이었다.

"암 그렇지요. 산신이 벗나면 죽도 글릅니다."

하고 말을 받으며 그 남편은 빙그레 웃는다. 워낙 이 금점에 장구 닳아 난 몸인 만치 이런 일에는 적잖이 속이 틔었다. 손수 쌀 닷 되를 떠 주며,

"산제란 안 지냄 몰라두 이왕 지낼려면 아주 정성껏 해야 됩니다. 산신이란 노하길 잘하니까유."

하고 그 비방까지 깨쳐 보낸다.

쌀을 받아들고 나오며 영식이 처는 고마움보다 먼저 미안에 질리어 얼굴이 다시 빨갰다. 그리고 그들 부부 살아가는 살림이 참으로, 참으로 몹시 부러웠다. 양근 댁 남편은 날마다 금점으로 감돌며 버력더미를 뒤지고 토록을 주워온다.

그걸 온종일 장판돌에다 갈면 수가 좋으면 이삼 원, 옥아도 칠팔십 전 꼴은 매일 심이 되는 것이었다. 그러면 쌀을 산다, 피륙을 끊는다, 떡을 한다, 장리를 놓는다…… 그런데 우리는 왜 늘 요 꼴

인지 생각만 하여도 가슴이 메이는 듯 맥맥한 한숨이 연발을 하는 것이었다.

아내는 집에 돌아와 떡쌀을 담그었다. 낼은 뭘로 죽을 쑤어먹을는지. 윗목에 웅크리고 앉아서 맞은쪽에 자빠져 있는 남편을 곁눈으로 살짝 할퀴어본다. 남들은 돌아다니며 잘두 금을 주어오련만 저 망나니 제 밭 하나를 다 버려도 금 한 톨 못 주워오나. 에에, 변변치도 못한 사나이. 저도 모르게 얕은 한숨이 거푸 두 번을 터진다.

밤이 이슥하여 그들 양주는 떡을 하러 나왔다. 남편은 절구에 쿵쿵 빻았다. 그러나 체가 없다. 동네로 돌아다니며 빌려오느라고 아내는 다리에 불 풍이 났다.

"왜 이리 앉었수, 불 좀 지피지."

떡을 찧다가 얼이 빠져서 멍하니 앉은 남편이 밉살스럽다. 남은 이래저래 애를 죄는데 저건 무슨 생각을 하고 저리 있는 건지. 낫으로 삭정이를 탁탁 조겨서 던져주며 아내는 은근히 혹닥이었다. 닭이 두 홰를 치고 나서야 떡은 되었다. 아내는 시루를 이고 남편은 겨드랑이에 자리 때기를 꼈다. 그리고 캄캄한 산길을 올라간다.

비탈길을 얼마 올라가서야 콩밭은 놓였다. 전면이 우뚝한 검은 산에 둘리어 막힌 곳이었다. 가장자리로 느티 대추나무들은 머리를 풀었다. 밭머리 조금 못미처 남편은 걸음을 멈추자 뒤의 아내를 돌아본다.

"인내, 그리구 여기 가만히 섰어."

시루를 받아 한 팔로 껴안고 그는 혼자서 콩밭으로 올라섰다. 앞에 쌓인 것이 모두 흙더미, 그 흙더미를 막 돌아서려 할 제 아마 돌을 찼나 보다. 몸이 쓰러지려고 우찔끈하니 아내가 기겁을 하여 뛰어오르며 그를 부축하였다.

"부정 타라고. 왜 올라와, 요망 맞은 년."

남편은 몸을 고루잡자 소리를 뻑 지르며 아내 얼뺨을 붙인다. 가뜩이나 죽으라, 죽으라 하는데 불길하게도 계집년이. 그는 마뜩치 않게 투덜거리며 밭으로 들어간다. 밭 한가운데다 자리를 펴고 그 위에 시루를 놓았다. 그리고 시루 앞에다 공손하고 정성스레 재배를 커다랗게 한다.

"우리를 살려줍시사. 산신께서 거들어주지 않으면 저희는 죽을밖에 꼼짝 수 없읍니다유."

그는 손을 모으고 이렇게 축원하였다.

아내는 이 꼴을 바라보며 독이 뾰록 같이 올랐다. 금점을 합네 하고 금한 톨 못 캐는 것이 버릇만 점점 글러간다. 그전에는 없더니 요새로 건듯하면 탕탕 때리는 못된 버릇이 생긴 것이다. 금을 캐랬지 뺨을 치랬나. 제발 덕분에 고놈의 금 좀 나오지 말았으면. 그는 뺨 맞은 앙심으로 맘껏 방자하였다.

하긴 아내의 말 고대로 되었다. 열흘이 썩 넘어도 산신은 깜깜 무소식이었다. 남편은 밤낮으로 눈을 까뒤집고 구덩이에 묻혀 있었다. 어쩌다 집엘 내려오는 때이면 얼굴이 헐떡하고 어깨가 축 늘어지고 거반 병객이었다. 그리고서 잠자코 커다란 몸집을 방고래에다 쿵 하고 내던지고 하는 것이다.

"제이미 붙을, 죽어나 버렸으면."

혹은 이렇게 탄식하기도 하였다.

아내는 바가지에 점심을 이고서 집을 나섰다. 젖 먹이는 등을 두드리며 좋다고 끽끽거린다. 이젠 흰 고무신이고 코다리고 생각조차 물렸다. 그리고 금하는 소리만 들어도 입에 신물이 날 만큼 되었다. 그건 고사하고 꿰다 먹은 양식에 졸리지나 말았으면 그만도 좋으리 마는.

가을은 논으로 밭으로 누우렇게 내리었다. 농군들은 기꺼운 낯을 하고 서로 만나면 흥겨운 농담, 그러나 남편은 앰한 밭만 망치고 논조차 건살 못하였으니 이 가을에는 뭘 거둬들이고 뭘 즐겨할는지. 그는 동리 사람의 이목이 부끄러워 산길로 돌았다.

솔숲을 나서서 멀리 밭에를 바라보니 둘이 다 나와 있다. 오늘도 또 싸운 모양. 하나는 이쪽 흙더미에 앉았고 하나는 저쪽에 앉았고. 서로들 외면하여 담배만 뻑뻑 피운다.

"점심들 잡숫게유."

남편 앞에 바가지를 내려놓으며 가만히 맥을 보았다.

남편은 적삼이 찢어지고 얼굴에 생채기를 내었다. 그리고 두 팔을 걷고 먼 산을 향하여 묵묵히 앉았다.

수재는 흙에 박혔다 나왔는지 얼굴은커녕 귓속들이 흙투성이다. 코밑에는 피딱지가 말라붙었고 아직도 조금씩 피가 흘러내린다. 영식이 처를 보더니 열적은 모양. 고개를 돌리어 모로 떨어치며 입맛만 쩍쩍 다신다.

금을 캐라니까 밤낮 피만 내다 말라는가. 빚에 졸리어 남은 속을 볶는데 무슨 호강에 이지랄들인구. 아내는 못마땅하여 눈가에 살을 모았다.

"산제 지낸다구 꿰온 것은 은제나 갚는다지유?"

뚱하고 있는 남편을 향하여 말끝을 꼬부린다. 그러나 남편은 눈썹 하나 까딱하지 않는다. 이번에는 어조를 좀 돋으며,

"갚지도 못할 걸 왜 꿰오라 했지유!"

하고 얼추 호령이었다.

이 말은 남편의 채 가라앉지도 못한 분통을 다시 건드린다. 그는 벌떡 일어서며 황밤주먹을 쥐어 창낭할 만치 아내의 골통을 후렸다.

"계집년이 방정맞게."

다른 것은 모르나 주먹에는 아찔하였다. 멋없이 덤비다간 골통이 부서진다. 암상을 참고 바르르하다가 이윽고 아내는 등에 업은 언내를 끌러 들었다. 남편에게로 그대로 밀어 던지니 아이는 까르륵하고 숨 모는 소리를 친다. 그리고 아내는 돌아서서 혼잣말로,

"콩밭에서 금을 딴다는 숙맥도 있담."

하고 빗대놓고 비아냥거린다.

"이년아, 뭐!"

남편은 대뜸 달려들며 그 볼따구니에다 다시 올찬 황밤을 주었다. 저그나면 계집이니 위로도 하여주련만 요건 분만 폭폭 질러놓려나. 예이, 빌어먹을 거, 이판사판이다.

"너허구 안 산다. 오늘루 가거라."

아내를 와락 떠다밀어 논둑에 제켜놓고 그 허구리를 발길로 퍽 질렀다.

아내는 입을 헉하고 벌린다.

"네가 허라구 옆구리를 쿡쿡 찌를 제는 은제냐, 요 집안 망할 년."

그리고 다시 퍽 질렀다. 연하여 또 퍽.

이 꼴들을 보니 수재는 조바심이 일었다. 저러다가 그 분풀이가 다시 제게로 슬그머니 옮아올 것을 지레 채었다. 인제 걸리면 죽는다. 그는 비슬비슬하다 어느 틈엔가 구뎅이 속으로 시나브로 없어져 버린다. 볕은 다스로운 가을 향취를 풍긴다. 주인을 잃고 콩은

무거운 열매를 둥글둥글 흙에 굴린다. 맞은쪽 산 밑에서 벼들을 베며 기뻐하는 농군의 노래.

"터졌네, 터져."

수재는 눈이 휘둥그렇게 굿문을 뛰어나오며 소리를 친다. 손에는 흙 한 줌이 잔뜩 쥐었다.

"뭐?" 하다가,

"금줄 잡았어, 금줄."

"응!"

하고 외마디를 뒤 남기자 영식이는 수재 앞으로 살같이 달려들었다. 허겁지겁 그 흙을 받아들고 샅샅이 헤쳐 보니 딴은 재래에 보지 못하던 불그죽죽한 황토이었다.

그는 눈에 눈물이 핑 돌며,

"이게 원줄인가?"

"그럼 이것이 곱색줄이라 네. 한 포에 댓 돈씩은 넉넉 잡히데."

영식이는 기쁨보다 먼지 기가 탁 막혔다. 웃어야 옳을지 울어야 옳을지. 다만 입을 반쯤 벌린 채 수재의 얼굴만 멍하니 바라본다.

"이리 와봐. 이게 금이래."

이윽고 남편은 아내를 부른다. 그리고 내 뭐랬어, 그렇게 해보라고 그랬지, 하고 설면설면 덤벼오는 아내가 한결 어여뻤다. 그는 엄지가락으로 아내의 눈물을 지워주고 그러고 나서 껑충거리며 구덩이로 들어간다.

"그 흙 속에 금이 있지요?"

영식이 처가 너무 기뻐서 코다리에 고래 등 같은 집까지 연상할 제 수재는 시원스러이,

"네, 한 포대에 오십 원씩 나와유."

하고 대답하고 오늘 밤에는 꼭 정녕코 꼭 달아나리라 생각하였다.

거짓말이란 오래 못 간다. 봉이 나서 뼈다귀도 못 추리기 전에 훨훨 벗어나는 게 상책이겠다.

■ 봄봄

——————— 김유정

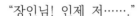

"장인님! 인제 저……."

내가 이렇게 뒤통수를 긁고, 나이가 찼으니 성례를 시켜줘야 하지 않겠느냐고 하면 대답이 늘,

"이 자식아! 성례구 뭐구 미처 자라야지!" 하고 만다.

이 자라야 한다는 것은 내가 아니라 내 아내가 될 점순이의 키 말이다.

내가 여기에 와서 돈 한 푼 안 받고 일하기를 삼 년 하고 꼬박 일곱 달 동안을 했다. 그런데도 미처 못 자랐다니까 이 키는 언제야 자라는 겐지 짜장 영문 모른다. 일을 좀 더 잘해야 한다든지, 혹은 밥을 많이 먹는다고 노상 걱정이니까 좀 덜 먹어야 한다든지 하면 나도 얼마든지 할 말이 많다. 허지만 점순이가 아직 어리니까 더 자라야 한다는 여기에는 어쩌 볼 수 없이 고만 빙빙하고 만다.

이래서 나는 애최 계약이 잘못된 걸 알았다. 이태면 이태, 삼 년 이면 삼 년, 기한을 딱 작정하고 일을 해야 원 할 것이다. 덮어놓고 딸이 자라는 대로 성례를 시켜 주마, 했으니 누가 늘 지키고 서 있는 것도 아니고, 그 키가 언제 자라는지 알 수 있는가. 그리고 난 사람의 키가 무럭무럭 자라는 줄만 알았지 붙배기 키에 모로만 벌어지는 몸도 있는 것을 누가 알았으랴. 때가 되면 장인님이 어련하랴 싶어서 군소리 없이 꾸벅꾸벅 일만 해왔다. 그럼 말이다. 장인님이 제가 다 알아채서,

"어참, 너 일 많이 했다. 고만 장가들어라."

하고 살림도 내주고 해야 나도 좋을 것이 아니냐. 시치미를 딱 떼고 도리어 그런 소리가 나올까 봐서 지레 펄펄 뛰고 이 야단이다. 명색이 좋아 데릴사위지 일하기에 싱겁기도 할뿐더러 이건 참 아무것도 아니다.

숙맥이 그걸 모르고 점순이의 키 자라기만 까맣게 기다리지 않았나.

언젠가는 하도 갑갑해서 자를 가지고 덤벼들어서 그 키를 한번 재볼까 했다. 마는 우리는 장인님이 내외를 해야 한다고 해서 마주 서 이야기도 한마디 하는 법 없다. 우물길에서 언제나 마주칠 적이면 겨우 눈어림으로 재보고 하는 것인데 그럴 적마다 나는 저만침 가서 '제에미 키두!' 하고 논둑에다 침을 퉤, 뱉는다. 아무리 잘 봐야 내 겨드랑(다른 사람보다 좀 크긴 하지만) 밑에서 넘을락 말락 밤낮 요 모양이다.

개돼지는 푹푹 크는데 왜 이리도 사람은 안 크는지, 한동안 머리가 아프도록 궁리도 해보았다. 아하, 물동이를 자꾸 이니까 뼈다귀가 움츠러드나보다, 하고 내가 넌짓 넌지시 그 물을 대신 길어도 주었다. 뿐만 아니라 나무를 하러 가면 서낭당에 돌을 올려놓고 '점순이의 키 좀 크게 해줍소사. 그러면 담엔 떡 갖다 놓고 고사드립죠니까.' 하고 치성도 한두 번 드린 것이 아니다. 어떻게 되먹은 킨지 이래도 막무가내니…….

그래 내 어저께 싸운 것이지 결코 장인님이 밉다든가 해서가 아

니다.

모를 붓다가 가만히 생각을 해보니까 또 싱겁다. 이 벼가 자라서 점순이가 먹고 좀 큰다면 모르지만 그렇지도 못한 걸 내 심어서 뭘 하는 거냐. 해마다 앞으로 축 불거지는 장인님의 아랫배(가 너무 먹는 걸 모르고 냇병이라나, 그 배)를 불리기 위하여 심곤 조금도 싶지 않다.

"아이구 배야!"

난 몰 붓다 말고 배를 쓰다듬으면서도 그대로 논둑으로 기어올랐다. 그리고 겨드랑에 꼈던 벼 담긴 키를 그냥 땅바닥에 털썩 떨어치며 나도 털썩 주저앉았다. 일이 암만 바빠도 나 배 아프면 고만이니까. 아픈 사람이 누가 일을 하느냐. 파릇파릇 돋아 오른 풀 한 숲을 뜯어 들고 다리의 거머리를 쑥쑥 문대며 장인님의 얼굴을 쳐다보았다.

논 가운데서 장인님도 이상한 눈을 해가지고 한참 날 노려보더니,

"넌 이 자식, 왜 또 이래 응?"

"배가 좀 아파서유!"

하고 풀 위에 슬며시 쓰러지니까 장인님은 약이 올랐다. 저도 논에서 철벙 철벙 둑으로 올라오더니 잡은 참 내 멱살을 움켜잡고 뺨을 치는 것이 아닌가……

"이 자식아. 일 허다 말면 누굴 망해 놀 속셈이냐. 이 대가릴 까놀 자식?"

우리 장인님은 약이 오르면 이렇게 손버릇이 아주 못됐다. 또 사위에게 이 자식 저 자식 하는 이놈의 장인님은 어디 있느냐. 오죽해야 우리 동리에서 누굴 물론 하고 그에게 욕을 안 먹는 사람은

명이 짜르다 한다. 조그만 아이들까지도 그를 돌아 세놓고 욕필이(본 이름이 봉필이니까) 욕필이, 하고 손가락질을 할 만치 두루 인심을 잃었다. 허나 인심을 정말 잃었다면 욕보다 읍의 배참봉 댁 마름으로 더 잃었다. 번히 마름이란 욕 잘하고, 사람 잘 치고, 그리고 생김 생기길 호박개 같아야 쓰는 거지만 장인님은 외양이 똑 됐다. 장인에게 닭마리나 좀 보내지 않는다든가 애벌논 때 품을 좀 안 준다든가 하면 그해 가을에는 영락없이 땅이 뚝뚝 떨어진다. 그러면 미리부터 돈도 먹고 술도 먹이고 안달재신으로 돌아치던 놈이 그 땅을 슬쩍 돌라 안는다. 이 바람에 장인님집 외양간에는 눈깔 커다란 황소 한 놈이 절로 엉금엉금 기어들고, 동리 사람들은 그 욕을 다 먹어가면서도 그래도 굽실굽실 하는 게 아닌가⋯⋯그러나 내겐 장인님이 감히 큰소리할 계제가 못된다.

뒷생각은 못하고 뺨 한 개를 딱 때려놓고는 장인님은 무색해서 덤덤히 쓴 침만 삼킨다. 난 그 속을 퍽 잘 안다.

조금 있으면 갈도 꺾어야 하고 모도 내야하고, 한창 바쁜 때인데 나 일 안하고 우리 집으로 그냥 가면 고만이니까.

작년 이맘때도 트집을 좀 하니까 늦잠잔다구 돌멩이를 집어 던져서 자는 놈의 발목을 삐게 해 놨다. 사날씩이나 건숭 끙끙, 앓았더니 종당에는 거반 울상이 되지 않았는가⋯⋯

"예, 그만 일어나 일 좀 해라. 그래야 올 갈에 벼 잘되면 너 장가들지 않니."

그래 귀가 번쩍 띄어서 그날로 일어나서 남이 이틀 품들일 논을 혼자 삶아 놓으니까 장인님도 눈깔이 커다랗게 놀랐다. 그럼 정말로 가을에 와서 혼인을 시켜 줘야 온 경우가 옳지 않겠나, 볏섬을 척척 들여쌓아도 다른 소리는 없고 물동이를 이고 들어오는 점순

이를 담배통으로 가리키며,

"이 자식아, 미처 커야지 조걸 무슨 혼인을 한다구 그러니 원!"

하고 남 낯짝만 붉혀 주고 고만이다.

골김에 그저 이놈의 장인님, 하고 댓돌에다 메꼰코 우리 고향으로 내뺄까 하다가 꾹꾹 참고 말았다.

참말이지 난 이 꼴하고는 집으로 차마 못 간다. 장가를 들러 갔다가 오죽 못났어야 그대로 쫓겨 왔느냐고 손가락질을 받을 테니까…….

논둑에서 벌떡 일어나 한풀 죽은 장인님 앞으로 다가서며,

"난 갈 테야유. 그동안 사경 쳐내슈."

"너 사위로 왔지 어디 머슴 살러 왔니?"

"그러면 얼찐 성례를 해줘야 안 하지유. 밤낮 부려만 먹구 해준다, 해준다……"

"글쎄, 내가 안 하는 거냐. 그년이 안 크니까."

하고 어름어름 담배만 담으면서 늘 하는 소리를 또 늘어놓는다.

이렇게 따져나가면 언제든지 늘 나만 밑지고 만다. 이번엔 안 된다, 하고 대뜸 구장님한테로 판단 가자고 소맷자락을 내끌었다.

"아, 이 자식이 왜 이래 어른을."

안 간다구 뻗디디구 이렇게 호령은 제 맘대로 하지만 장인님 제가 내 기운은 못 당한다. 막 부려먹고 딸은 안 주고, 게다 땅땅 치는 건 다 뭐야…….

그러나 내 사실 참 장인님이 미워서 그런 것은 아니다. 그 전날, 왜 내가 새고 개 맞은 봉우리 화전 밭을 혼자 갈고 있지 않았느냐. 밭가장자리로 돌 적마다 야릇한 꽃 내가 물컥물컥 코를 찌르고 머리 위에서 벌들은 가끔 붕, 붕, 소리를 친다. 바위틈에서 샘물

소리밖에 안 들리는 산골짜기니까 맑은 하늘의 봄볕은 이불 속같이 따스하고 꼭 꿈꾸는 것 같다. 나는 몸이 나른하고 몸살(병을 아직 모르지만)이 날려구 그러는지 가슴이 울렁울렁하고 이랬다.

"어러이! 말이! 맘 마 마……"

이렇게 노래를 하며 소를 부리면 여느 때 같으면 어깨가 으쓱으쓱한다. 웬일인지 밭을 반도 갈지 않아서 온몸이 맥이 풀리고 대구 짜증만 난다. 공연히 소만 들입다 두들기며……

"안야! 안야! 이 망할 자식의 소(장인님의 소니까) 대리를 꺾어 들라."

그러나 내 속은 정말 안야 때문이 아니라 점심을 이고 온 점순이의 키를 보고 울화가 났던 것이다.

점순이는 뭐 그리 썩 예쁜 계집애는 못 된다. 그렇다구 또 개떡이냐 하면 그런 것도 아니고, 꼭 내 아내가 돼야 할 만치 그저 튭튭하게 생긴 얼굴이다. 나보다 십년이 아래니까 올해 열여섯인데 몸은 남보다 두 살이나 덜 자랐다. 남은 잘도 흰칠히들 크건만 이건 위아래가 뭉툭한 것이 내 눈에는 헐없이 감참외 같다. 참외 중에는 감참외가 제일 맛좋고 예쁘니까 말이다. 둥글고 커다란 눈은 서글서글하니 좋고 좀 지쳐 찢어졌지만 입은 밥술이나 톡톡히 먹음직하니 좋다. 아따, 밥만 많이 먹게 되면 팔자는 고만 아니냐. 헌데 한 가지 과가 있다면 가끔가다 몸이(장인님이 이걸 채신이 없이 들까분다고 하지만)너무 빨리빨리 논다. 그래서 밥을 나르다가 때 없이 풀밭에서 깨빡을 쳐서 흙투성이 밥을 곧잘 먹인다. 안 먹으면 무안해 할까 봐서 이걸 씹고 앉았느라면 으적으적 소리만 나고 돌을 먹는 겐지 밥을 먹는 겐지……, 그러나 이날은 웬일인지 성한 밥 채로 밭머리에 곱게 내려놓았다. 그리고 또 내외를 해야 하니까 저만큼 떨어져 이쪽으로 등을 향하고 웅크리고 앉아서 그릇나기를 기다린다.

내가 다 먹고 물러섰을 때, 그릇을 챙기는데 난 깜짝 놀라지 않았느냐. 고개를 푹 숙이고 밥함지에 그릇을 포개면서 날더러 들으라는지, 혹은 제소린지,

"밤낮 일만 하란 말 텐가!"

하고 혼자서 쫑알거린다. 고대 잘 내외하다가 이게 무슨 소린가, 하고 난 정신이 얼떨떨했다. 그러면서도 한편 무슨 좋은 수가 있나 없는가 싶어서 나도 공중을 대고 혼잣말로,

"그럼 어떡해?" 하니까,

"성례시켜 달라지. 뭘 어떡해."

하고 되알지게 쏘아붙이고 얼굴이 빨개져서 산으로 그저 도망친다.

나는 잠시 동안 어떻게 되는 심판인지 맥을 몰라서 그 뒷모양만 덤덤히 바라보았다.

봄이 되면 온갖 초목이 물이 오르고 싹이 트고 한다. 사람도 아마 그런가 보다, 하고 며칠 내에 부쩍 (속으로) 자란 듯싶은 점순이가 여간 반가운 것이 아니다. 이런 걸 멀쩡하게 아직 어리다구 하니까…….

우리가 구장님을 찾아갔을 때 그는 싸리문 밖에 있는 돼지우리에서 죽을 퍼주고 있었다. 서울엘 좀 갔다 오더니 사람은 점잖아야 한다구 윗쇰이(얼른 보면 지붕 위에 앉은 제비 꼬랑지 같다) 양쪽으로 뾰죽히 삐치고 그걸 에헴 하고 늘 쓰담는 손버릇이 있다.

우리를 멀뚱히 쳐다보고 미리 알아챘는지,

"왜 일들 허다 말구 그래?"

하더니 손을 올려서 그 에헴 한번 후딱 했다.

"구장님! 우리 장인님과 첨에 계약하기를……"

먼저 덤비는 장인님을 뒤로 떠다밀고 내가 허둥지둥 달려들다가 가만히 생각하고, '아니 우리 빙장님과 첨에.'하고 첫 번부터 다시 말을 고쳤다. 장인님은 빙장님, 해야 좋아하고 밖에 나와서 장인님, 하면 괜스레 골을 내려고 든다. 뱀두 뱀이래야 좋으냐구 창피스러우니 남 듣는 데는 제발 빙장님, 빙모님, 하라구 일상 당조심을 받아오면서 난 그것두 자꾸 잊는다.

당장두 장인님, 하나 옆에서 내 발등을 꾹 밟고 곁눈질을 흘기는 바람에야 겨우 알았지만……

구장님도 내 이야기를 자세히 듣더니 퍽 딱한 모양이었다. 하기야 구장님뿐만 아니라 누구든지 다 그럴 게다.

길게 길러둔 새끼손톱으로 코를 후벼서 저리 탁 튀기며,

"그럼 봉필씨! 얼른 성례를 시켜 주구려, 그렇게까지 제가 하구 싶다는 걸……"

하고 내 짐작대로 말했다. 그러나 이 말에 장인님이 삿대질로 눈을 부라리고,

"아 성례구 뭐구 계집 애년이 미처 자라야 할 게 아닌가?"

하니까 고만 멀쑥해져서 입맛만 쩍쩍 다실뿐이 아닌가.

"그것두 그래!"

"그래, 거의 사년 동안에도 안 자랐더니 그 킨 은제 자라지유"

"다 그만두구 사경 내슈……"

"글쎄, 이 자식아! 내가 크질 말라구 그랬니. 왜 날 보구 떼냐?"

"빙모님은 참새만한 것이 그럼 어떻게 앨 낳지유?(사실 빙모님은 점순이보다도 귓배기가 작다)"

장인님은 이 말을 듣고 껄껄 웃더니(그러나 암만 해두 돌 씹은 상이다) 코를 푸는 척하고 날 은근히 곯리려고 팔꿈치로 옆 갈비께를 퍽 치는 것이다.

더럽다. 나두 종아리의 파리를 쫓는 척하고 허리를 구부리며 그 궁둥이를 콱 떼밀었다. 장인님은 앞으로 우찔근 하고 싸리문께로 쓰러질 듯하다 몸을 바로 고치더니 눈총을 몹시 쏘았다. 이런 쌍년의 자식, 하곤 싶으나 남의 앞이라니 차마 못하고 서 있는 그 꼴이 보기에 퍽 쟁그라웠다.

그러나 이밖에는 별반 신통한 귀정을 얻지 못하고 도로 논으로 돌아와서 모를 부었다. 왜냐면 장인님이 뭐라구 귓속말로 수군수군 하고 간 뒤다. 구장님이 날 위해서 조용히 데리고 아래와 같이 일러주었기 때문이다(뭉태의 말은 구장님이 장인님에게 땅 두 마지기 얻어 부치니까 그래 꾀었다고 하지만 난 그렇게 생각 않는다)

"자네 말두 하기야 옳지, 암 나이 찼으니 아들이 급하다는 게 잘못된 말은 아니야. 허지만 농사가 한층 바쁜 때 일을 안한다든가 집으로 달아난다든가 하면 손해죄루 그것두 징역을 가거든!(여기에 그만 정신이 번쩍 났다) 왜 요전에 삼포말서 산에 불좀 놓았다구 징역간 거 못 봤나. 제 산에 불을 놓아도 징역을 가는 이땐데 남의 농사를 버려두니 죄가 얼마나 더 중한가. 그리고 자넨 정장을 (사경 받으러 정장 가겠다 했다) 간대지만 그러면 괜스레 죄를 들쓰고 들어가는 걸세. 또 결혼두 그렇지. 법률에 성년이란 게 있는데 스물하나가 돼야지 비로소 결혼을 할 수가 있는 걸세. 자넨 물론 아들이 늦을 걸 염려하지만 점순이루 말하면 이제 겨우 열여섯이 아닌가. 그렇지만 아까 빙장님의 말씀이 올 갈에는 열일을 제치고라두 성례를 시켜주겠다 하시니 좀 고마울 겐가. 빨리 가서 모붓든 거나 마저 붓게, 군소리 말구 어서 가.”

그래서 오늘 아침까지 끽소리 없이 왔다.

장인님과 내가 싸운 것은 지금 생각하면 전혀 뜻밖의 일이라 안 할 수 없다.

장인님으로 말하면 요즈막 작인들에게 행세를 좀 하고 싶다고 해서,

“돈 있으면 양반이지 별개 있느냐!”

하고 일부러 아랫배를 쑥 내밀고 걸음도 뒤틀리게 걷고 하는 이 판이다. 이까진 나쯤 두들기다 남의 땅을 가지고 모처럼 닦아놓았 던 가문을 망친다든가 할 어른이 아니다. 또 나로 논지면 아무쪼록 잘 봬서 점순이에게 얼른 장가를 들어야 하지 않느냐…….

이렇게 말하자면 결국 어젯밤 뭉태네 집에 마실 간 것이 썩 나 빴다. 낮에 구장님 앞에서 장인님과 내가 싸운 것을 어떻게 알았는 지 대구 빈정거리는 것이 아닌가.

“그래 맞구두 그걸 가만 둬?”

“그럼 어떡허니?”

“임마, 봉필일 모판에다 거꾸로 박아놓지 뭘 어떡해?”

하고 괜히 내 대신 화를 내가 지고 주먹질을 하다 등잔까지 쳤 다. 놈이 번히 괄괄은 하지만 그래놓고 날더러 석유 값을 물라구 막 찌다우를 붙는다. 난 어안이 벙벙해서 잠자코 앉았으니까 저만 연신 지껄이는 소리가,

“밤낮 일만 해주구 있을 테냐?”

“영득 이는 일 년을 살구두 장갈 들었는데 넌 사 년이나 살구도 더 살아야 해?”

“네가 세 번째 사윈줄이나 아니? 세 번째 사위”

"남의 일이라두 분하다. 이 자식아, 우물에 가 빠져 죽어."

나중에는 겨우 손톱으로 목을 따라고까지 하고, 제 아들같이 함부로 혹닥이었다. 별의별 소리를 다해서 그대로 옮길 수는 없으나 그 줄거리는 이렇다…….

우리 장인님 딸이 셋이 있는데 맏딸은 재작년 가을에 시집을 갔다. 정말은 시집을 간 것이 아니라 그 딸도 데릴사위를 해가 지고 있다가 내보냈다. 그런데 딸이 열 살 때부터 열아홉 즉 십년 동안에 데릴사위를 갈아들이기를, 동리에선 사위 부자라고 이름이 났지마는 열네 놈이란 참 너무 많다. 장인님이 아들은 없고 딸만 있는 고로 그담 딸을 데릴사위를 해올 때까지는 부려먹지 않으면 안 된다. 물론 머슴을 두면 좋지만 그건 돈이 드니까, 일 잘하는 놈을 고르느라고 연방 바꿔 들였다. 또 한편 놈들이 욕만 줄창 퍼붓고 심히도 부려먹으니까 뱀이 상해서 달아나기도 했겠지, 점순이는 둘째딸인데 내가 일테면 그 세 번째 데릴사위로 들어온 셈이다. 내 담으로 네 번째 놈이 들어올 것을 내가 일도 잘하고 그리고 사람이 좀 어수룩하니까 장인님이 잔뜩 붙들고 놓질 않는다. 셋째 딸이 인제 여섯 살, 적어두 열 살은 돼야 데릴사위를 할 테므로 그동안은 죽도록 부려먹어야 된다. 그러니 인제는 속 좀 채리고 장가를 들여달라구 떼를 쓰고 나자빠져라, 이것이다.

나는 겉으로 엉, 엉, 하며 귓등으로 들었다. 뭉태는 땅을 얻어부치다가 떨어진 뒤로는 장인님만 보면 공연히 못 먹어서 으릉거린다. 그것도 장인님이 저 달라고 할 적에 제집에서 위한다는 그 감투(예전에 원님이 쓰던 것이라나, 옆구리에 뽕뽕 좀 먹은 걸레)를 선뜻 주었다면 그럴 리도 없었던 걸…….

그러나 나는 뭉태란 놈의 말을 전수히 곧이듣지 않았다. 꼭 곧이

들었다면 간밤에 와서 장인님과 싸웠지 무사히 있었을 리가 없지 않은가. 그러면 딸에게까지 인심을 잃은 장인님이 혼자 나빴다.

실토이지 나는 점순이가 아침상을 가지고 나올 때까지는 오늘은 또 얼마나 밥을 담았나, 하고 이것만 생각했다. 상에는 된장찌개하고 간장 한 종지, 조밥 한 그릇, 그리고 밥보다 더 수부룩하게 담은 산나물이 한 대접, 이렇다. 나물은 점순이가 틈틈이 해오니까 두 대접이고 네 대접이고 멋대로 먹어도 좋으나 밥은 장인님이 한 사발 외엔 더 주지 말라고 해서 안 된다. 그런데 점순이가 그 상을 내 앞에 내려놓으며 제 말로 지껄이는 소리가,

"구장님한테 갔다 그냥 온담 그래!"

하고 엊그제 산에서와 같이 되우 쫑알거린다. 딴은 내가 더 단단히 덤비지 않고 만 것이 좀 어리석었다, 속으로 그랬다.

나도 저쪽 벽을 향하여 외면하면서 내 말로,

"안 된다는 걸 그럼 어떡헌담!"하니까,

"쇰을 잡아채지 그냥 뒤, 이 바보야!"

하고 또 얼굴이 빨개지면서 성을 내며 안으로 샐쭉하니 튀들어가지 않느냐, 이때 아무도 본 사람이 없었게 망정이지 보았다면 내 얼굴이 에미 잃은 황새 새끼처럼 가여 웁다 했을 것이다.

사실 이때만치 슬펐던 일이 또 있었는지 모른다. 다른 사람은 암만 못생겼다 해두 괜찮지만 내 아내 될 점순이가 병신으로 본다면 참 신세는 따분하다. 밥을 먹은 뒤 지게를 지고 일터로 갈려 하다 도로 벗어던지고 바깥마당 공석 위에 드러누워서 나는 차라리 죽느니만 같지 못하다 생각했다.

내가 일 안 하면 장인님 저는 나이가 먹어 못하고 결국 농사 못 짓고 만다. 뒷짐으로 트림을 꿀꺽하고 대문 밖으로 나오다 날 보고서,

"이 자식아, 왜 또 이러니."

"관격14)이 났어유, 아이구 배야!"

"기껏 밥 처먹구 무슨 관격이야, 남의 농사 버려주면 이 자식아 징역 간다 봐라!"

"가두 좋아유, 아이구 배야!"

참말 난 일 안 해서 징역 가도 좋다 생각했다. 일후 아들을 낳아도 그 앞에서 바보, 바보, 이렇게 별명을 들을 테니까 오늘은 열쭉이 난대도 결정을 내고 싶었다.

장인님이 일어나라고 해도 내가 안 일어나니까 눈에 독이 올라서 저편으로 횡허케 가더니 지게막대기를 들고 왔다. 그리고 그걸로 내 허리를 마치 돌 떠넘기듯이 쿡 찍어서 넘기고, 넘기고 했다. 밥을 잔뜩 먹어 딱딱한 배가 그럴 적마다 퉁겨지면서 뱃 창이 꼿꼿한 것이 여간 켕기지 않았다. 그래도 안 일어나니까 이번에는 배를 지게막대기로 위에서 쿡쿡 찌르고 발길로 옆구리를 차고 했다. 장인님은 원체 심청이 궂어서 그러지만 나도 저만 못하지 않게 배를 채었다. 아픈 것을 눈을 꽉 감고 넌 해라 난 재밌단 듯이 있었으나 볼기짝을 후려갈길 적에는 나도 모르는 결에 벌떡 일어나서 그 수염을 잡아챘다. 마는 내 골이 난 것이 아니라 정말은 아까부터 벽 뒤 울타리 구멍으로 점순이가 우리들의 꼴을 몰래 엿보고 있었기 때문이다.

가뜩이나 말 한마디 톡톡히 못 한다고 바라보는데 매까지 잠자코 맞는 걸 보면 짜장 바보로 알 게 아닌가. 또 점순이도 미워하는 이까짓 놈의 장인님하곤 아무것도 안 되니까 막 때려도 좋지만 사

---

14) 관격(關格), 먹은 음식이 갑자기 체하여 가슴 속이 막히고 위로는 계속 토하며 아래로는 대소변이 통하지 않는 위급한 증상.

정 보아서 수염만 채고(제 원대로 했으니까 이때 점순이는 퍽 기뻤겠지) 저기까지 잘 들리도록 '이걸 까셀라부다!' 하고 소리를 쳤다.

장인님은 더 약이 바짝 올라서 잡은 참 지게막대기로 내 어깨를 그냥 내리갈겼다. 정신이 다 아찔하다. 다시 고개를 들었을 때 그때엔 나도 온몸에 약이 올랐다. 이 녀석의 장인님을, 하고 눈에서 불이 퍽 나서 그 아래 밭 있는 넝알로 그대로 떠밀어 굴려버렸다.

"부려만 먹구 왜 성례 안하지유!"

나는 이렇게 호령했다. 허지만 장인님이 선뜻 오냐 낼이라두 성례시켜 주마, 했으면 나도 성가신 걸 그만두었을지 모른다. 나야 이러면 때린 건 아니니까 나중에 장인 쳤다는 누명도 안 들을 터이고 얼마든지 해도 좋다.

한번은 장인님이 헐떡헐떡 기어서 올라오더니 내 바짓가랑이를 요렇게 노리고서 단박 움켜잡고 매달렸다. 악, 소리를 치고 나는 그만 세상이 다 팽그르 도는 것이,

"빙장님! 빙장님! 빙장님!"

"이 자식! 잡아먹어라, 잡아먹어!"

"아! 아! 할아버지! 살려줍쇼, 할아버지!"

하고 두 팔을 허둥지둥 내절 적에는 이마에 진땀이 쭉 내솟고 인젠 참으로 죽나보다 했다. 그래두 장인님은 놓질 않더니 내가 기어이 땅바닥에 쓰러져서 거진 까무러치게 되니까 놓는다. 더럽다, 더럽다. 이게 장인님인가? 나는 한참을 못 일어나고 쩔쩔맸다. 그러나 얼굴을 드니(눈엔 참 아무것도 보이지 않았다) 사지가 부르르 떨리면서 나도 엉금엉금 기어가 장인님의 바짓가랑이를 꽉 움키고 잡아나 꿨다.

내가 머리가 터지도록 매를 언어맞은 것이 이 때문이다. 그러나

여기가 또한 우리 장인님이 유달리 착한 곳이다.

여느 사람이면 사경을 주어서라도 당장 내어 쫓았지, 터진 머리를 볼 솜으로 손수 지져 주고, 호주머니에 희연 한 봉을 넣어 주고 그리고,

"올 갈엔 꼭 성례를 시켜 주마. 암만 말구 가서 뒷골의 콩밭이나 얼른 갈아라."

하고 등을 뚜덕여 줄 사람이 누구냐. 나는 장인님이 너무나 고마워서 어느덧 눈물까지 났다.

점순이를 남기고 인젠 내쫓기려니 하다 뜻밖의 말을 듣고,

"빙장님! 인제 다시는 안 그러겠어유!"

이렇게 맹세를 하며 부랴부랴 지게를 지고 일터로 갔다. 그러나 이때는 그걸 모르고 장인님을 원수로만 여겨서 잔뜩 잡아당겼다.

"아! 아! 이놈아! 놔라, 놔."

장인님은 헛손질을 하며 솔개미에 챈 닭의 소리를 연해 질렀다. 놓긴 왜, 이왕이면 호되게 혼을 내주리라 생각하고 짓궂이 더 댕겼다. 마는 장인님이 땅에 쓰러져서 눈에 눈물이 피잉 도는 것을 알고 좀 겁도 났다.

"할아버지! 놔라, 놔, 놔, 놔, 놔라."

그래도 안 되니까,

"애 점순아! 점순아!"

이 악장에 안에 있었던 장모님과 점순이가 헐레벌떡하고 단숨에 뛰어나왔다. 나의 생각에 장모님은 제 남편이니까 역성을 할는지도 모른다. 그러나 점순이는 내 편을 들어서 속으로 고수해 하겠지. 대체 이게 웬 속인지(지금까지도 난 영문을 모른다) 아버질 혼내주기는 제가 내래 놓고 이제 와서는 달려들며,

"에구머니! 이 망할 게 아버지 죽이네!"

하고, 귀를 뒤로 잡아당기며 마냥 우는 것이 아니냐. 그만 여기에 기운이 탁 꺾이어 나는 얼빠진 등신이 되고 말았다. 장모님도 덤벼들어 한쪽 귀마저 뒤로 잡아채면서 또 우는 것이다.

이렇게 꼼짝도 못 하게 해놓고 장인님은 지게막대기를 들어서 사뭇 내려 조졌다. 그러나 나는 구태여 피하려 지도 않고 암만해도 그 속 알 수 없는 점순이의 얼굴만 멀거니 들여다보았다.

"이 자식! 장인 입에서 할아버지 소리가 나오도록 해?"

■ 술 권하는 사회

1

"아이그, 아야."

홀로 바느질을 하고 있던 아내는 얼굴을 살짝 찌푸리고 가늘고
날카로운 소리로 부르짖었다. 바늘 끝이 왼손 엄지손가락 손톱 밑
을 찔렀음이다. 그 손가락은 가늘게 떨고 하얀 손톱 밑으로 앵두빛
같은 피가 비친다.

그것을 볼 사이도 없이 아내는 얼른 바늘을 빼고 다른 손 엄지
손가락으로 그 상처를 누르고 있다. 그러면서 하던 일거리를 팔꿈
치로 고이고이 밀어 내려놓았다. 이윽고 눌렀던 손을 떼어보았다.
그 언저리는 인제 다시 피가 아니 나려는 것처럼 혈색이 없다 하
더니, 그 희던 꺼풀 밑에 다시금 꽃물이 차츰차츰 밀려온다.

보일 듯 말 듯 한 그 상처로부터 좁쌀 낟 같은 핏방울이 송송
솟는다. 또 아니 누를 수 없다. 이만하면 그 구멍이 아물었으려니
하고 손을 떼면 또 얼마 아니 되어 피가 비치어 나온다.

인제 헝겊 오라기로 처매는 수밖에 없다. 그 상처를 누른 채 그
는 바느질고리에 눈을 주었다. 거기 쓸 만한 오라기는 실패 밑에
있다. 그 실패를 밀어내고 그 오라기를 두 새끼손가락 사이에 집어

86   술 권하는 사회

올리려고 한동안 애를 썼다. 그 오라기는 마치 풀로 붙여둔 것같이 고리 밑에 착 달라붙어 세상 집혀지지 않는다. 그 두 손가락은 헛되이 그 오라기 위를 긁적거리고 있을 뿐이다.

"왜 집혀지지를 않아!"

그는 마침내 울듯이 부르짖었다. 그리고 그것을 집어줄 사람이 없나 하는 듯이 방안을 둘러보았다. 방안은 텅 비어 있다. 어느 뉘 하나 없다. 호젓한 허영(虛影)만 그를 휩싸고 있다. 바깥도 죽은 듯이 고요하다.

시시로 퐁퐁 하고 떨어지는 수도의 물방울 소리가 쓸쓸하게 들릴 뿐. 문득 전등불이 광채(光彩)를 더하는 듯하였다. 벽상(壁上)에 걸린 괘종(掛鍾)의 거울이 번들하며, 새로 한 점을 가리키려는 시침(時針)이 위협하는 듯이 그의 눈을 쏜다. 그의 남편은 그때껏 돌아오지 않았었다.

2

아내가 되고 남편이 된지는 벌써 오랜 일이다. 어느덧 7~8년이 지났으리라. 하건만 같이 있어 본 날을 헤아리면 단 일 년이 될락 말락 한다. 막 그의 남편이 서울서 중학을 마쳤을 제 그와 결혼하였고, 그러자 마자 고만 동경(東京)에 부급한 까닭이다.

거기서 대학까지 졸업을 하였다. 이 길고 긴 세월에 아내는 얼마나 괴로웠으며 외로웠으랴! 봄이면 봄, 겨울이면 겨울, 웃는 꽃을 한숨으로 맞았고 얼음 같은 베개를 뜨거운 눈물로 덥히었다. 몸이 아플 때, 마음이 쓸쓸할 제, 얼마나 그가 그리웠으랴!

하건만 아내는 이 모든 고생을 이를 악물고 참았었다. 참을 뿐이 아니라 달게 받았었다. 그것은 남편이 돌아오기만 하면! 하는 생각이 그에게 위로를 주고 용기를 준 까닭이었다. 남편이 동경에서 무엇을 하고 있나? 공부를 하고 있다. 공부가 무엇인가? 자세히 모른다. 또 알려고 애쓸 필요도 없다.

어찌하였든지 이 세상에 제일 좋고 제일 귀한 무엇이라 한다. 마치 옛날이야기에 있는 도깨비의 부자(富者) 방망이 같은 것이러니 한다. 옷 나오라면 옷 나오고, 밥 나오라면 밥 나오고, 돈 나오라면 돈 나오고… 저 하고 싶은 무엇이든지 청해서 아니 되는 것이 없는 무엇을, 동경에서 얻어가지고 나오려니 하였었다.

가끔 놀러오는 친척들이 비단옷 입은 것과 금지환(金指環) 낀 것을 볼 때에 그 당장엔 마음 그윽이 부러워도 하였지만 나중엔 '남편이 돌아오면……' 하고 그것에 경멸하는 시선을 던지었다.

3

남편이 돌아왔다. 한 달이 지나가고 두 달이 지나간다. 남편의 하는 행동이 자기가 기대하던 바와 조금 배치(背馳)되는 듯하였다. 공부 안 한 사람보다 조금도 다른 것이 없었다. 아니다, 다르다면 다른 점도 있다. 남은 돈벌이를 하는데 그의 남편은 도리어 집안 돈을 쓴다. 그러면서도 어디인지 분주히 돌아다닌다. 집에 들면 정신없이 무슨 책을 보기도 하고 또는 밤새도록 무엇을 쓰기도 하였다.

"저러는 것이 참말 부자 방망이를 만든 것인가 보다."

아내는 스스로 이렇게 해석한다.

또 두어 달 지나갔다. 남편의 하는 일은 늘 한 모양이었다. 한 가지 더한 것은 때때로 깊은 한숨을 쉬는 것뿐이었다. 그리고 무슨 근심이 있는 듯이 얼굴을 펴지 않았다. 몸은 나날이 축이 나 간다.

"무슨 걱정이 있는고?"

아내는 따라서 근심을 하게 되었다. 하고는 그 여윈 것을 보충하려고 갖가지로 애를 썼다. 곧 될 수 있는 대로 그의 밥상에 맛난 반찬가지를 붙게 하며 또 고음 같은 것도 만들었다. 그런 보람도 없이 남편은 입맛이 없다 하며 그것을 잘 먹지도 않았었다.

또 몇 달이 지나갔다. 인제 출입을 뚝 끊고 늘 집에 붙어있다. 걸핏하면 성을 낸다. 입버릇 모양으로 화난다, 화난다 하였다.

4

어느 날 새벽, 아내가 어렴풋이 잠을 깨어, 남편의 누웠던 자리를 더듬어보았다. 쥐이는 것은 이불자락뿐이다. 잠결에도 조금 실망을 아니 느낄 수 없었다. 잃은 것을 찾으려는 것처럼, 눈을 부스스 떴다.

책상 위에 머리를 쓰러뜨리고 두 손으로 그것을 움켜쥐고 있는 남편을 보았다. 흐릿한 의식이 돌아옴에 따라, 남편의 어깨가 덜석덜석 움직임도 깨달았다. 흑 흑 느끼는 소리가 귀를 울린다. 아내는 정신을 바짝 차리었다. 불현듯이 몸을 일으켰다. 이윽고 아내의 손은 가볍게 남편의 등을 흔들며 목에 걸리고 나오지 않는 소리로, '왜 이러고 계셔요.' 라고 물어보았다.

"……"

남편은 아무 대답이 없다. 아내는 손으로 남편의 얼굴을 괴어들려고 할 즈음에, 그것이 뜨뜻하게 눈물에 젖는 것을 깨달았다.

5

또 한 두어 달 지나갔다. 처음처럼 다시 출입이 자주로 왔다. 구역이 날 듯한 술 냄새가 밤늦게 돌아오는 남편의 입에서 나게 되었다. 그것은 요사이 일이다. 오늘 밤에도 지금까지 돌아오지 않았다.

초저녁부터 아내는 별별 생각을 다하면서 남편을 고대하고 있었다. 지루한 시간을 속히 보내려고 치웠던 일거리를 또 꺼내었다. 그것조차 뜻같이 아니 되었다. 때때로 바늘이 헛되이 움직이었다. 마침내 그것에 찔리고 말았다.

"어디를 가서 이때껏 오시지 않아!"

아내는 이제 아픈 것도 잊어버리고 짜증을 내었다. 잠깐 그를 떠났던 공상과 환영이 다시금 그의 머리에 떠돌기 시작하였다. 이상한 꽃을 수놓은, 흰 보(褓) 위에 맛난 요리를 담은 접시가 번쩍인다. 여러 친구와 술을 권하거니 잡거니 하는 광경이 보인다. 그의 남편은 미친 듯이 껄껄 웃는다.

나중에는 검은 휘장이 스르르 하는 듯이 그 모든 것이 사라져 버리더니 낭자(狼藉)한 요리상만이 보이기도 하고, 술병만 희게 빛나기도 하고, 아까 그 기생이 한 팔로 땅을 짚고 진저리를 쳐가며 웃는 꼴이 보이기도 하였다. 또한 남편이 길바닥에 쓰러져 우는 것도 보이었다.

"문 열어라!"

문득 대문이 덜컥 하고 혀가 꼬부라진 소리로 부르는 듯하였다.

"네."

저도 모르게 대답을 하고 급히 마루로 나왔다. 잘못 신은, 발에 아니 맞는 신을 질질 끌면서 대문으로 달렸다. 중문은 아직 잠그지도 않았고 행랑방에 사람이 없지 않지마는 으레 깊은 잠에 떨어졌을 줄 알고 뛰어나감이었다. 가느다란 손이 어둠 속에서 희게 빗장을 잡고 한참 실랑이를 한다. 대문은 열렸다.

밤바람이 선득하게 얼굴에 안친다. 문 밖에는 아무도 없다! 온 골목에 사람의 그림자도 볼 수 없다. 검푸른 밤빛이 허연 길 위에 그물그물 깃들었을 뿐이었다.

아내는 무엇에 놀란 사람 모양으로 한참 멀거니 서 있었다. 문득 급거히 대문을 닫친다. 마치 그 열린 사이로 악마나 들어올 것처럼.

"그러면 바람 소리였구먼."

하고 싸늘한 뺨을 쓰다듬으며 해쭉 웃고 발길을 돌리었다.

"아니 내가 분명히 들었는데…… 혹 내가 잘못 보지를 않았나?…… 길바닥에나 쓰러져 있었으면 보이지도 않을 터야……"

중간 문까지 다다르자 별안간 이런 생각이 그의 걸음을 멈추게 하였다.

"대문을 또 좀 열어볼까?…… 아니야, 내가 헛들었지. 그래도 혹…… 아니야, 내가 헛들었지."

망설거리면서도 꿈꾸는 사람 모양으로 저도 모를 사이에 마루까지 올라왔다. 매우 기묘한 생각이 번개같이 그의 머리에 번쩍인다.

"내가 대문을 열었을 제 나 몰래 들어오지나 않았나?"

과연 방안에 무슨 소리가 나는 것 같았다. 확실히 사람의 기척이 있다. 어른에게 꾸중 모시러 가는 어린애처럼 조심조심 방문 앞에 왔다. 그리고 문간 아래로 손을 대며 하염없이 웃는다. 그것은 제 잘못을 용서해 주십사 하는 어린애 같은 웃음이었다. 조심조심 방문을 열었다. 이불이 어째 움직움직하는 듯하였다.

"나를 속이냐고 이불을 쓰고 누웠구먼."

하고 마음속으로 소곤거렸다. 가만히 내려앉는다.

그 모양이 이것을 건드려서는 큰일이 나지요 하는 듯하였다. 이불을 펄쩍 쳐들었다. 비인 요가 하얗게 드러난다. 그제야 확실히 아니 온 줄 안 것처럼, '아니 왔구먼, 안 왔어!' 라고 울듯이 부르짖었다.

6

남편이 돌아오기는 새로 두 점이 훨씬 지난 뒤였다. 무엇이 털썩하는 소리가 들리고 잇달아, '아씨, 아씨!' 라고 부르는 소리가 귀를 때릴 때에야 아내는 비로소 아직도 앉았을 자기가 이불 위에 쓰러져있음을 깨달았다. 기실, 잠귀 어두운 할멈이 대문을 열었으리만큼 아내는 깜박 잠이 깊이 들었었다. 하건만 그는 몽경(夢境:, 꿈 속)에서 방황하는 정신을 당장에 수습하였다. 두어 번 얼굴을 쓰다듬자 불현듯 밖으로 나왔다.

남편은 한 다리를 마루 끝에 걸치고 한 팔을 베고 옆으로 누워 있다. 숨소리가 씨근씨근 한다.

막 구두를 벗기고 일어나 할멈은 검붉은 상을 찡그려 붙이며, '어서 일어나 방으로 들어가세요.' 라고 한다.

"응, 일어나지."

나리는 혀를 억지로 돌리어 코와 입으로 대답을 하였다. 그래도 몸은 꿈적도 않는다. 도리어 그 개개풀린 눈을 자려는 것처럼 스르르 감는다. 아내는 눈만 비비고 서 있다.

"어서 일어나셔요. 방으로 들어가시라니까."

이번에는 대답조차 안 한다. 그 대신 무엇을 잡으려는 것처럼 손을 내어젓더니, '물, 물, 냉수를 좀 주어.' 라고 중얼거렸다.

할멈은 얼른 물을 떠다 이취자(泥醉者, 진탕 취한 사람)의 코밑에 놓았건만, 그 사이에 벌써 아까 청(請)을 잊은 것같이 취한 이는 물을 먹으려고도 않는다.

"왜 물을 아니 잡수셔요."

곁에서 할멈이 깨우쳤다.

"응 먹지 먹어."

하고, 그제야 주인은 한 팔을 짚고 고개를 든다. 한꺼번에 물 한 대접을 다 들이켜 버렸다. 그리고는 또 쓰러진다.

"에그, 또 눕네."

하고, 할멈은 우물로 기어드는 어린애를 안으려는 모양으로 두 손을 내어민다.

"할멈은 고만 가 자게."

주인은 귀찮다는 듯이 말을 한다.

이를 어찌해 하는 듯이 멀거니 서 있는 아내도 할멈이 고만 갔으면 하였다. 남편을 붙들어 일으킬 생각이야 간절하였지마는, 할멈이 보는데 어찌 그럴 수 없는 것 같았다. 혼인한 지가 7~8년이 되었으니 그런 파수(破羞, 부끄러움이 없어지는 것)야 되었으련만 같이 있어본 날을 꼽아보면, 그는 아직 갓 시집온 색시였다.

"할멈은 가 자게."

말이 목까지 올라왔지만 입술에서 사라지고 말았다. 마음 그윽이 할멈이 돌아가기만 기다릴 뿐이었다.

"좀 일으켜드려야지."

가기는커녕, 이런 말을 하고, 할멈은 선웃음을 치면서 마루로 부득부득 올라온다. 그 모양은, 마치 주인 나리가 약주가 취하시거든, 방에까지 모셔다드려야 제 도리에 옳지요 하는 듯하였다.

"자아, 자아."

할멈은 아씨를 보고 히히 웃어가며, 나리의 등 밑으로 손을 넣는다.

"왜 이래, 왜 이래. 내가 일어날 테야."

하고, 몸을 움직이더니, 정말 주인이 부스스 일어난다. 마루를 쾅쾅 눌러 디디며, 비틀비틀, 곧 쓰러질 듯한 보조(步調)로 방문을 향하여 걸어간다. 와지끈하며 문을 열어젖히고는 방안으로 들어간다. 아내도 뒤따라 들어왔다. 할멈은 중간 턱을 넘어설 제, 몇 번 혀를 차고 저 갈 데로 가버렸다.

벽에 엇비슷하게 기대어있는 남편은 무엇을 생각하는 듯이 고개를 숙이고 있다. 그의 말라붙은 관자놀이에 펄떡거리는 푸른 맥(脈)을 아내는 걱정스럽게 바라보면서 남편 곁으로 다가온다. 아내의 한 손은 양복 깃을, 또 한 손은 그 소매를 잡으며 화(和)한 목성으로, '자아, 벗으셔요.' 하였다.

남편은 문득 미끄러지는 듯이 벽을 타고 내려앉는다. 그의 쭉 뻗친 발끝에 이불자락이 저리로 밀려간다.

"에그, 왜 이리 하셔요. 벗자는 옷은 아니 벗으시고."

그 서슬에 넘어질 뻔 한 아내는 애달프게 부르짖었다. 그러면서도 같이 따라 앉는다. 그의 손은 또 옷을 잡았다. '옷이 구겨집니다. 제발 좀 벗으셔요.' 라고 아내는 애원을 하며, 옷을 벗기려고 애를 쓴다. 하나, 취한 이의 등이 천근(千斤)같이 벽에 척 들어붙었으니 벗겨질 리(理)가 없다. 애를 쓰다, 쓰다 옷을 놓고 물러앉으며, '원 참, 누가 술을 이처럼 권하였노.' 라고 짜증을 낸다.

"누가 권하였노? 누가 권하였노? 흥 흥."

남편은 그 말이 몹시 귀에 거슬리는 것처럼 곱삶는다.

"그래, 누가 권했는지 마누라가 좀 알아내겠소?"

하고 껄껄 웃는다. 그것은 절망의 가락을 띤, 쓸쓸한 웃음이었다. 아내도 따라 방긋 웃고는 또 옷을 잡으며,

"자아, 옷이나 먼저 벗으셔요. 이야기는 나중에 하지요. 오늘 밤에 잘 주무시면 내일 아침에 가르쳐 드리지요."

"무슨 말이야, 무슨 말이야. 왜 오늘 일을 내일로 미루어 할 말이 있거든 지금 해!"

"지금은 약주가 취하셨으니, 내일 약주가 깨시거든 하지요."

"무엇? 약주가 취해서?"

하고 고개를 쩔레쩔레 흔들며,

"천만에 누가 술이 취했단 말이요. 내가 공연히 이러지, 정신은 말똥말똥 하오. 꼭 이야기하기 좋을 만해. 무슨 말이든지……자아."

"글쎄, 왜 못 잡수시는 약주를 잡수셔요. 그러면 몸에 축이나지 않아요."

하고 아내는 남편의 이마에 흐르는 진땀을 씻는다.

이취자(泥醉者)는 머리를 흔들며,

"아니야, 아니야, 그런 말을 듣자는 것이 아니야."

하고 아까 일을 추상하는 것처럼, 말을 끊었다가 다시금 말을 이어,

"옳지, 누가 나에게 술을 권했단 말이요? 내가 술이 먹고 싶어서 먹었단 말이요?"

"자시고 싶어 잡수신 건 아니지요. 누가 당신께 약주를 권하는지 내가 알아낼까요? 저…… 첫째는 화증이 술을 권하고 둘째는 '하이칼라'가 약주를 권하지요."

아내는 살짝 웃는다. 내가 어지간히 알아맞혔지요 하는 모양이었다.

남편은 고소(苦笑)한다.

"틀렸소, 잘못 알았소. 화증이 술을 권하는 것도 아니고, '하이칼라'가 술을 권하는 것도 아니요. 나에게 권하는 것은 따로 있어. 마누라가, 내가 어떤 '하이칼라'한테나 홀려 다니거나, 그 '하이칼라'가 늘 내게 술을 권하거니 하고 근심을 했으면 그것은 헛걱정이지. 나에게 '하이칼라'는 아무 소용도 없소. 나의 소용은 술뿐이요. 술이 창자를 휘돌아, 이것저것을 잊게 만든 것을 나는 취(取)할 뿐이요."

하더니, 홀연 어조(語調)를 고쳐 감개무량하게,

"아아, 유위유망(有爲有望, 쓸모도 있고 희망도 있음)한 머리를 '알코올'로 마비 아니 시킬 수 없게 하는 그것이 무엇이란 말이요."

하고, 긴 한숨을 내어쉰다. 물큰물큰한 술 냄새가 방안에 흩어진다.

아내에게는 그 말이 너무 어려웠다. 고만 묵묵히 입을 다물었다. 눈에 보이지 않는 무슨 벽이 자기와 남편 사이에 깔리는 듯하였다. 남편의 말이 길어질 때마다 아내는 이런 쓰디쓴 경험을 맛보았다. 이런 일은 한두 번이 아니었다. 이윽고 남편은 기막힌 듯이 웃는다.

"흥 또 못 알아듣는군. 묻는 내가 그르지, 마누라야 그런 말을 알 수 있겠소. 내가 설명해 드리지. 자세히 들어요. 내게 술을 권하는 것은 화증도 아니고 '하이칼라'도 아니요, 이 사회란 것이 내게 술을 권한다오. 이 조선 사회란 것이 내게 술을 권한다오. 알았소? 팔자가 좋아서 조선에 태어났지, 딴 나라에 났다면 술이나 얻어먹을 수 있나…"

사회란 무엇인가? 아내는 또 알 수가 없었다. 어찌하였든 딴 나라에는 없고 조선에만 있는 요릿집 이름이어니 한다.

"조선에 있어도 아니 다니면 그만이지요."

남편은 또 아까 웃음을 재우친다. 술이 정말 아니 취한 것 같이 또렷또렷한 어조로,

"허허, 기막혀. 그 한 분자(分子)된 이상에야 다니고 아니 다니는 게 무슨 상관이야. 집에 있으면 아니 권하고, 밖에 나가야 권하는 줄 아는가보아. 그런 게 아니야. 무슨 사회 사람이 있어서 밖에만 나가면 나를 꼭 붙들고 술을 권하는 게 아니야…… 무어라 할까…… 저 우리 조선 사람으로 성립된 이 사회란 것이, 내게 술을 아니 못 먹게 한단 말이요. ……어째 그렇소?…… 또 내가 설명을 해드리지. 여기 회를 하나 꾸민다 합시다. 거기 모이는 사람놈 치고 처음은 민족을 위하느니, 사회를 위하느니 그러는데, 제 목숨을 바쳐도 아깝지 않으니 아니하는 놈이 하나도 없어. 하다가 단 이틀이 못되어, 단 이틀이 못되어……"

한층 소리를 높이며 손가락을 하나씩 둘씩 꼽으며,

"되지 못한 명예 싸움, 쓸데없는 지위 다툼질, 내가 옳으니 네가 그르니, 내 권리가 많으니 네 권리 적으니…… 밤낮으로 서로 찢고 뜯고 하지, 그러니 무슨 일이 되겠소. 회(會)뿐이 아니라, 회사이고 조합이고… 우리 조선 놈들이 조직한 사회는 다 그 조각이지.

이런 사회에서 무슨 일을 한단 말이요. 하려는 놈이 어리석은 놈이야. 적이 정신이 바로 박힌 놈은 피를 토하고 죽을 수밖에 없지. 그렇지 않으면 술밖에 먹을 게 도무지 없지. 나도 전자에는 무엇을 좀 해보겠다고 애도 써보았어. 그것이 모다 수포야. 내가 어리석은 놈이었지.

내가 술을 먹고 싶어 먹는 게 아니야. 요사이는 좀 낫지마는 처음 배울 때에는 마누라도 알다시피 죽을 애를 썼지. 그 먹고 난 뒤에 괴로운 것이야 겪어본 사람이 아니면 알 수 없지. 머리가 지끈지끈 아프고 먹은 것이 다 돌아 올라오고…… 그래도 아니 먹은 것보담 나았어. 몸은 괴로와도 마음은 괴롭지 않았으니까. 그저 이 사회에서 할 것은 주정군 노릇밖에 없어……"

"공연히 그런 말 말아요. 무슨 노릇을 못해서 주정군 노릇을 해요! 남이라서……"

7

아내는 부지불식간(不知不識間)에 흥분이 되어 열기(熱氣) 있는 눈으로 남편을 바라보고 불쑥 이런 말을 하였다. 그는 제 남편이 이 세상에서 가장 거룩한 사람이어니 한다. 따라서 어느 뉘보다 제일 잘 될 줄 믿는다. 몽롱하나마 그의 목적이 원대하고 고상한 것도 알았다.

얌전하던 그가 술을 먹게 된 것은 무슨 일이 맘대로 아니 되어 화풀이로 그러는 줄도 어렴풋이 깨달았다. 그러나 술은 노상 먹을 것이 아니다. 그러면 패가망신하고 만다. 그러므로 하루바삐 그 화가 풀리었으면, 또다시 얌전하게 되었으면 하는 생각이 그의 머리를 떠날 때가 없었다.

그리고 그날이 꼭 올 줄 믿었다. 오늘부터는, 내일부터는… 하건만, 남편은 어제도 술이 취하였다. 오늘도 한 모양이다. 자기의 기대는 나날이 틀려간다. 좇아서 기대에 대한 자신도 엷어간다. 애달프고 원(寃)한 생각이 가끔 그의 가슴을 누른다. 더구나 수척해가는 남편의 얼굴을 볼 때에 그런 감정을 걷잡을 수 없었다. 지금

저도 모르게 흥분한 것이 또한 무리가 아니었다.

'그래도 못 알아듣네그려. 참, 사람 기막혀. 본정신 가지고는 피를 토하고 죽든지, 물에 빠져 죽든지 하지, 하루라도 살 수가 없단 말이야. 흉장(胸臟)이 막혀서 못 산단 말이야. 에엣, 가슴 답답해.' 라고 남편은 소리를 지르고 괴로워서 못 견디는 것처럼 얼굴을 찌푸리며 미친 듯이 제 가슴을 쥐어뜯는다.

"술 아니 먹는다고 흉장이 막혀요?"

남편의 하는 짓은 본체만체 하고 아내는 얼굴을 더욱 붉히며 부르짖었다.

그 말에 몹시 놀랜 것처럼 남편은 어이없이 아내의 얼굴을 바라보더니 그 다음 순간에는 말할 수 없는 고뇌(苦惱)의 그림자가 그의 눈을 거쳐 간다.

"그르지, 내가 그르지 너 같은 숙맥(菽麥)더러 그런 말을 하는 내가 그르지. 너한테 조금이라도 위로를 얻으려는 내가 그르지. 후우."

스스로 탄식한다.

"아아 답답해!"

문득 기막힌 듯이 외마디 소리를 치고는 벌떡 몸을 일으킨다. 방문을 열고 나가려 한다.

왜 내가 그런 말을 하였던고? 아내는 불시에 후회하였다. 남편의 저고리 뒷자락을 잡으며 안타까운 소리로,

"왜 어디로 가셔요. 이 밤중에 어디를 나가셔요. 내가 잘못하였습니다. 인제는 다시 그런 말을 안 하겠습니다. …그러게 내일 아침에 말을 하자니까…"

"듣기 싫어, 놓아, 놓아요."

하고 남편은 아내를 떠다 밀치고 밖으로 나간다. 비틀비틀 마루 끝까지 가서는 털썩 주저앉아 구두를 신기 시작한다.

'에그, 왜 이리 하셔요. 인제 다시 그런 말을 아니한대도⋯⋯' 아내는 뒤에서 구두 신으려는 남편의 팔을 잡으며 말을 하였다. 그의 손은 떨고 있었다. 그의 눈에는 단번에 눈물이 쏟아질 듯하였다.

"이건 왜 이래, 저리로 가!"

뱉는 듯이 말을 하고 획 뿌리친다. 남편의 발길이 뚜벅뚜벅 중문에 다다랐다. 어느덧 그 밖으로 사라졌다. 대문 빗장 소리가 덜컥하고 난다. 마루 끝에 떨어진 아내는 헛되이 몇 번,

"할멈! 할멈!"

하고 불렀다. 고요한 밤공기를 울리는 구두 소리는 점점 멀어간다. 발자취는 어느덧 골목 끝으로 사라져버렸다. 다시금 밤은 적적히 깊어간다.

"가버렸구먼, 가버렸어!"

그 구두 소리를 영구히 아니 잃으려는 것처럼 귀를 기울이고 있는 아내는 모든 것을 잃었다 하는 듯이 부르짖었다. 그 소리가 사라짐과 함께 자기의 마음도 사라지고, 정신도 사라진 듯하였다. 심신(心身)이 텅 비어진 듯하였다. 그의 눈은 하염없이 검은 밤안개를 물끄러미 바라보고 있다. 그 사회란 독(毒)한 꼴을 그려보는 것 같이.

쏠쏠한 새벽바람이 싸늘하게 가슴에 부딪친다. 그 부딪치는 서슬에 잠 못 자고 피곤한 몸이 부서질 듯이 지긋하였다.

죽은 사람에게 서뿐 볼 수 있는 해쓱한 얼굴이 경련 적으로 떨며 절망한 어조로 소곤거렸다.

"그 몹쓸 사회가, 왜 술을 권하는고!"

■ 빈처(貧妻)

———— 현진건

1

"그것이 어째 없을까?"

아내가 장문을 열고 무엇을 찾더니 입안말로 중얼거린다.

"무엇이 없어?"

나는 우두커니 책상머리에 앉아서 책장만 뒤적뒤적하다가 물어보았다.

"모본단 저고리가 하나 남았는데……."

"……"

나는 그만 묵묵하였다. 아내가 그것을 찾아 무엇 하려는 것을 앎이라. 오늘 밤에 옆집 할멈을 시켜 잡히려 하는 것이다.

이 2년 동안에 돈 한 푼 나는 데는 없고 그대로 주리면 시장할 줄 알아 기구(器具)와 의복을 전당국 창고(典當局倉庫)에 들이밀거나 고물상 한구석에 세워 두고 돈을 얻어 오는 수밖에 없었다. 지금 아내가 하나 남은 모본단 저고리를 찾는 것도 아침거리를 장만하려 함이라.

나는 입맛을 쩍쩍 다시고 폈던 책을 덮으며 후— 한숨을 내쉬었다.

봄은 벌써 반이나 지났건마는 이슬을 실은 듯한 밤기운이 방구석으로부터 슬금슬금 기어 나와 사람에게 안기고 비가 오는 까닭인지 밤은 아직 깊지 않건만 인적조차 끊어지고 온 천지가 빈 듯이 고요한데 투닥투닥 떨어지는 빗소리가 한없는 구슬픈 생각을 자아낸다.

"빌어먹을 것 되는 대로 되어라."

나는 점점 견딜 수 없어 두 손으로 흩어진 머리카락을 쓰다듬어 올리며 중얼거려 보았다. 이 말이 더욱 처량한 생각을 일으킨다. 나는 또 한 번,

"후—"

한숨을 내쉬며 왼팔을 베고 책상에 쓰러지며 눈을 감았다.

이 순간에 오늘 지낸 일이 불현듯 생각이 난다.

늦게야 점심을 마치고 내가 막 궐련[卷煙]한 개를 피워 물 적에 한성은행(漢城銀行) 다니는 T가 공일이라고 놀러 왔었다.

친척은 다 멀지 않게 살아도 가난한 꼴을 보이기도 싫고 찾아갈 적마다 무엇을 꾀어 내라고 조르지도 아니하였건만 행여나 무슨 구차한 소리를 할까 봐서 미리 방패막이를 하고 눈살을 찌푸리는 듯하여 나는 발을 끊고 따라서 찾아오는 이도 없었다. 다만 이 T는 촌수가 가까운 까닭인지 자주 우리를 방문하였다.

그는 성실하고 공순하며 소소한 소사(小事)에 슬퍼하고 기뻐하는 인물이었다. 동년배(同年輩)인 우리 둘은 늘 친척 간에 비교(比較)거리가 되었었다. 그리고 나의 평판이 항상 좋지 못했다.

"T는 돈을 알고 위인이 진실해서 그 애는 돈푼이나 모을 것이야! 그러나 K(내 이름)는 아무짝에도 못 쓸 놈이야. 그 잘난 언문(諺文) 섞어서 무어라고 끼적거려 놓고 제 주제에 무슨 조선에 유명한

문학가가 된다니! 시러베아들놈!"

이것이 그네들의 평판이었다. 내가 문학인지 무엇인지 하는 소리가 까닭 없이 그네들의 비위에 틀린 것이다. 더군다나 나는 그네들의 생일이나 혹은 대사(大事) 때에 돈 한 푼 이렇다는 일이 없고 T는 소위 착실히 돈벌이를 하여 가지고 국수 밥소라나 보조를 하는 까닭이다.

"얼마 아니 되어 T는 잘살 것이고 K는 거지가 될 것이니 두고 보아!"

오촌 당숙은 이런 말씀까지 하였다 한다. 입 밖에는 아니 내어도 친부모 친형제까지라도 심중(心中)으로는 다 이렇게 생각할 것이다. 그래도 부모는 달라서 화가 나시면,

"네가 그리하다가는 말경(末境)에 비렁뱅이가 되고 말 것이야."

꾸중은 하셔도,

"사람이란 늦복 모르느니라."

"그런 사람은 또 그렇게 되느니라."

하시는 것이 스스로 위로하는 말씀이고 또 며느리를 위로하는 말씀이었다. 이것을 보아도 하는 수 없는 놈이라고 단념(斷念)을 하시면서 그래도 잘되기를 바라시고 축원하시는 것을 알겠더라.

여하간 이만하면 T의 사람됨을 가히 알 수가 있다. 그러고 그가 우리 집에 올 것 같으면 지어서 쾌활하게 웃으며 힘써 재미스러운 이야기를 하였다. 단둘이 고적(孤寂)하게 그날그날을 보내는 우리에게는 더할 수 없이 반가웠다.

오늘도 그가 활발하게 집에 쑥 들어오더니 신문지에 싼 기름한 것을 이것 봐라 하는 듯이 마루 위에 올려놓고 분주히 구두끈을 끄른다.

"이것은 무엇인가!"

나는 물어 보았다.

"저— 제 처의 양산(洋傘)이야요. 쓰던 것이 벌써 다 낡았고 또 살이 부러졌다나요."

그는 구두를 벗고 마루에 올라서며 나오는 웃음을 참지 못하여 벙글벙글하면서 대답을 한다. 그는 나의 아내를 보며 돌연히,

"아주머니 좀 구경하시렵니까?"

하더니 싼 종이와 집을 벗기고 양산을 펴 보인다. 흰 비단 바탕에 두어 가지 매화를 수놓은 양산이었다.

"검정이는 좋은 것이 많아도 너무 칙칙해 보이고…… 회색이나 누렁이는 하나도 그것이야 싶은 것이 없어서 이것을 산걸요."

그는 '이것보다 더 좋은 것을 살 수가 있나.'' 하는 뜻을 보이려고 애를 쓰며 이런 발명까지 한다.

"이것도 퍽 좋은데요."

이런 칭찬을 하면서 양산을 펴 들고 이리저리 홀린 듯이 들여다보고 있는 아내의 눈에는, 나도 이런 것을 하나 가졌으면 하는 생각이 역력(歷歷)히 보인다.

나는 갑자기 불쾌한 생각이 와락 일어나서 방으로 들어오며 아내의 양산 보는 양을 빙그레 웃고 바라보고 있는 T에게,

"여보게, 방에 들어오게 그려, 우리 이야기나 하세."

T는 따라 들어와 물가폭등에 대한 이야기며 자기의 월급이 오른 이야기며 주권(株券)을 몇 주 사두었더니 꽤 이익이 남았다든가 이번 각 은행 사무원 경기회(競技會)에서 자기가 우월한 성적을 얻었다든가 이런 것 저런 것 한참 이야기하다가 돌아갔었다.

T를 보내고 책상을 향하여 짓던 소설의 결미(結尾)를 생각하고

있을 즈음에,

"여보!"

아내의 떠는 목소리가 바로 내 귀 곁에서 들린다. 핏기 없는 얼굴에 살짝 붉은빛이 돌며 어느 결에 내 곁에 바싹 다가앉았더라.

"당신도 살 도리를 좀 하셔요."

"……"

나는 또 '시작하는구나' 하는 생각이 번개같이 머리에 번쩍이며 불쾌한 생각이 벌컥 일어난다. 그러나 무어라고 대답할 말이 없이 묵묵히 있었다.

"우리도 남과 같이 살아 보아야지요!"

아내가 T의 양산에 단단히 자극(刺戟)을 받은 것이다. 예술가의 처 노릇을 하려는 독특(獨特)한 결심이 있는 그는 좀처럼 이런 소리를 입 밖에 내지 아니하였다. 그러나 무엇에 상당한 자극만 받으면 참고 참았던 이런 소리를 하게 되는 것이다. 나도 이런 소리를 들을 적마다 그럴 만도 하다는 동정심이 없지 아니하나 심사가 어쩐지 좋지 못하였다. 이번에도 그럴 만도 하다는 동정심이 없지 아니하되 또한 불쾌한 생각을 억제키 어려웠다. 잠깐 있다가 불쾌한 빛을 드러내며,

"급작스럽게 살 도리를 하라면 어찌할 수가 있소. 차차 될 때가 있겠지!"

"아이구, 차차란 말씀 그만두구려, 어느 천 년에……."

아내의 얼굴에 붉은빛이 짙어지며 전에 없던 흥분한 어조로 이런 말까지 하였다. 자세히 보니 두 눈에 은은히 눈물이 괴었더라.

나는 잠시 멍멍하게 있었다. 성낸 불길이 치받쳐 올라온다. 나는 참을 수 없다.

"막벌이꾼한테 시집을 갈 것이지 누가 내게 시집을 오랬어! 저 따위가 예술가의 처가 다 뭐야!"

사나운 어조로 몰풍스럽게 소리를 꽥 질렀다.

"에그……!"

살짝 얼굴빛이 변해지며 어이없이 나를 보더니 고개가 점점 수그러지며 한 방울 두 방울 방울방울 눈물이 장판 위에 떨어진다.

나는 이런 일을 가슴에 그리며 그래도 내일 아침거리를 장만하려고 옷을 찾는 아내의 심중을 생각해 보니, 말할 수 없는 슬픈 생각이 가을바람과 같이 설렁설렁 심골(心骨)을 분지르는 것 같다.

쓸쓸한 빗소리는 굵었다 가늘었다 의연(依然)히 적적한 밤공기에 더욱 처량히 들리고 그을음 앉은 등피(燈皮) 속에서 비추는 불빛은 구름에 가린 달빛처럼 우는 듯 조는 듯 구차(苟且)히 얻어 산 몇 권 양책(洋冊)의 표제(表題) 금자가 번쩍거린다.

2

장 앞에 초연히 서 있던 아내가 무엇이 생각났는지 고개를 끄덕 끄덕하며 들릴 듯 말 듯 목 안의 소리로,

"으흐…… 옳지 참 그날……."

"찾었소!"

"아니야요, 벌써…… 저 인천(仁川) 사시는 형님이 오셨던 날 ……."

"……"

아내가 애써 찾던 그것도 벌써 전당포의 고운 먼지가 앉았구나! 종지 하나라도 차근차근 아랑곳하는 아내가 그것을 잡혔는지 아니 잡혔는지 모르는 것을 보면 빈곤(貧困)이 얼마나 그의 정신을 물어

뜯었는지 가히 알겠다.

"……"

"……"

한참 동안 서로 아무 말이 없었다. 가슴이 어째 답답해지며 누구하고 싸움이나 좀 해보았으면 소리 마음껏 고함이나 질러 보았으면 실컷 울어 보았으면 하는 일종 이상한 감정이 부글부글 피어오르며, 전신에 이가 스멀스멀 기어 다니는 듯 옷이 어째 몸에 끼여 견딜 수가 없다.

나는 이런 감정을 노골적으로 드러내며,

"점점 구차한 살림에 싫증이 나서 못 견디겠지?"

아내는 무엇을 생각하는지 모르게 정신을 잃고 섰다가 그 게슴츠레한 눈이 둥그레지며,

"네에? 어째서요?"

"무얼 그렇지!"

"싫은 생각은 조금도 없어요."

이렇게 말이 오락가락함을 따라 나는 흥분의 도(度)가 점점 짙어간다. 그래서 아내가 떨리는 소리로,

"어째 그런 줄 아셔요?"

하고 반문할 적에,

"나를 숙맥(菽麥)으로 알우?"

라고, 격렬(激烈)하게 소리를 높였다.

아내는 살짝 분한 빛이 눈에 비치어 물끄러미 나를 들여다본다. 나는 괘씸하다는 듯이 흘겨보며,

"그러면 그것 모를까! 오늘날까지 잘 참아 오더니 인제는 점점 기색이 달라지는걸 뭐! 물론 그럴 만도 하지마는!"

이런 말을 하는 내 가슴에는 지난 일이 활동사진 모양으로 얼른 얼른 나타난다.

육 년 전에(그때 나는 십육 세이고 저는 십팔 세였다) 우리가 결혼한 지 얼마 아니 되어 지식에 목마른 나는 지식의 바닷물을 얻어 마시려고 표연히 집을 떠났었다. 광풍(狂風)에 나부끼는 버들잎 모양으로 오늘은 지나(支那) 내일은 일본으로 굴러다니다가 금전의 탓으로 지식의 바닷물도 흠씬 마셔 보지도 못하고 반거들충이가 되어 집에 돌아오고 말았다. 내게 시집 올 때에는 방글방글 피려는 꽃봉오리 같던 아내가 어느 결에 기울어 가는 꽃처럼 두 뺨에 선연(鮮姸)한 빛이 스러지고 이마에는 벌써 두어 금 가는 줄이 그리어졌다.

처가 덕으로 집칸도 장만하고 세간도 얻어 우리는 소위 살림을 하게 되었다. 처음에는 그럭저럭 지내었지마는 한 푼 나는 데 없는 살림이라 한 달 가고 두 달 갈수록 점점 곤란해질 따름이었다. 나는 보수(報酬) 없는 독서와 가치 없는 창작으로 해가 지고 날이 새며 쌀이 있는지 나무가 있는지 망연케 몰랐다. 그래도 때때로 맛있는 반찬이 상에 오르고 입은 옷이 과히 추하지 아니함은 전혀 아내의 힘이었다. 전들 무슨 벌이가 있으리요, 부끄럼을 무릅쓰고 친가에 가서 눈치를 보아 가며 구차한 소리를 하여 가지고 얻어 온 것이었다. 그것도 한번 두 번 말이지 장구한 세월에 어찌 늘 그럴 수가 있으랴! 말경에는 아내가 가져온 세간과 의복에 손을 대는 수밖에 없었다. 잡히고 파는 것도 나는 알은체도 안 하였다. 그가 애를 쓰며 퉁명스러운 옆집 할멈에게 돈푼을 주고 시켰었다.

이런 고생을 하면서도 그는 나의 성공만 마음속으로 깊이깊이 믿고 빌었었다. 어느 때에는 내가 무엇을 짓다가 마음에 맞지 아니하

여 쓰던 것을 집어던지고 화를 낼 적에,

"왜 마음을 조급하게 잡수셔요! 저는 꼭 당신의 이름이 세상에 빛날 날이 있을 줄 믿어요. 우리가 이렇게 고생을 하는 것이 장래에 잘 될 근본 이야요."

하고 그는 스스로 흥분되어 눈물을 흘리며 나를 위로한 적도 있었다.

내가 외국으로 돌아다닐 때에 소위 신풍조(新風潮)에 띄어 까닭 없이 구식 여자가 싫어졌다. 그래서 나의 일찍이 장가든 것을 매우 후회하였다. 어떤 남학생과 어떤 여학생이 서로 연애를 주고받고 한다는 이야기를 들을 적마다 공연히 가슴이 뛰놀며 부럽기도 하고 비감(悲感)스럽기도 하였었다.

그러나 낫살이 들어갈수록 그런 생각도 없어지고 집에 돌아와 아내를 겪어 보니 의외에 그에게 따뜻한 맛과 순결한 맛을 발견하였다. 그의 사랑이야말로 이기적 사랑이 아니고 헌신적(獻身的) 사랑이었다. 이런 줄을 점점 깨닫게 될 때에 내 마음이 얼마나 행복스러웠으랴! 밤이 깊도록 다듬이를 하다가 그만 옷 입은 채로 쓰러져 곤하게 자는 그의 파리한 얼굴을 들여다보며,

"아아, 나에게 위안을 주고 원조를 주는 천사여!"

하고 감격이 극하여 눈물을 흘린 일도 있었다.

내가 알다시피 내가 별로 천품은 없으나 어쨌든 무슨 저작가(著作家)로 몸을 세워 보았으면 하여 나날이 창작과 독서에 전심력을 바쳤다. 물론 아직 남에게 인정(認定)될 가치는 없는 것이다. 그 영향으로 자연 일상생활이 말유(末由)하게 되었다.

이런 곤란에 그는 근 이 년 견디어 왔건마는 나의 하는 일은 오히려 아무 보람이 없고 방 안에 놓였던 세간이 줄어 가고 장롱에

찼던 옷이 거의 다 없어졌을 뿐이다.

그 결과 그다지 견딜성 있던 저도 요사이 와서는 때때로 쓸데없는 탄식을 하게 되었다. 손잡이를 잡고 마루 끝에 우두커니 서서 하염없이 먼 산만 바라보기도 하며 바느질을 하다 말고 실심(失心)한 사람 모양으로 멍멍히 앉았기도 하였다. 창경(窓鏡)으로 비치는 어스름한 햇빛에 나는 흔히 그의 눈물 머금은 근심 있는 눈을 발견하였다. 이럴 때에는 말할 수 없는 쓸쓸한 생각이 들며 일없이,

"마누라!"

하고 부르면 그는 몸을 흠칫 하고 고개를 저리로 돌리어 치맛자락으로 눈물을 씻으며,

"네에?"

하고 울음에 떨리는 가는 대답을 한다. 나는 등에 찬물을 끼얹는 듯 몸이 으쓱해지며 처량한 생각이 싸늘하게 가슴에 흘렀었다. 그렇지 않아도 자비(自卑)하기 쉬운 마음이 더욱 심해지며,

"내가 무자격한 탓이다."

하고 스스로 멸시를 하고 나니 더욱 견딜 수 없다. '그럴 만도 하다.'는 동정심이 없지 아니하되 그래도 그만 불쾌한 생각이 일어나며, '계집이란 할 수 없어.' 혼자 이런 불평을 중얼거리었다.

환등(幻燈) 모양으로 하나씩 둘씩 이런 일이 가슴에 나타나니 무어라고 말할 용기조차 없어졌다. 나의 유일의 신앙자(信仰者)이고 위로자이던 저까지 인제는 나를 아니 믿게 되고 말았다.

그는 마음속으로, '네가 육 년 동안 내 살을 깎고 저미었구나! 이 원수야!' 할 것이다. 이렇게 생각하매 그의 불같던 사랑까지 엷어져 가는 것 같았다. 아니 흔적도 없이 사라지고 만 것 같았다. 나는 감상적으로 허둥허둥하며,

"낸들 마누라를 고생시키고 싶어 시켰겠소! 비단옷도 해주고 싶고 좋은 양산도 사주고 싶어요! 그러 길래 온종일 쉬지 않고 공부를 아니 하우. 남 보기에는 편편히 노는 것 같아도 실상은 그렇지 안 해! 본들 모른단 말이요."

나는 점점 강한 가면(假面)을 벗고 약한 진상(眞相)을 드러내며 이와 같은 가소로운 변명까지 하였다.

"웬 세상 사람이 다 나를 비소(誹笑)하고 모욕하여도 상관이 없지만 마누라까지 나를 아니 믿어 주면 어찌한단 말이요."

내 말에 스스로 자극이 되어 마침내,

"아아."

길이 탄식을 하고 그만 쓰러졌다. 이 순간에 고개를 숙이고 아마 하염없이 입술만 물어뜯고 있던 아내가 홀연,

"여보!"

울음소리를 떨면서 무너지는 듯이 내 얼굴에 쓰러진다.

"용서……."

하고는 북받쳐 나오는 울음에 말이 막히고 불덩이 같은 두 뺨이 내 얼굴을 누르며 흑흑 느끼어 운다. 그의 두 눈으로부터 샘솟듯 하는 눈물이 제 뺨과 내 뺨 사이를 따뜻하게 젖어 퍼진다.

내 눈에서도 눈물이 흘러내린다. 뒤숭숭하던 생각이 다 이 뜨거운 눈물에 봄눈 슬듯 스러지고 말았다.

한참 있다가 우리는 눈물을 씻었다. 내 속이 얼마큼 시원한 듯하였다.

"용서하여 주셔요! 그렇게 생각하실 줄은 몰랐어요."

이런 말을 하는 아내는 눈물에 불어 오른 눈꺼풀을 아픈 듯이 꿈쩍거린다.

"암만 구차하기로니 싫증이야 날까요! 나는 한번 먹은 마음이 있는데⋯⋯."

가만가만히 변명을 하는 아내의 눈물 흔적이 어룽어룽한 얼굴을 물끄러미 바라보며 겨우 심신이 가뜬하였다.

3

어제 일로 심신이 피곤하였던지 그 이튿날 늦게야 잠을 깨니 간밤에 오던 비는 어느 결에 그치었고 명랑한 햇발이 미닫이에 높았더라. 아내가 다시금 장문을 열고 잡힐 것을 찾을 즈음에 누가 중문을 열고 들어온다. 우리는 누군가 하고 귀를 기울일 적에 밖에서,

"아씨!"

하는 소리가 들렸다.

아내는 급히 방문을 열고 나갔다. 그는 처가에서 부리는 할멈이었다. 오늘이 장인 생신이라고 어서 오라는 말을 전한다.

"오늘이야! 참 옳지, 오늘이 이월 열엿샛날이지, 나는 깜박 잊었어!"

"원 아씨는 딱도 하십니다. 어쩌면 아버님 생신을 잊으신단 말씀이요. 아무리 살림이 자미가 나시더라도⋯⋯."

시큰둥한 할멈은 선웃음을 쳐가며 이런 소리를 한다.

가난한 살림에 골몰하느라고 자기 친부의 생신까지 잊었는가 하매 아내의 정지(情地)가 더욱 측은하였다.

"오늘이 본가 아버님 생신이라요. 어서 오시라는데⋯⋯."

"어서 가구려⋯⋯."

"당신도 가셔야지요. 우리 같이 가셔요."

하고 아내는 하염없이 얼굴을 붉힌다.

나는 처가에 가기가 매우 싫었었다. 그러나 아니 가는 것도 내 도리가 아닐 듯하여 하는 수 없이 두루마기를 입었다.

아내는 머뭇머뭇하며 양미간을 보일 듯 말 듯 찡그리다가 곁눈으로 살짝 나를 엿보더니 돌아서서 급히 장문을 연다.

'흥, 입을 옷이 없어서 망설거리는구나.' 나도 슬쩍 돌아서며 생각하였다. 우리는 서로 등지고 섰건만 그래도 아내가 거의 다 빈 장 안을 들여다보며 입을 만한 옷이 없어 눈살을 찌푸린 양이 눈앞에 선연함을 어찌할 수가 없었다.

"자아, 가셔요."

무엇을 생각는지 모르게 정신을 잃고 섰다가 아내의 부르는 소리를 듣고 나는 기계적으로 고개를 돌리었다. 아내는 당목 옷을 갈아입고 내 마음을 알았던지 나를 위로하는 듯이 방그레 웃는다. 나는 더욱 쓸쓸하였다.

우리 집은 천변 배다리 곁에 있고 처가는 안국동에 있어 그 거리가 꽤 멀었다. 나는 천천히 가느라고 가고 아내는 속히 오느라고 오건마는 그는 늘 뒤떨어졌었다. 내가 한참 가다가 뒤를 돌아보면 그는 늘 멀리 떨어져 나를 따라오려고 애를 쓰며 주춤주춤 걸어온다. 길가에 다니는 어느 여자를 보아도 거의 다 비단옷을 입고 고운 신을 신었는데 아내만 당목 옷을 허술하게 차리고 청목당혜로 타박타박 걸어오는 양이 나에게 얼마나 애연(哀然)한 생각을 일으켰는지!

한참 만에 나는 넓고 높은 처가 대문에 다다랐다. 내가 안으로 들어갈 적에 낯선 사람들이 나를 흘끔흘끔 본다. 그들의 눈에,

"이 사람이 누구인가. 아마 이 집 하인인가 보다."

하는 경멸이 여기는 빛이 있는 것 같았다. 안 대청 가까이 들어오니 모두 내게 분분히 인사를 한다. 그 인사하는 소리가 내 귀에는 어째 비소하는 것 같기도 하고 모욕하는 것 같기도 하여 공연히 가슴이 두근거리고 얼굴이 후끈거리었다.

그 중에 제일 내게 친숙하게 인사하는 사람이 있다. 그는 아내보다 삼 년 맏이인 처형이었다. 내가 어려서 장가를 들었으므로 그때 그는 나를 못 견디게 시달렸다. 그때는 그가 싫기도 하고 밉기도 하더니 지금 와서는 그때 그러한 것이 도리어 우리를 무관하고 정답게 만들었다. 그는 인천 사는데 자기 남편이 기미(期米)를 하여 가지고 이번에 돈 십만 원이나 착실히 땄다 한다. 그는 자기의 잘 사는 것을 자랑하고자 함인지 비단을 내리감고 치감고 얼굴에 부유한 태(態)가 질질 흐른다. 그러나 분으로 숨기려고 애쓴 보람도 없이 눈 위에 퍼렇게 멍든 것이 내 눈에 띄었다.

"왜 마누라는 어쩌고 혼자 오셔요!"

그는 웃으며 이런 말을 하다가 중문 편을 바라보더니,

"그러면 그렇지! 동부인 안 하고 오실라구!"

혼자 주고받고 한다.

나도 이 말을 듣고 슬쩍 돌아다보니 아내가 벌써 중문 안에 들어섰더라. 그 수척한 얼굴이 더욱 수척해 보이며 눈물 괸 듯한 눈이 하염없이 웃는다. 나는 유심히 그와 아내를 번갈아 보았다. 처음 보는 사람은 분간을 못 하리만큼 그들의 얼굴은 혹사(酷似)하다. 그런데 얼굴빛은 어쩌면 저렇게 틀리는지! 하나는 이글이글 만발한 꽃 같고 하나는 시들시들 마른 낙엽 같다. 아내를 형이라 하고, 처형을 아우라 하였으면 아무라도 속을 것이다. 또 한 번 아내를 보며 말할 수 없는 쓸쓸한 생각이 다시금 가슴을 누른다.

딴 음식은 별로 먹지도 아니하고 못 먹는 술을 넉 잔이나 마시었다. 그래도 바늘방석에 앉은 것처럼 앉아 견딜 수가 없다. 집에 가려고 나는 몸을 일으켰다. 골치가 띵 하며 내가 선 방바닥이 마치 폭풍에 도도(滔滔)하는 파도같이 높았다 낮았다 어질어질해서 곧 쓰러질 것 같다. 이 거동을 보고 장모가 황망(惶忙)히 일어서며,

"술이 저렇게 취해 가지고 어데로 갈라구. 여기서 한잠 자고 가게."

나는 손을 내저으며, '아니에요. 집에 가겠어요.' 취한 소리로 중얼거리었다.

"저를 어쩌나!"

장모는 걱정을 하시더니,

"할멈! 어서 인력거 한 채 불러 오게." 한다.

취중에도 인력거를 태우지 말고 그 인력거 삯을 나를 주었으면 책 한 권을 사보련만 하는 생각이 있었다. 인력거를 타고 얼마 아니 가서 그만 잠이 들고 말았다.

한참 자다가 잠을 깨어 보니 방 안에 벌써 남폿불이 키었는데 아내는 어느 결에 왔는지 외로이 앉아 바느질을 하고 화로에서는 무엇이 끓는 소리가 보글보글하였다. 아내가 나의 잠 깬 것을 보더니 급히 화로에 얹은 것을 만져 보며,

"인제 그만 일어나 진지를 잡수셔요."

하고 부리나케 일어나 아랫목에 파묻어 둔 밥그릇을 꺼내어 미리 차려 둔 상에 얹어서 내 앞에 갖다 놓고 일변 화로를 당기어 더운 반찬을 집어 얹으며,

"자아 어서 일어나셔요."

나는 마지못하여 하는 듯이 부스스 일어났다. 머리가 오히려 아

프며 목이 몹시 말라서 국과 물을 연해 들이켰다.

"물만 잡수셔서 어째요. 진지를 좀 잡수셔야지."

아내는 이런 근심을 하며 밥상머리에 앉아서 고기도 뜯어 주고 생선뼈도 추려 주었다. 이것은 다 오늘 처가에서 가져온 것이다. 나는 맛나게 밥 한 그릇을 다 먹었다. 내 밥상이 나매 아내가 밥을 먹기 시작한다. 그러면 지금껏 내 잠 깨기를 기다리고 밥을 먹지 아니하였구나 하고 오늘 처가에서 본 일을 생각하였다. 어제 일이 있은 후로 우리 사이에 무슨 벽이 생긴 듯하던 것이 그 벽이 점점 엷어져 가는 듯하며 가엾고 사랑스러운 생각이 일어났었다. 그래서 우리는 정답게 이런 이야기 저런 이야기를 하게 되었다. 우리의 이야기는 오늘 장인 생신 잔치로부터 처형 눈 위에 멍든 것에 옮겨 갔다.

처형의 남편이 이번 그 돈을 딴 뒤로는 주야 요리점과 기생집에 돌아다니더니 일전에 어떤 기생을 얻어 가지고 미쳐 날뛰며 집에만 들면 집안사람을 들볶고 걸핏하면 처형을 친다 한다. 이번에도 별로 대단치 않은 일에 처형에게 밥상으로 냅다 갈겨 바로 눈 위에 그렇게 멍이 들었다 한다.

"그것 보아 돈푼이나 있으면 다 그런 것이야."

"정말 그래요. 없으면 없는 대로 살아도 의좋게 지내는 것이 행복이야요."

아내는 충심(衷心)으로 공명(共鳴)해 주었다.

이 말을 들으매 내 마음은 말할 수 없이 만족해지며 무슨 승리자나 된 듯이 득의양양하였다.

그리고 마음속으로, '옳다, 그렇다. 이렇게 지내는 것이 행복이다.' 하였다.

4

이틀 뒤 해 어스름에 처형은 우리 집에 놀러 왔었다. 마침 내가 정신없이 무엇을 생각하고 있을 즈음에 쓸쓸하게 닫혀 있는 중문이 찌그둥 하며 비단옷 소리가 사으락사으락 들리더니 아랫목은 내게 빼앗기고 윗목에 바느질을 하고 있던 아내가 문을 열고 나간다.

"아이고 형님 오셔요."

아내의 인사하는 소리가 들리더니 처형이 계집 하인에게 무엇을 들리고 들어온다. 나도 반갑게 인사를 하였다.

"그날 매우 욕을 보셨지요. 못 잡숫는 술을 무슨 짝에 그렇게 잡수셔요."

그는 이런 인사를 하다가 급작스럽게 계집 하인이 든 것을 빼앗더니 그 속에서 신문지로 싼 것을 끄집어내어 아내를 주며,

"내 신 사는데 네 신도 한 켤레 샀다. 그날 청목당혜를……."

말을 하려다가 나를 곁눈으로 흘끗 보고 그만 입을 닫친다.

"그것을 왜 또 사셨어요."

해쓱한 얼굴에 꽃물을 들이며 아내가 치사하는 것도 들은 체 만체하고 처형은 또 이야기를 시작한다.

"올 적에 사랑양반을 졸라서 돈 백 원을 얻었겠지. 그래서 오늘 종로에 나와서 옷감도 바꾸고 신도 사고……."

그는 자랑과 기쁨의 빛이 얼굴에 퍼지며 싼 보를 끌러,

"이런 것이야!"

하고 우리 앞에 펼쳐 놓는다.

자세히는 모르나 여하간 값 많은 품 좋은 비단일 듯하다. 무늬 없는 것, 무늬 있는 것, 회색 옥색 초록색 분홍색이 갖가지로 윤이

흐르며 색색이 빛이 나서 나는 한참 황홀하였다. 무슨 칭찬을 해야 되겠다 싶어서,

"참 좋은 것인데요."

이런 말을 하다가 나는 또 쓸쓸한 생각이 일어난다. 저것을 보는 아내의 심중이 어떠할까? 하는 의문이 문득 일어남이라.

"모다 좋은 것만 골라 샀습니다그려."

아내는 인사를 차리느라고 이런 칭찬은 하나마 별로 부러워하는 기색이 없다.

나는 적이 의외의 감이 있었다.

처형은 자기 남편의 흉을 보기 시작하였다. 그 밉살스럽다는 둥 그 추근추근하다는 둥 말끝마다 자기 남편의 불미한 점을 들다가 문득 이야기를 끊고 일어선다.

"왜 벌써 가시려고 하셔요. 모처럼 오셨다가 반찬은 없어도 저녁이나 잡수셔요."

하고 아내가 만류를 하니,

"아니 곧 가야지. 오늘 저녁차로 떠날 것이니까 가서 짐을 메어야지. 아직 차 시간이 멀었어? 아니 그래도 정거장에 일찍이 나가야지 만일 기차를 놓치면 오죽 기다리실라구. 벌써 오늘 저녁차로 간다고 편지까지 했는데……."

재삼 만류함도 돌아보지 아니하고 그는 홀홀히 나간다. 우리는 그를 보내고 방에 들어왔다.

나는 웃으며 아내에게,

"그까짓 것이 기다리는데 그다지 급급히 갈 것이 무엇이야."

아내는 하염없이 웃을 뿐이었다.

"그래도 옷감 바꿀 돈을 주었으니 기다리는 것이 애처롭기는 하

겠지."

밉살스러우니 추근추근하니 하여도 물질의 만족만 얻으면 그것으로 위로하고 기뻐하는 그의 생활이 참 가련하다 하였다.

"참, 그런가 보아요."

아내도 웃으며 내 말을 받는다. 이때에 처형이 사준 신이 그의 눈에 띄었는지(혹은 나를 꺼려 보고 싶은 것을 참았는지 모르나) 그것을 집어 들고 조심조심 펴보려다가 말고 머뭇머뭇한다. 그 속에 그를 해케 할 무슨 위험 품이나 든 것같이.

"어서 펴보구려."

아내가 하도 머뭇머뭇하기로 보다 못하여 내가 재촉〔催促〕을 하였다.

아내는 이 말을 듣더니,

"작히 좋으랴."

하는 듯이 활발하게 싼 신문지를 헤친다.

"퍽 예쁜걸요."

그는 근일에 드문 기쁜 소리를 치며 방바닥 위에 사뿐 내려놓고 버선을 당기며 곱게 신어 본다.

"어쩌면 이렇게 맞아요!"

연해연방 감탄사를 부르짖는 그의 얼굴에 흔연한 희색이 넘쳐흐른다.

"……"

묵묵히 아내의 기뻐하는 양을 보고 있는 나는 또다시,

"여자란 할 수 없어!"

하는 생각이 들며,

"조심하였을 따름이다!"

하매 밤빛 같은 검은 그림자가 가슴을 어둡게 하였다.

그러면 아까 처형의 옷감을 볼 적에도 물론 마음속으로는 부러워하였을 것이다. 다만 표면에 드러내지 않았을 따름이다. 겨우,

"어서 펴보구려."

하는 한마디에 가슴에 숨겼던 생각을 속임 없이 나타내는구나 하였다. 내가 무엇을 생각하고 있는지 저는 모르고 새 신 신은 발을 조금 쳐들며,

"신 모양이 어때요."

"매우 예뻐!"

겉으로는 좋은 듯이 대답을 하였으나 마음은 쓸쓸하였다. 내가 제게 신 한 켤레를 사주지 못하여 남에게 얻은 것으로 만족하고 기뻐하는 도다…….

웬일인지 이번에는 그만 불쾌한 생각이 일어나지 아니하였다. 처형이 동서(同壻)를 밉다거나 무엇이니 하면서도 기차를 놓치면 남편이 기다릴까 염려하여 급히 가던 것이 생각난다. 그것을 미루어 아내의 심사도 알 수가 있다. 부득이한 경우라 하릴없이 정신적 행복에만 만족하려고 애를 쓰지마는 기실(其實) 부족한 것이다. 다만 참을 따름이다. 그것은 내가 생각해야 된다. 이런 생각을 하니 전날 아내에게 그런 말을 한 것이 후회가 난다.

"어느 때라도 제 은공을 갚아 줄 날이 있겠지!"

나는 마음을 좀 너그럽게 먹고 이런 생각을 하며 아내를 보았다.

"나도 어서 출세를 하여 비단신 한 켤레쯤은 사주게 되었으면 좋으련만……."

아내가 이런 말을 듣기는 참 처음이다.

"네에?"

아내는 제 귀를 못 미더워하는 듯이 의아(疑訝)한 눈으로 나를 보더니 얼굴에 살짝 열기가 오르며, '얼마 안 되어 그렇게 될 것이야요.' 라고 힘 있게 말하였다.

"정말 그럴 것 같소?"

나는 약간 흥분하여 반문하였다.

"그러문요, 그렇고말고요."

아직 아무도 인정해 주지 않은 무명작가인 나를 다만 저 하나가 깊이깊이 인정해 준다. 그러기에 그 강한 물질에 대한 본능적 요구도 참아 가며 오늘날까지 몹시 눈살을 찌푸리지 아니하고 나를 도와 준 것이다.

'아아, 나에게 위안을 주고 원조를 주는 천사여!' 마음속으로 이렇게 부르짖으며 두 팔로 덥석 아내의 허리를 잡아 내 가슴에 바싹 안았다. 그 다음 순간에는 뜨거운 두 입술이……

그의 눈에도 나의 눈에도 그렁그렁한 눈물이 물 끓듯 넘쳐흐른다.

■ 할머니의 죽음

—————— 현진건

■━

'조모주 병환 위독'

삼월 그믐날, 나는 이런 전보를 받았다. 이는 ××에 있는 생가 (生家)에서 놓은 것이니 물론 생가 할머니의 병환이 위독하단 말이다. 병환이 위독은 하다 해도 기실 모나게 무슨 병이 있는 게 아니다. 벌써 여든 둘이나 넘은 그 할머니는 작년 봄부터 시름시름 기운이 쇠진해서 가끔 가물가물하기 때문에 그 동안 자손들로 하여금 한두 번 아니게 바쁜 걸음을 치게 하였다.

그 할머니의 오 년 맏이인 양조모(養祖母)는 갑자기 울기 시작하였다.

"아이고…… 이승에서는 다시 못 보겠다. 동서라도 의로 말하면 친형제나 다름이 없었다…… 육십 년을 하루같이 어디 뜻 한번 거슬러 보았을까……."

연해 연방 이런 넋두리를 섞어가며 양조모는 울었다. 운다하여도 눈가장자리가 붉어지고 목소리가 떨릴 뿐이었다. 워낙 연만(年滿, 나이가 아주 많다)한 그는 제법 울음답게 울 근력조차 없었다.

"그래도 그 할머니는 팔자가 좋으시다. 자손이 늘은 듯하고…… 아이고."

끝으로 이런 말을 하며 울음 이 한숨으로 변하였다. 자기가 너무 수(壽)한 까닭으로 외동자들을 앞세워 원이 되고 한이 되어 노상 자기의 생을 저주하는 그는 아들이 둘(본래 셋이더니 그 중에 중부 (仲父)가 일찍이 돌아갔다.), 직손자가 여덟이나 되는 그 할머니를 언제든지 부러워하였다.

'지금 돌아가시면 호상(好喪)이지. 아드님이 백발이 허연데……'
라고 양모(養母)도 맞방망이를 치며 눈을 멍하게 뜬다.

나도 과연 그렇기도 하겠다 싶었다.

나는 그날 ×차로 ××를 향하고 떠났다.

새로 석 점이 지나 기차를 내린 나는 벌써 돌아가시지나 않았냐 고 염려를 마지않으며 캄캄한 좁은 골목을 돌아들어 생가(生家)의 삽짝 가까이 다다를 제 곡성이 나는 듯하여 마음이 조마조마하였 다. 하건마는 다행히 그 불길한 소리는 들리지 않았다. 삽짝은 빠 끔히 열려 있었다.

마당에 들어서니 추녀 끝에 달린 그을음 앉은 괘등(掛燈)이 간반 밖에 아니 되는 마루와 좁직한 뜰을 쓸쓸하게 비추고 있었다. 우물 둑과 장독간의 사이에 위는 거적으로 덮고 양 가는 삿자리로 두른 울막(움막)을 보고 나는 가슴이 덜컹 하고 내려앉았다. 상청(喪 廳)[15]이 아닌가.……

그러나 나의 어림의 짐작은 틀리었다. 마루에 올라선 내가 안방, 아랫방에서 뛰어나온 잠 못 잔 피로한 얼굴들에 이끌리어 할머니 의 거처하는 단간 건넌방으로 들어가는 할머니는 깔아진 듯이 아 랫목에 누웠으되 오히려 숨은 붙어 있었다. 그 앞에 앉은 나를 생

15) 상청(喪廳) '궤연(几筵, 죽은 사람의 영궤(靈几)와 그에 딸린 모든 것을 차려 놓는 곳)'을 속되게 이르는 말.

선의 그것 같은 흐릿한 눈자위로 의아하게 바라본다.

"얘가 누구입니까? 어머니, 얘가 누구입니까?"

예안(禮安) 이씨로, 예절 알기와 효성 있기로 집안 중에 유명한 중모(仲母)는 나를 가리키며 병자의 귀에 대고 부르짖었다.

"몰라……."

환자는 담이 그르렁그르렁하면서 귀찮은 듯이 대꾸하였다.

"제가 누구입니까, 할머니!"

나는 그 검버섯이 어룽어룽한 뼈만 남은 손을 만지며 물어보았다. 나의 소리는 떨리었다.

"저를 모르시겠습니까? 제가 ○○이 아닙니까?"

"응, 네가 ○○이냐……."

우는 듯이 이런 말을 하고 그윽하나마 내가 잡은 손에 힘을 주는 듯하였다. 그 개개풀린 눈동자 가운데도 반기는 빛이 역력(歷歷, 자취나 기미, 기억 따위가 환히 알 수 있게 또렷하다)히 움직였다.

할머니의 병환이 어젯밤에는 매우 위중해서 모두 밤새움을 한 일, 누구누구 자손을 찾던 일, 그 중에 내 이름도 부르던 일, 지금은 한결 돌린 일…… 온갖 것을 중모는 나에게 알려 주었다.

나는 그날 밤을 누울락 앉을락, 깰락 졸락 할머니 곁에서 밝혔다. 모였던 자손들이 제각기 돌아간 뒤에도 중모(仲母, 둘째아버지의 아내)는 할머니 곁을 떠나지 않았다. 불교의 독신자인 그는 잠오는 눈을 비비기도 하고, 기침으로 목청을 가다듬기도 하면서 밤새도록 염불을 그치지 않았다. 그 소리는 적적한 새벽녘에 해로가와 같이 처량히 들렸다. 나는 새삼스럽게 그 효성의 지극함과 그 정성의 놀라움에 탄복하였다.

아침저녁으로 각지에 흩어져 있는 자손들이 모여들기 시작하였다. 방이라야 단지 셋밖에 없는데, 안방은 어머니, 형수들이 점령하고 뜰아랫방 하나 있는 것은 아버지, 삼촌, 당숙들에게 빼앗긴 우리 젊은— 사·육촌 형제들은 밤이 되어도 단 한 시간을 눈 붙일 곳이 없었다. 이웃집과 누누이 교섭한 끝에 방 한 칸을 빌어서 번차례로 조금씩 쉬기로 하였다. 이 짧은 휴식이나마 곰비임비 교란되었나니, 그것은 십 분 들이로 집에서 불러들이는 까닭이다. 아버지와 삼촌네들의 큰 심부름, 잔심부름도 적지 않았지만 할머니 곁에 혼자 앉은 중모의 꾸준한 명령일 때가 많았다. 더욱이 밤새 한 시에나 두 시에나 간신히 잠을 들어 꿀보다 더 단 잠이 온몸에 나른하게 퍼진 새벽녘에 우리는 꺼들리어 일어나는 수밖에 없었다.

"할머니 병환이 이렇듯 위중하신데 너희는 태평치고 잠을 잔단 말이냐."

우리가 건넌방에 들어서면 그는 다짜고짜로 야단을 쳤다. 그 중에도 가장 나이 어리고 만만한 내가 꾸중받이가 되었다. 인정사정 없는 그의 태도가 불쾌는 하였지만 도덕적 우월을 빼앗긴 우리는 대꾸 한 마디 할 수 없었다.

"다들 뭐란 말이냐. 나는 한 달이나 밤을 새웠다. 며칠들이나 된다고."

졸음 오는 눈을 비비는 우리를 보고 그는 자랑스럽게 또 이런 꾸중도 하였다.

'놀라운 효성을 부리는 게 도무지 우리 야단칠 밑천을 장만하는 게로구나.' 나는 속으로 꿀꺽꿀꺽하며 이런 생각을 하였다.

한 번은 또 그의 명령으로 우리는 건넌방에 모여들었다. 그 방문은 열어젖히었는데, 문지방 위에 할머니의 지팡이가 놓이고 그 밑에 또 신으시던 신이 놓여 있었다. 방안 할머니의 머리맡에는 다라니가 걸려 있었다.

"할머니가 운명을 하시나 보다!"

우리는 번개같이 이런 생각을 하며 할머니 곁으로 다가들었다.

그는 담을 그르렁그르렁 거리며 흔흔히 누워 있었다.

중모는 흐르는 눈물을 걷잡지 못하며 그의 귀에 들이대고 울음소리로 아미타불과 지장보살을 구슬프게 부르짖고 있었다.

한동안 엄숙한 긴장이 여기 있었다. 모두 같은 일을 기대하면서.

십 분! 이십 분! 환자의 신상에는 아무 별증이 나타나지 않았다.

"아마, 잠이 드신 모양입니다."

이윽고 아버지가 이 긴장한 침묵을 깨뜨렸다. 그리고 중모를 향하여,

"잠 주무시게끔 염불(念佛)을 고만 뫼십시오."

하고 나가 버렸다. 그 뒤를 따라 빽빽하게 들어섰던 자손들이 하나씩 둘씩 헤어졌다.

그래도 눈물을 섞어가며 염불을 말지 않던 중모가 얼마 뒤에 제물에 부처님 찾기를 그치었다. 그리고 끝끝내 남아 있던 나에게 할머니가 중부가 왔다고 하던 일, 자기를 데리러 교군이 왔다던 일, 중모의 손을 비틀며 어서 가자고 야단을 치던 일을 이야기 하였다. 그러다가 숨구멍에서 무엇이 꿀꺽하더니 그만 저렇게 정신을 잃으신 것을 설명해 주었다.

그날 저녁 때에 할머니는 여상히 깨어 나셨다. 이런 일이 한두 번이 아니었다. 몇 번이나 신과 지팡이가 놓였다 치였다, 다라니가 벽에 걸리었다 떼었다 하였다. 그러는 동안에 자손의 얼굴은 자꾸 자꾸 축이 나갔었다. 말하기는 안 되었지만 모두 불언 중에 할머니

의 목숨이 하루 바삐 끝장나기를 기다리고 있었다. 관조차 맞추어서 칠까지 먹여 놓았다. 내가 처음 오던 날 상청(喪廳)이 아닌가 하고 놀랐던 그 울막도 이 관을 놓아두려는 의지간이었다.

그러하건만 할머니는 연해 한 모양으로 그물그물하다가 또 정신을 차리었다. 아니, 정신이 돌아오는 때가 도리어 많아간다. 자기 앞에 들어서는 자손들을 거의 틀림없이 알아맞혔다.

그리고 가끔 몸부림을 치면서 일으켜 달라고 야단을 쳤다. 그럴 때에 중모는 거북스럽게 염불(念佛, 부처의 모습과 공덕을 생각하면서 아미타불을 부르는 일)을 모시었다.

"어머니! 어머니, 가만히 계셔요. 가만히 계셔요."

그는 몸부림하는 할머니를 제지하면서 이렇게 타일렀다.

"저를 따라 염불을 뫼셔요. 나무아미타불, 나무아미타불."

"나, 일어날란다."

"에그, 왜 그리셔요. 가만히 계셔요. 제발 덕분에. 나무아미타불, 나무아미타불……."

할머니는 귀찮아 못 견디겠다는 듯이 팔을 내저으며,

"듣기 싫다, 염불 소리 듣기 싫다! 인제 고만 해라."

하며 몸을 일으키려고 애를 쓴다.

"그게 무슨 말씀입니까?"

중모는 질색을 하며 더욱 비장하게 부처님을 찾았다.

"듣기 싫다! 듣기 싫어. 나는 고만 갈 테야."

할머니는 또 이렇게 재우쳤다.

나는 이 광경을 보고 적이 의외의 감이 있었다 — 할머니는 중모보다 못하지 않은 불교의 독신자이다. 몇 십 년을 하루같이 새벽마다 만수향을 켜 놓고 염불 모시기를 잊지 않은 어른이다. 정신이

혼혼(昏昏, 도리에 어둡고 마음이 흐린 모양)된 뒤에도 염주(念珠)
담은 상자와 만수향만은 일일이 아랑곳하던 어른이다.

"……하루에도 만수향을 세 갑, 네 갑 켜시겠지. 금방 사다 드리
면 세 개씩, 네 개씩 당장 다 켜 버리시고 또 안 사온다고 꾸중이
시구나……."

작년 가을 내가 귀성하였을 제 계모가 웃으며 할머니의 노망이야
기를 하는 가운데 만수향 켜는 것을 그 하나로 헤아렸다.

그러하던 할머니가 왜 지금 와서 염불을 듣기 싫다는가? 그다지
할머니는 일어나고 싶으신가! 죽어가면서도 일어나려는 이 본능 앞
에는 모든 것이 권위를 잃는 것인가?

"저렇게 일어나시랴니 좀 일으켜 드리지요."

나는 보다 못해 이런 말을 하였다.

"안 된다. 일으켜 줄 수가 없다. 하도 저러시기에 한번 일으켜드
렸더니 어떻게 아파하시는지 차마 뵈올 수가 없었다."

"어째 그래요?"

나는 이렇게 반문하였다. 이 반문에 대한 중모의 설명은 더욱 놀
랄 것이었다.

할머니가 작년 봄부터 맑은 정신을 잃은 결과에 늙은이가 어린애
된다고, 뒤를 가리지 않게 되었다. 게다가 이 두어 달 전부터 물을
자꾸 청해 잡수시고 옷에고, 요바닥에 함부로 뒤를 보았다. 그것을
얼른 빨아 드리지 못한 때문에 제물에 뭉쳐지고 말라붙은데다가
뜨거운 불목에 데이어 궁둥이 언저리가 모두 벗겨졌다. 그러므로
일어나려면 그곳이 땅기고 배기어 아파하는 것이라 한다.

이 말을 들은 나는 할머니를 모로 누이고 그 상처를 보았다. 그
자리는 손바닥 넓이만큼이나 빨갛게 단 쇠로 지진 듯이 시커멓게

벗겨졌는데, 그 위에는 하얀 테가 징그럽게 끼었고 그 가장자리에는 독기를 품고 아른아른해 부르터 올라 있다. 나는 차마 더 볼 수가 없었다.

이것이 무슨 일인가! 양조모(養祖母), 양모(養母)가 부러워하시던 늘은 듯한 자손이 다 무엇을 하고 우리 할머니를 이 지경이 되게 하였는가? 왜 자주 옷을 갈아입혀 드리며 빨아드리지 못하였는가? 이 직접 책임자인 계모가 더 할 수 없이 괘씸하였다.

그러나 가만히 생각해 보면 그를 그르다고도 할 수 없다. 위에도 말하였거니와 할머니가 이리 된지는 하루 이틀이 아니다. 벌써 몇 달이 되었다. 이 긴 시실에 제아무리 효부(孝婦)라 한들 하루도 몇 번을 흘리는 뒤를 그때 족족 빨아낼 수 없으리라. 더구나 밤에 그런 것이야 일일이 알 수도 없으리라. 하물며 계모는 시집오던 첫날부터 골머리를 앓을 이 만큼 큰 병객이다. 병명은 의원을 따라 혹은 변두머리라고도 하고 혹은 뇌진이라고도 하고 혹은 선천부족(先天不足, 타고난 체력이 부족하여 몸이 허약한 상태)이라고도 하였지마는 하나도 고쳐 주지는 못하였다. 삼십이 될락 말락 하건만 육십이나 칠십이 다 된 노인 모양으로 주야장천 자리보전하고 누워있는 터이다. 제 몸이 괴로우니 모든 것이 싫은 것이다. 그리고 나까지 아우르면 아버지 슬하에 아들만 넷이나 되건마는 지금 육십 노경에 받드는 어느 아들, 어느 며느리 하나이 없다. 집안이 넉넉지 못한 탓으로 사방에 흩어져서 제 입 풀칠하기에 눈코를 못 뜨는 까닭이다.

이 책임을 누구에게 돌릴까? 나는 알 수가 없었다. 쓴 물만 입 안에 돌 뿐이다.

이 후에 또 이런 일이 있었다. 어느 때 내가 할머니 곁에 갔을 적이었다. 할머니는 그 뼈가 남은 손으로 나의 손을 만지고 있었다.

"○○아, ○○아."

할머니는 문득 나를 불렀다.

"인제는 다시 못 보겠다. 인제는 다시 못 보겠다."

"왜 그런 말씀을 하십니까?"

"인제 내가 안 죽니. 그런데 너, 내 청 하나 들어주겠니?"

"네? 무슨 말씀입니까?"

"나, 나 좀 일으켜 다고."

나는 눈물이 날듯이 감동하였다. 어찌 차마 이 청을 떼칠 건가. 나는 다짜고짜 두 손을 할머니 어깨 밑으로 넣으려 하였다. 이것을 본 중모는 깜짝 놀라며 나를 말렸다.

"얘, 네가 왜 또 그러니. 일으켜 드리면 아파하신대두 그 애가 그러네."

"그때 약을 사다 드렸으니 그 자리는 이제 아물었겠지요."

나는 데었단 말을 듣던 그날 약 사다 드린 것을 생각하고 이런 말을 하였다.

"아니야, 아직 다 낮지 않았어. 오늘 아침에도 일으켜 드렸더니 몹시 아파하시더라."

나는 주춤하였다. 할머니의 앓는 것이 애처로웠음이다.

"어머니! 어머니! 가만히 누워계셔요. 네? 일어나시면 아프십니다."

중모는 또 자상히 타이르듯 말하였다. 할머니는 물끄러미 나와 중모를 번갈아 보시더니 단념한 듯이 눈을 감았다. 한참 앉아 있다가 나는 몸을 일으켰다. 이 때에 할머니가 눈을 번쩍 뜨며 문득,

'어데를 가?' 라고 물었다. 나는 주춤 발길이 멈추었다.

할머니는 퀭한 눈으로 이윽히 나는 쳐다보더니 무엇을 잡을 듯이 손을 내저으며 우는 듯한 목소리로,

'서방님! 제발 나를 좀 일으켜 주십시오. 서방님, 제발 나를 좀 일으켜 주십시오.' 라고 부르짖었다.

"에그머니! 그게 무슨 말씀입니까? 그 애가 ○○이 아닙니까? 서방님이 무엇이야요?"

중모는 바싹 할머니에게 다가들며 애처롭게 일으켜 드렸다. 이때, 마침 할머니가 잡수실 배[梨] 즙을 가지고 들어오던 둘째 형수가 무슨 구경거리나 생긴 듯이 안방을 향하고 외쳤다.

"에그, 할머니 좀 보아요! 서울 아우님더러 서방님! 서방님! 하십니다."

이 외침을 듣고 자부(子婦, 아들의 아내를 이르는 말)들은 모여들었다. 그들의 눈은 호기심에 번쩍이고 있었다. 나는 또 할머니의 청을 물리칠 수는 없었다. 그것이 어떠한 나쁜 영향을 초치(招致, 불러서 안으로 들임)할지라도 아니 일으켜 드릴 수 없었다.

그러나 할머니는 욧바닥 위로 반자를 떠나지 못하여, '아야야……' 라고, 외마디 소리를 쳤다. 나는 얼른 들어 올리던 손을 뺄 수밖에 없었다.

다시금 눕기 싫어하던 요 위에 누운 뒤에도 할머니는 앓기를 마지않았다. 적지 아니한 꾸중을 모시었다.

이윽고 조금 진정이 되더니만 또 팔을 내저으면 기를 쓰고 가슴에 덮은 이불자락을 자꾸자꾸 밀어 내리었다. 감기가 들까 염려하는 중모는 그것을 꾸준히 도로 집어 올렸다.

할머니는 손을 내어밀더니 이번에는 내 조끼 단추를 붙잡아 당기

었다.

"왜, 이리 하십니까, 단추를 빼란 말씀입니까?"

할머니는 고개를 끄덕이었다. 끄덕였다 하여도 끄덕이려는 의사를 보였을 뿐이었다. 나는 단 추 한 개를 빼었다. 그대로 할머니는 자꾸 조끼의 단추와 씨름을 마지 아니 하였다. 나는 단추를 낱낱이 빼는 수밖에 없었다. 그러고 나니 그는 또 옷고름과 실랑이를 시작하였다.

"옷고름을 끄를까요?"

"응!"

나는 또 옷고름을 끌렀다. 끄른 뒤엔 할머니는 또 소매를 잡아당기었다.

"왜 이리 하셔요?"

"버, 벗어라, 답답치 않니."

여기저기서 물어 멈추려고 애쓰는 웃음이 '키키' 하였다.

나는 경멸과 모욕의 시선을 그들에게 던졌다. 자기가 얼마나 답답하고 갑갑하기에 남의 단추 끼운 것과 옷고름 맨 것과, 저고리 입은 것조차 답답해 보일 것이랴! 여기는 쓰디쓴 눈물과 살을 저미는 슬픔이 있어야 하겠거늘, 이 기막힌 광경을 조소로 맞아야 옳을까?

나는 곧 그들에게 침이라도 뱉고 싶었다. 하되 나의 마음을 냉정하게 살펴본즉 슬프다! 나에게는 그들을 모욕할 권리가 없었다. 형수들 앞에서 앞가슴을 풀어 젖히라는 할머니가 민망스럽기도 하고 딱하기도 하였다. 환자를 가엾다고 생각하면서도 나의 속 어디인지 웃음이 움직인 것은 부정할 수 없는 사실이었다. 더구나 내가 젊은 이 패가 모인 이웃집 방에 들어갔을 제 무슨 재미스러운 일이나 보고 온 사람 모양으로 득의양양해 이 이야기를 하고서 허리를 분질렀다.…….

거기에서는 할머니의 병세에 대하여 의논이 분분하였다. 그들은 하나도 한가한 이가 없었다. 혹은 변호사, 혹은 은행원, 혹은 회사원으로 다 무한년하고 있을 수 없는 형편이었다.

"나는 암만해도 내일은 좀 가 보아야 되겠는데, 나는 그 전보를 받고 벌써 돌아가신 줄 알았어. 올 때에 친구들이 북포(北布, 함경북도에서 생산하던 올이 가늘고 고운 삼베)니 뭐니 부의(賻儀)를 주길래 아직 돌아가시지도 않았는데 이게 웬일이냐 하니까, 그 사람들 말이, 돌아가셔도 자손들에게 그렇게 전보를 놓느니, 하데그려. 그래 모두 받아왔는데, 허허허…….."

그 중에 제일 연장자로 쾌활하고 말 잘하는 백형(伯兄, 둘 이상의 형 가운데 맏이인 형을 이르는 말)은 웃음 섞어 이런 말을 하고 있었다.

"암만해도 오늘 내일 돌아가실 것 같지는 않은데…… 이거, 큰일 났는걸, 갈 수도 없고…….."

"다는 곧 돌아가실 것 같지는 않아…….."

은행원으로 있는 육촌은 이렇게 맞방망이를 쳤다.

"의사를 불러서 진단을 해보는 것이 어떨까요?"

부산 방직회사에 다니는 사촌이 이런 제의를 하였다.

"옳지, 참 그래 보아야 되겠군."

아버지께 이 사연을 아뢰었다.

"시방 그물그물하시지 않나, 그러면 하여간 의원을 좀 불러올까."

의원은 아버지와 절친한 김주부(金主簿)를 청해 오기로 하였다.

갓을 쓴 그 의원은 얼마 아니 되어 미륵 같은 몸뚱이를 환자 방에 나타내었다. 매우 정신을 모으는 듯이 눈을 내리감고 한나절이나 진맥을 하더니 고개를 절레절레 흔들며 물러앉는다.

매우 말하기 어려운 듯이, 기실(其實, 실제의 사정) 조금도 말하기 어렵지 않은 듯이, 그 의원은 최후의 판결을 언도하였다.

"글쎄, 그래 워낙 노쇠하셔서 우래 부지를 하실 수 없지……."

그러면 그렇지 하는 얼굴로 아버지는 맞방망이를 쳤다.

가려던 자손은 또 붙잡히었다. 그러나 할머니는 그날 저녁부터 한결 돌리었다. 가끔 잡수실 것을 찾기도 하였다. 잡숫는 건 고작해야 배즙, 국물에 만 한 술도 안 되는 진지였다. 죽과 미음은 입에 대기도 싫어하였다. 그리고 전일에 발라드린 양약의 효험이 나서 상처가 아물었던지 자부와 손부에게 부축되어 꽤 오래 일어나 앉게도 되었다.

그 이튿날이 무사히 지나가자, 한의(漢醫, 한의학)의 무지를 비소(誹笑, 조롱하며 비웃다)하고, 다른 것은 몰라도 환자의 수명이 어느 때까지 계속될 시간 아는 데 들어서는 양의(洋醫, 서양 의학)가 나으리라는 우리 젊은 패의 주장에 의하여 ××의원 원장으로 있는 지바 의학사(千葉醫學士)를 불러오게 되었다.

그는 진찰한 결과에 다른 증세만 겹치지 않으면 이삼 주일은 무려(無慮, 믿음직스러워 아무 염려할 것이 없다)하리라 하였다.

"그래, 그저 그럴 거야, 아직 괜찮으신데 백주에 서둘고 야단을 했지."

하고, 일이 바쁜 백형(伯兄)은 그날 밤으로 떠나갔다.

그 이튿날 아침이었다.

우리가 집에 돌아오니까 할머니 곁을 떠난 적 없는 중모가 마당에 한가롭게 할머니의 뒤 흘린 바지를 빨고 있다가 웃는 낯으로 우리를 맞으며,

"할머님이 오늘 아침에는 혼자 일어나셨다. 시방 진지를 잡수시고 계시다. 어서 들어가 뵈어라."

나는 뛰어 들어갔다. 자부와 손부의 신기해 여기는 시선을 받으면서 할머니는 정말 진지를 잡숫고 있었다.

나는 빙글빙글 웃으며,

"할머니, 어떻게 일어나셨습니까?"

할머니는 합죽한 입을 오물오물하며 막 떠 넣은 밥 알맹이를 삼키고,

"내가 혼자 일어났지, 어떻게 일어나긴. 흉악한 놈들, 암만 일으켜 달라니 어데 일으켜 주어야지. 인제 나 혼자라도 일어난다."

하며 자랑스럽게 대답하였다.

"어제 의원이 왔지요. 인제 할머니가 곧 나으신대요."

"정말 낫겠다고 하던, 응?"

하고 검버섯 핀 주름을 밀며 흔연(欣然, 기쁘거나 반가워 기분이 좋게)한 웃음의 그림자가 오래간만에 그의 볼을 스쳤다. 나의 눈엔 어쩐지 눈물이 핑 돌았다.

그날 밤차로 모였던 자손들은 제각기 흩어졌다. 나도 그날 밤에 서울로 올라왔다.

어느 아름다운 봄날이었다.…… 말갛게 개인 하늘은 구름 한 점도 없고 아른아른한 아지랑이가 그 하늘거리는 깁(명주실로 바탕을 조금 거칠게 짠 비단.) 오리로 봄 비단을 짜내는 어느 아름다운 봄날이었다. 나는 깨끗하게 춘복(春服)을 차리고 친구 몇 명과 우이동 앵화(櫻花, 벚나무의 꽃) 구경을 막 나가려던 때이었다. 이때에 뜻 안 한 전보 한 장이 닥치었다.

'오전 3시 조모주 별세'

■ 달밤

——————— 이태준

성북동으로 이사 나와서 한 대엿새 되었을까, 그날 밤 나는 보던 신문을 머리맡에 밀어 던지고 누워 새삼스럽게, '여기도 정말 시골이로군!' 하였다. 바깥이 컴컴한 걸 처음 보고 시냇물 소리와 쏴-하는 솔바람 소리를 처음 들어서가 아니라 황수건이라는 사람을 이날 저녁에 처음 보았기 때문이다.

그는 말 몇 마디 사귀지 않아서 곧 못난이란 것이 드러났다. 이 못난이는 성북동의 산들보다 물들보다, 조그만 지름길들보다, 더 나에게 성북동이 시골이란 느낌을 풍겨 주었다.

서울이라고 못난이가 없을 리야 없겠지만 대처에서는 못난이들이 거리에 나와 행세를 하지 못하고, 시골에선 아무리 못난이라도 마음 놓고 나와 다니는 때문인지, 못난이는 시골에만 있는 것처럼 흔히 시골에서 잘 눈에 뜨인다. 그리고 또 흔히 그는 태고 때 사람처럼 그 우둔하면서도 천진스런 눈을 가지고, 자기 동리에 처음 들어서는 손에게 가장 순박한 시골의 정취를 돋워 주는 것이다.

그런데 그날 밤 황수건이는 열시나 되어서 우리 집을 찾아왔다.

그는 어두운 마당에서 꽥 지르는 소리로,

"아, 이 댁이 문안서……."

달밤

하면서 들어섰다. 잡담 제하고 큰일이나 난 사람처럼 건넌방 문 앞으로 달려들더니,

"저, 저 문안 서대문 거리라나요. 어디선가 나오신 댁입쇼?" 한다. '합비'는 안 입었으되 신문을 들고 온 것이 신문 배달부다.

"그렇소, 신문이오?"

"아, 그런 걸 사흘이나 저, 저 건너쪽에만 가 찾었습죠. 제기……"

하더니 신문을 방에 들여뜨리며,

"그런뎁쇼, 왜 이렇게 죄꼬만 집을 사구 와곕쇼. 아, 내가 알었더면 이 아래 큰 개와집도 많은 걸입쇼……" 한다.

하니 말이 황당스러 유심히 그의 생김을 내다보니 눈에 얼른 두르러지는 것이 빡빡 깎은 머리로되 보통 크다는 정도 이상으로 골이 크다. 그런데다 옆으로 보니 장구대가리다.

"그렇소? 아무튼 집 찾노라고 수고했소."

하니 그는 큰 눈과 큰 입이 일시에 히죽거리며,

"뭘입쇼, 이게 제 업인뎁쇼."

하고 날래 물러서지 않고 목을 길게 빼어 방 안을 살핀다. 그러더니 묻지도 않는데,

"저는입쇼, 이 동제 사는 황수건이라 합니다……"

하고 인사를 붙인다. 나도 깍듯이 내 성명을 대었다. 그는 또 싱글벙글 하면서,

"댁엔 개가 없구먼입쇼." 한다.

"아직 없소." 하니,

"개 그까짓 거 두지 마십쇼." 한다.

"왜 그렇소?"

물으니 그는 얼른 대답하는 말이,

"신문 보는 집엔입쇼, 개를 두지 말아야 합니다." 한다.

이것 재미있는 말이다 하고 나는,

"왜 그렇소?"

하고 또 물었다.

"아, 이 뒷동네 은행소에 댕기는 집엔입쇼, 망아지만한 개가 있는뎁쇼, 아, 신문을 배달할 수가 있어얍죠."

"왜?"

"막 깨물랴고 덤비는걸입쇼." 한다.

말 같지 않아서 나는 웃기만 하는 그는 더욱 신을 낸다.

"그눔의 개, 그저 한번, 양떡을 멕여대야 할 텐데······"

하면서 주먹을 부르대는데 보니, 손과 팔목은 머리에 비기어 반비례로 작고 가느닿다.

"어서 곤할 텐데 가, 자시오."

하니 그는 마지못해 물러서며,

"선생님, 참! 이선생님 편안히 주뭅쇼. 저이 집은 여기서 얼마 안 되는 걸입쇼."

하더니 돌아갔다.

그는 이튿날 저녁, 집을 알고 오는 데도 아홉시가 지나서야,

"신문 배달해 왔습니다."

하고 소리를 치며 들어섰다.

"오늘은 왜 늦었소?"

물으니

"자연 그럽죠."

하고 다른 이야기를 꺼냈다.

자기는 워낙 이 아래 있는 삼산학교에서 일을 보다 어떤 선생하고 뜻이 덜 맞아 나왔다는 것, 지금은 신문 배달을 하나 원배달이 아니라 보조배달이라는 것, 저희 집엔 양친과 형님 내외와 조카 하나와 저희 내외까지 식구가 일곱이란 것, 저희 아버지와 저희 형님의 이름은 무엇, 무엇이며, 자기 이름은 황가인데다가 목숨 수자하고 세울 건자로 황수건이기 때문에, 아이들이 노랑수건이라고 놀리어서 성북동에서는 가가호호에서 노랑수건 하면, 다 자긴 줄 알리라고 자랑스럽게 이야기하다가 이날도,

"어서 그만 다른 집에도 신문을 갖다 줘야 하지 않소?"

하니까 그때서야 마지못해 나갔다.

우리 집에서는 그까짓 반편과 무얼 대꾸를 해 가지고 그러느냐 하되, 나는 그와 지껄이기가 좋았다.

그는 아무것도 아닌 것을 가지고 열심스럽게 이야기하는 것이 좋았고, 그와는 아무리 오래 지껄이고 나도 웃음밖에는 남는 것이 없어 기분이 거뜬해지는 것도 좋았다. 그래서 나는 무슨 일을 하는 중만 아니면 한참씩 그의 말을 받아 주었다.

어떤 날은 서로 말이 막히기도 했다. 대답이 막히는 것이 아니라 무슨 말을 해야 할까 막히었다. 그러나 그는 늘 나보다 빠르게 이야깃거리를 잘 찾아냈다. 오뉴월인데도 '꿩고기를 잘 먹느냐?'고도 묻고 '소와 말과 싸움을 붙이면 어느 것이 이기겠느냐?'는 등, 아무튼 그가 얘깃거리를 취재하는 방면은 기상천외로 여간 범위가 넓지 않은 데는 도저히 당할 수가 없었다. 하루는 나는 '평생 소원이 무엇이냐?'고 그에게 물어 보았다. 그는 '그까짓 것쯤 얼른 대답하기는 누워서 떡먹기'라고 하면서 평생 소원은 자기도 원배달이 한번 되었으면 좋겠다는 것이었다.

남이 혼자 배달하기 힘들어서 한 이십 부 떼어 주는 것을 배달하고, 월급이라고 원배달에게서 한 삼 원 받는 터이라 월급을 이십여 원을 받고, 신문사 옷을 입고, 방울을 차고 다니는 원배달이 제일 부럽노라 하였다. 그리고 방울만 차면 자기도 뛰어다니며 빨리 돌 뿐 아니라 그 은행소에 다니는 집개도 조금도 무서울 것이 없겠노라 하였다.

그래서 나는 '그럴 것 없이 아주 신문사 사장쯤 되었으면 원배달도 바랄 것 없고 그 은행소에 다니는 집개도 상관할 배 없지 않겠느냐?' 한즉 그는 뚱그래지는 눈알을 한참 굴리며 생각하더니, '딴은 그렇겠다.'고 하면서, 자기는 경난이 없어 거기까지는 바랄 생각도 못하였다고 무릎을 치듯 가슴을 쳤다.

그러나 신문 사장은 이내 잊어버리고 원배달만 마음에 박혔던 듯, 하루는 바깥마당에서부터 무어라고 떠들어대며 들어왔다.

"이선생님? 이선생님 곕쇼? 아, 저도 내일부턴 원배달이올시다. 오늘 밤만 자면입쇼......" 한다.

자세히 물어 보니 성북동이 따로 한 구역이 되었는데, 자기가 맡게 되었으니까 내일은 배달복을 입고 방울을 막 떨렁거리면서 올 테니 보라고 한다. 그리고 '사람이란 게 그리게 무어든지 끝을 바라고 붙들어야 한다.'고 나에게 일러 주면서 신이 나서 돌아갔다. 우리도 그가 원배달이 된 것이 좋은 친구가 큰 출세나 하는 것처럼 마음속으로 진실로 즐거웠다. 어서 내일 저녁에 그가 배달복을 입고 방울을 차고 와서 쩔렁거리는 것을 보리라 하였다.

그러나 이튿날 그는 오지 않았다. 밥이 늦도록 신문도 그도 오지 않았다. 그 다음날도 신문도 그도 오지 않다가 사흘째 되는 날에야, 이날은 해도 지기 전인데 방울 소리가 요란스럽게 우리 집으로 뛰어들었다.

"어디 보자!"

하고 나는 방에서 뛰어나갔다.

그러나 웬일일까 정말 배달복에 방울을 차고 신문을 들고 들어서는 사람은 황수건이가 아니라 처음 보는 사람이다.

'왜 전엣사람은 어디 가고 당신이오?' 물으니, 그는, '제가 성북동을 맡았습니다.' 한다.

"그럼, 전엣사람은 어디를 맡았소?"

하니 그는 픽 웃으며,

"그까짓 반편을 어딜 맡깁니까? 배달부로 쓸랴다가 똑똑치가 못하니까 안 쓰고 말았나 봅니다." 한다

"그럼 보조 배달도 떨어졌소?" 하니,

"그럼요, 여기가 따루 한 구역이 된걸이오."

하면서 방울을 울리며 나갔다.

이렇게 되었으니 황수건이가 우리 집에 올 길은 없어지고 말았다. 나도 가끔 문안엔 다니지만 그의 집은 내가 다니는 길옆은 아닌 듯 길가에서도 잘 보이지 않았다.

나는 가까운 친구를 먼 곳에 보낸 것처럼, 아니 친구가 큰 사업에나 실패하는 것을 보는 것처럼, 못 만나는 섭섭할 뿐만 아니라 마음이 아프기도 하였다. 그 당자와 함께 세상의 야박함이 원망스럽기도 하였다.

한데 황수건은 그의 말대로 노랑수건이라면 온 동네에서 유명은 하였다. 노랑수건하면 누구나 성북동에서 오래 산 사람이면 먼저 웃고 대답하는 것을 나는 차츰 알았다.

내가 잠깐씩 며칠 보기에도 그랬거니와 그에겐 우스운 일화도 한

두 가지가 아니었다.

삼산학교에 급사로 있을 시대에 삼산학교에다 남겨 놓고 나온 일화도 여러 가지라는데, 그중에 두어 가지를 동네 사람들의 말대로 옮겨 보면, 역시 그때부터도 이야기하기를 대단 즐기어 선생들이 교실에 들어간 새, 손님이 오면 으레 손님을 앉히고는 자기도 걸상을 갖다 떡 마주 놓고 앉는 것은 무론, 마주 앉아서는 곧 자기류의 만담삼매로 빠지는 것인데 한번은 도 학무국에서 시학관이 나온 것을 이 따위로 대접하였다. 일본말은 못하니까 만담은 할 수 없고 마주 앉아서 자꾸 일본말을 연습하였다.

"센세이 히, 오하요 고사이마쓰까…… 히히 아메가 후리마쓰. 유끼가 후리마쓰까 히히……"

시학관도 인정이라 처음엔 웃었다. 그러나 열 번 스무 번을 되풀이하는 데는 성이 나고 말았다. 선생들은 아무리 기다려도 종소리가 나지 않으니까, 한 선생이 나와 보니 종 칠 것도 잊어버리고 손님과 마주 앉아서 '오하요 유끼가 후리마쓰까……' 하는 판이다.

그날 수건이는 선생들에게 단단히 몰리고 다시는 안 그러겠노라고 했으나, 그 버릇을 고치지 못해서 그예 쫓겨나오고 만 것이다.

그는, '너의 색시 달아난다.' 하는 말을 제일 무서워했다 한다. 한번은 어느 선생이 장난엣 말로, '요즘 같은 따뜻한 봄날엔 옛날부터 색시들이 달아나기를 좋아하는데 어제도 저 아랫말에서 둘이나 달아났다니까 오늘은 이 동네에서 꼭 달아나는 색시가 있을 걸……'

했더니 수건이는 점심을 먹다 말고 눈이 휘둥그레졌다 한다. 그리고 그날 오후에는 어서 바삐 하학을 시키고 집으로 갈 양으로 오십 분 만에 치는 종을 이십 분 만에, 삼십 분 만에 함부로 다가서 쳤다는 이야기도 있다.

하루는 거의 그를 잊어버리고 있을 때,

"이 선생님 곕쇼?"

하고 수건이가 찾아왔다. 반가웠다.

"선생님, 요즘 신문이 거르지 않고 잘 옵쇼?"

하고 그는 배달 감독이나 되어 온 듯이 묻는다.

"잘 오, 왜 그루?"

한즉 또,

"즞지도 않굽쇼, 일즉이 제때마다 꼬꼭 옵쇼?" 한다.

"당신이 돌릴 때보다 세 시간은 일즉이 오고 날마다 꼭꼭 잘 오."

하니 그는 머리를 벅적벅적 긁으면서,

"하루라도 거르기만 해라, 신문사에 가서 대뜸 일러바치지……."

하고 그 빈약한 주먹을 부르댄다.

"그런뎁쇼, 선생님?"

"왜 그류?"

"삼산학교에 말씀예요. 그 제 대신 들어온 급사가 저보다 근력이
세게 생겼습죠?"

"나는 그 사람을 보지 못해서 모르겠소."

하니 그는 은근한 말소리로 히죽거리며,

"제가 거길 도 들어가 볼랴굽쇼, 운동을 합죠." 한다.

"어떻게 운동을 하오?"

"그까짓 거 날마다 사무실로 갑죠. 다시 써 달라고 졸라댑죠. 아
그랬더니 새 급사란 녀석이 저보다 크기도 무척 큰뎁쇼, 이 녀석이
막 불근댑니다그려. 그래 한번 쌈을 해야 할턴뎁쇼, 그 녀석이 근
력이 얼마나 센지 알아야 뎀벼들 턴됩쇼……. 허."

"그렇지, 멋모르고 대들었다 매만 맞지."

하니 그는 한 걸음 다가서며 또 은근한 말을 한다.

"그래섭쇼, 엊저녁엔 큰 돌멩이 하나를 굴려다 삼산학교 대문에다 놨습죠. 그리구 오늘 아침에 가 보니깐 없어졌는뎁쇼, 이 녀석이 나처럼 억지루 굴려다 버렸는지, 번쩍 들어다 버렸는지 그만 못 봤거든입쇼, 제-길......"

하고 머리를 긁는다. 그러더니 갑자기 무얼 생각한 듯 손뼉을 탁 치더니, '그런뎁쇼, 제가 온 건입쇼, 댁에선 우두를 넣지 마시라구 왔습죠.' 한다. '우두를 왜 넣지 말란 말이오?' 한즉, '요즘 마마가 다닌다구 모두 우두들을 넣는뎁쇼, 우두를 넣으면 사람이 근력이 없어지는 법인뎁쇼.' 하고 자기 팔을 걷어 올려 우두 자리를 보이면서, '이걸 봅쇼. 저두 우두를 이렇게 넣었기 때문에 근력이 줄었습죠.' 한다.

"우두를 넣으면 근력이 준다고 누가 그럽디까?"

물으니 그는 싱글거리며,

"아, 내가 생각해 냈습죠." 한다.

"왜 그렇소?"

하고 캐니,

"뭘...... 저 아래 윤금보라고 있는데 기운이 장산뎁쇼. 아 삼산학교 그 녀석두 우두만 넣었다면 그까짓 것 무서울 것 없는뎁쇼, 그걸 모르겠거든입쇼......." 한다.

나는,

"그렇게 용한 생각을 하고 일러 주러 왔으니 아주 고맙소." 하였다.

그는 좋아서 벙긋거리며 머리를 긁었다. '그래 삼산학교에 다시

들기만 기다리고 있소?' 물으니 그는, '돈만 있으면 그까짓 거 누가 고쓰까이 노릇을 합쇼. 밑천만 있으면 삼산학교 앞에 가서 뻐젓이 장사를 할 턴뎁쇼.' 한다.

"무슨 장사?"

"아, 방학될 때까지 차미 장사도 하굽쇼, 가을부텀 군밤 장사, 왜떡 장사, 습자지, 도화지 장사 막 합죠. 삼산학교 학생들이 저를 어떻게 좋아하겝쇼. 저를 선생들보다 낫게 치는뎁쇼." 한다.

나는 그날 그에게 돈 삼 원을 주었다. 그의 말대로 삼산학교 앞에 가서 뻐젓이 참외 장사라도 해 보라고. 그리고 돈은 남지 못하면 돌려오지 않아도 좋다 하였다.

그는 삼 원 돈에 덩실덩실 춤을 추다시피 뛰어나갔다. 그리고 그 이튿날, '선생님 잡수시라굽쇼.' 하고 나 없는 때 참외 세 개를 갖다 두고 갔다.

그리고는 온 여름 동안 그는 우리 집에 얼른하지 않았다.

들으니 참외 장사를 해 보긴 했는데 이내 장마가 들어 밑천만 까먹었고, 또 그까짓 것보다 한 가지 놀라운 소식은 그의 아내가 달아났단 것이다. 저희끼리 금슬은 괜찮았건만 동세가 못 견디게 굴어 달아난 것이라 한다. 남편만 남 같으면 따로 살림나는 날이나 기다리고 살 것이나 평생 동세 밑에 살아야 할 신세를 생각하고 달아난 것이라 한다.

그런데 요 며칠 전이었다. 밤인데 달포 만에 수건이가 위집을 찾아왔다. 웬 포도를 큰 것으로 대여섯 송이를 종이에 싸지도 않고 맨손에 들고 들어왔다. 그는 벙긋거리며

"선생님 잡수라고 사 왔습죠." 하는 때였다.

웬 사람 하나가 날쌔게 그의 뒤를 따라 들어오더니 다짜고짜로

수건이의 멱살을 움켜쥐고 끌고 나갔다. 수건이는 그 우둔한 얼굴이 새하얗게 질리며 꼼짝 못하고 끌려 나갔다.

나는 수건이가 포도원에서 포도를 훔쳐온 것을 직각하였다. 쫓아 나가 매를 말리고 포도 값을 물어 주었다. 포도 값을 물어 주고 보니 수건이는 어느 틈에 사라지고 보이지 않았다.

나는 그 다섯 송이의 포도를 탁자 위에 얹어 놓고 오래 바라보며 아껴 먹었다. 그의 은근한 순정의 열매를 먹듯 한 알을 가지고도 오래 입안에 굴려 보며 먹었다.

어제다. 문안에 들어갔다 늦어서 나오는데 불빛 없는 성북동 길 위에는 밝은 달빛이 깁을 깐 듯하였다.

그런데 포도원께를 올라오노라니까 누가 맑지도 못한 목청으로, '사……게……와 나……미다까 다메이……끼……까……'를 부르며 큰 길이 좁다는 듯이 휘적거리며 내려왔다. 보니까 수건이 같았다. 나는, '수건인가?' 하고 아는 체 하려다 그가 나를 보면 무안해할 일이 있는 것을 생각하고, 획 길 아래로 내려서 나무 그늘에 몸을 감추었다.

그는 길은 보지도 않고 달만 쳐다보며, 노래는 이 이상은 외우지도 못하는 듯 첫 줄 한 줄만 되풀이하면서 전에는 본 적이 없었는데 담배를 다 퍽퍽 빨면서 지나갔다.

달밤은 그에게도 유감한 듯하였다.

■ 돌다리

———————— 이태준

정거장에서 샘말 십 리 길을 내려오노라면 반이 될락말락한 데서부터 샘말 동네보다는 그 건너편 산기슭에 놓인 공동묘지가 먼저 눈에 뜨인다.

창섭은 잠깐 걸음을 멈추고까지 바라보았다.

봄에 올 때 보면, 진달래가 불붙듯 피어 올라가는 야산이다. 지금은 단풍철도 지나고 누르테테한 가닥나무들만 묘지를 둘러, 듣지 않아도 적막한 버스럭 소리만 울릴 것 같았다. 어느 것이라고 집어낼 수는 없어도, 창옥의 무덤이 어디쯤이라고는 짐작이 된다. 창섭은 마음으로 '창옥아' 불러 보며 묵례를 보냈다.

다만 오뉘뿐으로 나이가 훨씬 떨어진 누이였었다. 지금도 눈에 선—하다. 자기가 마침 방학으로 와 있던 여름이었다. 창옥은 저녁 먹다 말고 갑자기 복통으로 뒹굴었다. 읍으로 뛰어 들어가 의사를 청해 왔다. 의사는 주사를 놓고 들어갔다. 그러나 밤새도록 열은 내리지 않았고 새벽녘엔 아파하는 것도 더해 갔다. 다시 의사를 데리러 갔으나 의사는 바쁘다고 환자를 데려오라 하였다. 하라는 대로 환자를 데리고 들어갔으나 역시 오진(誤診)을 했었다. 다시 하루를 지나 고름이 터지고 복막(腹膜)이 절망적으로 상해 버린 뒤에야 겨우 맹장염인 것을 알아낸 눈치였다.

그때 창섭은 자기도 어른이기만 했으면 필시 의사의 멱살을 들었을 것이었다. 이런 누이의 허무한 주검에서 창섭은 뜻을 세워 아버지가 권하는 고농(高農)을 마다하고 의전(醫專)으로 들어갔고 오늘에 이르러는 맹장 수술로는 서울서도 정평이 있는 한 권위가 된 것이다.

"창옥아, 기뻐해 다구. 이번에 내 병원이 좋은 건물을 만나 커지는 거다. 개인병원으론 제일 완비한 수술실이 실현될 거다! 입원실 부족도 해결될 거다. 네 사진을 크게 확대해 내 새 진찰실에 걸어노마 ……."

창섭은 바람도 쌀쌀할 뿐 아니라 오후 차로 돌아가야 할 길이라 걸음을 재우쳤다.

길은 그전보다 넓어도 졌고 바닥도 평탄하였다. 비나 오면 진흙에 헤어날 수 없었는데 복판으로는 자갈이 깔리고 어떤 목은 좁아서 소바리가 논으로 미끄러져 들어가기 십상이었는데 바위를 갈라내어서까지 일매지게 넓은 길로 닦아졌다. 창섭은 '이럴 줄 알았다면 정거장에서 자전거라도 빌려 타고 올걸' 하였다.

눈에 익은 정자나무 선 논이며 돌각 담을 두른 밭들도 나타났다. 자기 집 논과 밭들이었다. 논둑에 선 정자나무는 그전부터 있은 것이나 밭에 돌각 담들은 아버지께서 손수 쌓으신 것이다.

창섭의 아버지는 근검(勤儉)으로 근방에 소문난 영감이다. 그러나 자기 대에 와서는 밭 하루갈이도 늘리지는 못한 것으로도 소문난 영감이다. 곡식 값보다는 다른 물가들이 높아졌을 뿐 아니라 전대(前代)에는 모르던 아들의 유학이란 것이 큰 부담인데다가,

"할아버님와 아버님께서 나를 부자 소린 못 들어도 굶는단 소린

안 듣고 살도록 물려주시고 가셨다. 드럭드럭 탐내 모아선 뭘 허니, 할아버님께서 쇠똥을 맨손으로 움켜다 넣시던 논, 아버님께서 멍덜을 손수 이룩허신 밭을 더 건 논으로 더 기름진 밭이 되도록, 닦달만 해가기에도 내겐 벅찬 일일 게다."

하고 절용해 쓰고 남는 돈이 있으면 그 돈으로는 품을 몇씩 들여서까지 비뚠 논배미를 바로잡기, 밭에 돌을 추려 바람맞이로 담을 두르기, 개울엔 둑막이하기, 그리다가 아들이 의사가 된 후로는, 아들 학비로 쓰던 몫까지 들여서 동네 길들은 물론, 읍길과 정거장 길까지 닦아 놓았다. 남을 주면 땅을 버린다고 여간 근실한 자국이 아니면 소작을 주지 않았고, 소를 두 필이나 매고 일꾼을 세 명씩이나 두고 적지 않은 전답을 전부 자농(自農)으로 버티어 왔다. 실속이 타작(打作)만 못하다는 둥, 일꾼 셋이 저희 농사 해가지고 나간다는 둥 이해만을 따져 비평하는 소리가 많았으나 창섭의 아버지는 땅을 위해서는 자기의 이해만으로 타산하려 하지 않았다. 이와 같은 임자를 가진 땅들이라 곡식은 거둔 뒤 그루만 남은 논과 밭이되, 그 바닥들의 고름, 그 언저리들의 바름, 흙의 부드러움이 마치 시루떡 모판이나 대하는 것처럼 누구의 눈에나 탐스럽게 흐뭇해 보였다.

이런 땅을 팔기에는, 아무리 수입은 몇 배 더 나은 병원을 늘리기 위해서나 아버지께 미안하지 않을 수 없었다. 그러나 잡히기나 해가지고는 삼만 원 돈을 만들 수가 없었고, 서울서 큰 양관(洋館)을 손에 넣기란 돈만 있다고도 아무 때나 될 일이 아니었다.

"아버지께선 내년이 환갑이시다! 어머니께선 겨울이면 해마다 기침이 도지신다. 진작부터 내가 모셔야 했을 거다. 그런데 내가 시골로 올 순 없고, 천생 부모님이 서울로 가시어야 한다. 한동네서도 땅을 당신만치 못 거둘 사람에겐 소작을 주지 않으셨다. 땅 전부를 소작을 내어맡기고는 서울 가 편안히 계실 날이 하루도 없으실 게다. 아버님의 말년을 편안히 해드리기 위해서도 땅은 전부 없애 버릴 필요가 있는 거다!"

창섭은 샘말에 들어서자 동구에서 이내 아버지를 뵐 수가 있었다. 아버지는, 가에는 살얼음이 잡힌 찬물에 무릎까지 걷고 들어서서 동네 사람들을 축추겨 돌다리를 고치고 계시었다.

"어떻게 갑자기 오느냐?"

"네 좀 급히 여쭤 봐야 할 일이 생겼습니다."

"그래? 먼저 들어가 있거라."

동네 사람 수십 명이 쇠고삐 두 기장은 흘러내려간 다릿돌을 동아줄에 얽어 끌어올리고 있었다. 개울은 동네 복판을 흐르고 있어 아래위로 징검다리는 서너 군데나 놓였으나 하룻밤 비에도 일쑤 넘치어 모두 이 큰 돌다리로 통행하던 것이었다. 창섭은 어려서 아버지께 이 큰 돌다리의 내력을 들은 것이 아직도 기억에 남아 있다.

"너의 증조부님 돌아가시어서다. 산소에 상돌을 해 오시는데 징검다리로야 건네올 수가 있니? 그래 너의 조부님께서 다리부터 이렇게 넓구 튼튼한 돌루 노신 거란다."

그 후 오륙십 년 동안 한 번도 무너진 적이 없었는데 몇 해 전 어느 장마엔 어찌 된 셈인지 가운데 제일 큰 장이 내려앉아 떠내려갔던 것이다. 두께가 한 자는 실하고 폭이 여섯 자, 길이는 열 자가 넘는 자연석 그대로라 여간 몇 사람의 힘으로는 손을 댈 염두부터 나지 못하였다. 더구나 불과 수십 보 이내에 면(面)의 보조를 얻어 난간까지 달린 한다한 나무다리가 놓인 뒤에 일이라 이 돌다리는 동네 사람들에게 완전히 잊힌 채 던져져 있던 것이었다.

집에 들어가니, 어머니는 다리 고치는 사람들 점심을 짓느라고, 역시 여러 명의 동네 여편네들과 허둥거리고 계시었다.

"웬일인데 어째 혼자만 오느냐?"

어머니는 손자아이들부터 보이지 않음을 물으신다.

"오늘루 가야겠어서 아무두 안 데리구 왔습니다."

"오늘루 갈 걸 뭘 허 오누?"

"인전 어머니서껀 서울로 모셔 갈 채빌 허러 왔다우."

"서울루! 제발 아이들허구 한데서 살아 봤음 원이 없겠다."

하고 어머니는 땅보다, 조상님들 산소나 사당보다 손자아이들에게 더 마음이 끌리시는 눈치였다. 그러나 아버지만은 그처럼 단순히 들떠질 마음이 아니었다.

아버지는 아들의 뒤를 쫓아 이내 개울에서 들어왔다. 아들은, 의사인 아들은, 마치 환자에게 치료방법을 이르듯이, 냉정히 차근차근히 이야기를 시작하였다. 외아들인 자기가 부모님을 진작 모시지 못한 것이 잘못인 것, 한집에 모이려면 자기가 병원을 버리기보다는 부모님이 농토를 버리시고 서울로 오시는 것이 순리인 것, 병원은 나날이 환자가 늘어 가나 입원실이 부족 되어 오는 환자의 삼분지 일밖에 수용 못 하는 것, 지금 시국에 큰 건물을 새로 짓기란 거의 불가능의 일인 것, 마침 교통 편한 자리에 삼층 양옥이 하나 난 것, 인쇄소였던 집인데 전체가 콘크리트여서 방화 방공으로 가치가 충분한 것, 삼층은 살림집과 직공들의 합숙실로 꾸미었던 것이라 입원실로 변장하기에 용이한 것, 각층에 수도·가스가 다 들어온 것, 그러면서도 가격은 염한 것, 염하기는 하나 삼만 이천 원이라, 지금의 병원을 팔면 일만 오천 원쯤은 받겠지만 그것은 새

집을 고치는 데와, 수술실의 기계를 완비하는 데 다 들어갈 것이니 집값 삼만 이천 원은 따로 있어야 할 것, 시골에 땅을 둔대야 1년에 고작 삼천 원의 실리가 떨어질지 말지 하지만 땅을 팔아다 병원만 확장해 놓으면, 적어도 1년에 만 원 하나씩은 이익을 뽑을 자신이 있는 것, 돈만 있으면 땅은 이담에라도, 서울 가까이라도 얼마든지 좋은 것으로 살 수 있는 것…… 아버지는 아들의 의견을 끝까지 잠잠히 들었다. 그리고,

"점심이나 먹어라. 나두 좀 생각해 봐야 대답허겠다."

하고는 다시 개울로 나갔고, 떨어졌던 다릿돌을 올려놓고야 들어와 그도 점심상을 받았다.

점심을 자시면서였다.

"원, 요즘 사람들은 힘두 줄었나 봐! 그 다리 첨 놀 제 내가 어려서 봤는데 불과 여남은이서 거들던 돌인데 장정 수십 명이 한나절을 씨름을 허다니!"

"나무다리가 있는데 건 왜 고치시나요?"

"너두 그런 소릴 허는구나. 나무가 돌만허다든? 넌 그 다리서 고기 잡던 생각두 안 나니? 서울루 공부 갈 때 그 다리 건너서 떠나던 생각 안 나니? 시쳇사람들은 모두 인정이란 게 사람헌테만 쓰는 건 줄 알드라! 내 할아버니 산소에 상돌을 그 다리로 건너다 모셨구, 내가 천잘 끼구. 그 다리루 글 읽으러 댕겼다. 네 어미두 그 다리루 가말 타구 내 집에 왔어. 나 죽건 그 다리루 건네다 묻어라…… 난 서울 갈 생각 없다."

"네?"

"천금이 쏟아진대두 난 땅은 못 팔겠다. 내 아버님께서 손수 이룩허시는 걸 내 눈으루 본 밭이구, 내 할아버님께서 손수 피땀을

흘려 모신 돈으루 장만허신 논들이야. 돈 있다고 어디가 느르지논16) 같은 게 있구, 독시장밭 같은 걸 사? 느르지논둑에 선 느티나문 할아버님께서 심으신 거구, 저 사랑마당엣 은행나무는 아버님께서 심으신 거다. 그 나무 밑를 설 때마다 난 그 어른들 동상(銅像)이나 다름없이 경건한 마음이 솟아 우러러보군 헌다. 땅이란 걸 어떻게 일시 이해를 따져 사구 팔구 허느냐? 땅 없어 봐라, 집이 어디 있으며 나라가 어디 있는 줄 아니? 땅이란 천지만물의 근거야. 돈 있다구 땅이 뭔지두 모르구 욕심만 내 문서 쪽으로 사 모기만 하는 사람들, 돈놀이처럼 변리만 생각허구 제 조상들과 그 땅과 어떤 인연이란 건 도시 생각지 않구 헌신짝 버리듯 하는 사람들, 다 내 눈엔 괴이한 사람들루밖엔 뵈지 않드라."

"……"

"네가 뉘 덕으루 오늘 의사가 됐니? 내 덕인 줄만 아느냐? 내가 땅 없이 뭘루? 밭에 가 절하구 논에 가 절해야 쓴다. 자고로 하눌 하눌 허나 하눌의 덕이 땅을 통허지 않군 사람헌테 미치는 줄 아니? 땅을 파는 건 그게 하눌을 파나 다름없는 거다."

"……"

"땅을 밟구 다니니까 땅을 우습게들 여기지? 땅처럼 응과(應果)가 분명한 게 무어냐? 하늘은 차라리 못 믿을 때두 많다. 그러나 힘들이는 사람에겐 힘들이는 만큼 땅은 반드시 후헌 보답을 주시는 거다. 세상에 흔해 빠진 지주들, 땅은 작인들헌테나 맡겨 버리구, 떡 도회지에 가 앉아 소출은 팔아다 모다 도회지에 낭비해 버리구, 땅 가꾸는 덴 단돈 일 원을 벌벌 떨구, 땅으루 살며 땅에 야박한 놈

---

16) 느르지논, 농부가 열심히 갈고 닦은 좋은 논이라는 의미를 담고 있다고 해석할 수 있다.

은 자식으로 치면 후레자식 셈이야. 땅이 말을 할 줄 알어 봐라? 배가 고프단 땅이 얼마나 많을 테냐? 해마다 걷어만 가구, 땅은 자 갈밭이 되니 아나? 둑이 떠나가니 아나? 거름 한번을 제대로 넣나? 정 급하게 돼 작인이 우는 소리나 해야 요즘 너이 신의들 주사침 놓듯, 애꿎은 금비(藥品肥料)만 갖다 털어 넣지. 그렇게 땅을 홀댈 허군 인제 죽어서 땅이 무셔서 어디루들 갈 텐구!"

창섭은 입이 얼어 버리었다. 손만 비볐다. 자기의 생각은 너무나 자기 본위였던 것을 대뜸 깨달았다. 땅에는 이해를 초월한 일종 종교적 신념을 가진 아버지에게 아들의 이단적(異端的)인 계획이 용납될 리 만무했다. 아버지는 상을 물리고도 말을 계속하였다.

"너로선 어떤 수단을 쓰든지 병원부터 확장하려는 게 과히 엉뚱헌 욕심은 아닐 줄두 안다. 그러나 욕심을 부런 못쓰는 거다. 의술은 예로부터 인술(仁術)이라지 않니? 매살 순탄허게 진실허게 해라."

"⋯⋯"

"네가 가업을 이어나가지 않는다군 탄허지 않겠다. 넌 너루서 발전힐 길을 열었구, 그게 또 모리지배(謀利之輩)의 악업이 아니라 활인(活人)허는 인술이구나! 내가 어떻게 불평을 말허니? 다만 삼사대 집안에서 공들여 이룩해 논 전장을 남의 손에 내맡기게 되는 게 저윽 애석헌 심사가 없달 순 없구⋯⋯."

"팔지 않으면 그만 아닙니까?"

"나 죽은 뒤에 누가 거두니? 너두 이제두 말했지만 너두 문서쪽만 쥐구 서울 앉어 지주 노릇만 허게? 그따위 지주허구 작인 틈에서 땅들만 얼말 곯는지 아니? 안 된다. 팔 테다. 나 죽을 임시엔 다 팔 테다. 돈에 팔 줄 아니? 사람헌테 팔 테다. 건너 용문이는 우리 느르지논 같은 건 한 해만 부쳐 보구 죽어두 농군으로 태났던 걸 한허지 않겠다구 했다. 독시 장밭을 내논다구 해봐라, 문보나 덕길이 같은 사람은 길바닥에 나앉드라두 집을 팔아 살려구 덤빌 게다. 그런 사람들이 땅 임자 안 되구 누가 돼야 옳으냐? 그러니 아주 말이 난 김에 내 유언(遺言)이다. 그런 사람들 무슨 돈으로 땅값을 한몫 내겠니? 몇몇 해구 그 땅 소출을 팔아 연년이 갚어 나가게 헐 테니 너두 땅값을랑 그렇게 받어 갈 줄 미리 알구 있거라. 그리구 네 모가 먼저 가면 내가 묻을 거구, 내가 먼저 가게 되면 네 모만은 네가 서울루 그때 데려가렴. 난 샘말서 이렇게 야인(野人)으로나 죄 없는 밥을 먹다 야인인 채 묻힐 걸 흡족히 여긴다."

"……"

"자식의 젊은 욕망을 들어 못 주는 게 애비 된 맘으루두 섭섭허다. 그러나 이 늙은이헌테두 그만 신념쯤 지켜 오는 게 있다는 걸 무시하지 말어 다구."

아버지는 다시 일어나 담배를 피우며 다리 고치는 데로 나갔다. 옆에 앉았던 어머니는 두 눈에 눈물을 쭈루루 흘리었다.

"너이 아버지가 여간 고집이시냐?"

"아뇨, 아버지가 어떤 어른이신 건 오늘 제가 더 잘 알았습니다. 우리 아버진 훌륭헌 인물이십니다."

그러나 창섭도 코허리가 찌르르하였다. 자기가 계획하고 온 일이 실패한 것쯤은 차라리 당연하게 생각되었고, 아버지와 자기와의 세계가 격리되는 일종의 결별의 심사를 체험하는 때문이었다.

아들은 아버지가 고쳐 놓은 돌다리를 건너 저녁차를 타러 가버리었다. 동구 밖으로 사라지는 아들의 뒷모양을 지키고 섰을 때, 아버지의 마음도, 정말 임종에서 유언이나 하고 난 것처럼 외롭고 한편 불안스러운 심사조차 설레었다.

아버지는 종일 개울에서 허덕였으나 저녁에 잠도 달게 오지 않았다. 젊어서 서당에서 읽던 백낙천(白樂天)의 시가 다 생각이 났다. 늙은 제비 한 쌍을 두고 지은 노래였다. 제 뱃속이 고픈 것은 참아 가며 입에 얻어 문 것은 새끼들부터 먹여 길렀으나, 새끼들은 자라서 나래에 힘을 얻자 어디로인지 저희 좋을 대로 다 날아가 버리어, 야위고 늙은 어버이 제비 한 쌍만 가을바람 소슬한 추녀 끝에 쭈그리고 앉아있는 광경을 묘사하였고, 나중에는 그 늙은 어버이 제비들을 가리켜, 새끼들만 원망하지 말고, 너희들이 새끼 적에 역시 그러했음도 깨달으라는 풍자(諷刺)의 시였다.

'흥!'

노인은 어두운 천장을 향해 쓴웃음을 짓고 날이 밝기를 기다려 누구보다도 먼저 어제 고쳐 놓은 돌다리를 보러 나왔다.

흙탕이라고는 어느 돌 틈에도 남아 있지 않았다. 첫 곬으로도, 가운뎃 곬으로도 끝엣 곬으로도 맑기만 한 소담한 물살이 우쭐우쭐 춤추며 빠져 내려갔다. 가운뎃장으로 가 쾅 굴러 보았다. 발바닥만 아플 뿐 끄떡이 있을 리 없다. 노인은 쭈루루 집으로 들어와 소금 접시와 낯(얼굴) 수건을 가지고 나왔다. 제일 낮은 받침돌에 내려앉아 양치를 하고 세수를 하였다. 나중에는 다시 이가 저린 물을 한입 물어 마시며 일어섰다. 속에 모든 게 씻기는 듯 시원하였다. 그리고 수염에 물을 닦으며 이렇게 생각하였다.

'비가 아무리 쏟아져도 어떤 한정을 넘는 법은 없다. 물이 분수없이 늘어 떠내려갔던 게 아니라 자갈이 밀려 내려와 물구멍이 좁아졌든지, 그렇지 않으면, 어느 받침돌의 밑이 물살에 궁굴어 쓰러졌던 그런 까닭일 게다. 미리 바닥을 치고 미리 받침돌만 제대로 보살펴 준다면 만년을 간들 무너질 리 없을 게다. 그저 늘 보살펴야 허는 거다. 사람이란 하늘 밑에 사는 날까진 하루라도 천리(天理)에 방심을 해선 안 되는 거다…….'

■ 꽃나무는 심어 놓고

이태준

―

"자꾸 돌아본 뭘 해. 어서 바람을 졌을 때 휑하니 걸어야지…."

하면서 아내를 돌아보니 그도 말소리는 천연스러우나 눈에는 눈물이 다시 핑그르 돌았다. 이 고갯마루만 넘어서면 저 동리는 다시 보려야 안 보이려니 생각할 때 발도 천근이나 무거워지는 것 같았다.

이 고개, 집에서 오 리밖에 안 되는 고개, 나무를 해 지고 이 고개턱을 넘어설 때마다 제일 먼저 눈에 띄곤 하던 저 우리 집, 집에서 연기가 떠오르는 것을 볼 때마다 허리띠를 조르고 다시 나뭇짐을 지고 일어서곤 하던 이 고개, 이 고개에선 넘어가는 햇빛에 우리 집 울타리에 빨아 넌 아내의 치마까지 뻔히 보이곤 했다. 이젠 이 고개에서 저 집, 저 노랗게 가주 깐 병아리처럼 새로 영을 인 저 집을 바라보는 것도 마지막이로구나!

그는 고개 마루턱에 올라서더니 질빵을 치키며 다시 한 번 돌아서서 동네를 바라보았다.

아무엘 가도 저런 동네는 없을 것이다. 읍엘 갔다 와도 성황당 가는 턱만 내려서면 바람 한 점 없이 아늑하고, 빨래하기 좋고 먹어도 좋은 앞 개울물이며, 날이 추우면 뒷산에 올라 솔잎만 긁어도 며칠씩은 염려 없이 때더니…… 이젠 모두 남의 동네 이야기로구나!

"어서 갑시다."

하면서 이번에는 뒤에 떨어졌던 아내가 눈물, 콧물을 풀어 던지며 앞을 섰다.

그들은 고개를 넘어겨선 보잘것없이 달아났다. 사내는 이불보, 옷꾸러미, 솥부둥갱이, 바가지쪽 해서 한 짐 꾸역꾸역 걸머지고, 여편네는 어린애를 머리도 안 보이게 이불에 꿍쳐서 업은 데다 무슨 기름병 같은 것을 들고 앞서거니 뒤서거니 하여 도랑이면 건너 뛰고 굽은 길이면 논틀밭틀로 질러가면서 귀에서 바람이 씽씽 나게 달아났다.

장날이 아니라 길에는 만나는 사람도 별로 없었다. 이따금 발밑에서 메추라기가 포드득하고 날고 밭고랑에서 꿩이 놀라서 꺽꺽거리며 산으로 달아는 것밖에는 아무것도 없었다.

"길이나 잘못 들면 어쩨……."

"밤낮 나무 다니던 데를 모를까……."

조그만 갈림길을 지날 때, 이런 말을 주고받은 것 뿐, 다시는 입이 붙은 듯 묵묵히 걸어 그들은 점심때가 훨씬 지나서야 서울 가는 큰 길에 들어섰다.

큰길에는 바람이 제법 세차게 불었다. 전봇줄이 앵앵 울었다. 동지가 내일인가 모렌가 하는 때라 얼음같이 날카로운 바람결에 그들의 옷깃은 다시금 떨리었다.

바람이 차서도 떨리었거니와 그보다도 길고 어마어마하게 넓은 길, 그리고 눈이 모자라게 아득하니 깔려 있는 긴 길, 그 길은 그들에게 눈에도 설거니와 발에도, 마음에도 선길이었다. 논틀과 밭

둑으로 올 때에는 그래도 그런 줄은 몰랐는데 척 신작로에 올라서 니 그젠 정말 낯선 데로 가는 것 같고 허덕 살길을 찾아 떠나는 불안스러운 걱정이 와짝 치밀었던 것이다. 그래서 앵앵하는 전봇줄 소리도 멧새나 꿩의 소리보다는 엄청나게 무서웠다. 서로 말은 하지 않았어도 사내나 아내나 다 그랬다. 그들은 그 길을 그저 십리, 이십 리를 걸어 나가는 수밖에 없었다. 자동차가 지날 때는 물론, 자전거만 따르릉하고 와도 허둥거리고 한 데 모여 길 아래로 내려가면서 서울을 향하고 타박타박 걸을 뿐이었다.

그들은 세 식구였다. 저희 내외, 방서방과 김씨와 김씨의 등에 업혀가는 두 돌 되는 딸애 정순이었다. 며칠 전까지는 방 서방의 아버지 한 분까지 네 식구로서 그가 나서 서른 두 해 동안 살아온, 이번에 떠나는 그 동리에서 그리운 게 없이 살았었다. 남의 땅이나마 몇 대째 눌러 부쳐오던 김 진사네 땅은 내 땅이나 다름없이 마음 놓고 부쳐 먹었다. 김 진사 당대에는 온 동리가 텃세 한 푼도 물지 않고 지냈으며 김 진사가 돌아간 후에도 다른 지방에 대면 그리 심한 지주는 아니었다. 김 진사의 아들 김의관도 아버지의 덕성을 본받아 작인 네가 혼상 간에 큰일을 치르는 해면 으레 타작에서 두 섬, 석 섬씩은 깎아 주었다. 이렇게 착한 김 의관이 무엇에 써버리노라고 그 좋은 땅들을 잡혀 버렸는지, 작인들의 무딘 눈치로는 내용을 알 수가 없었다. 더러 읍의 사람들이 지껄이는 소리에 무슨 일본 사람과 금광을 했느니 회사를 했느니 하는 것을 들은 사람은 있고, 또 아닌 게 아니라 한동안 일본 사람과 양복쟁이 몇이 김의관네 집을 드나들어 김의관네 큰 개 두 마리가 늘 컹컹거리고 짖던 것은 지금도 어저께 같은 일이었다.

아무튼 김의관네가 안성인가 어디로 떠나가고, 지주가 일본 사람의 회사로 갈린 다음부터는 제 땅마지기나 따로 가진 사람 전에는 배겨나기가 어려웠다. 텃세가 몇 갑절이나 올라가고 논에는 금비(화학비료)를 써라 하고, 그것을 대어주고는 가을에 비싼 이자를 쳐서 벼는 헐값으로 가져가고 무슨 세납, 무슨 요금 하고 이름도 모르던 것을 다 물리어 나중에 따지고 보면 농사진 품값은커녕 도리어 빚을 지게 되었다. 그들이 지는 빚은 달리 도리가 없었다. 소가 있으면 소를 팔고, 집이 있으면 집을 팔아 갚는 것밖에. 그래서 한 집 떠나고, 두 집 떠나고 하는 것이 삼 년 안에 오륙 호가 떠난 것이다.

군청에서는 이것을 매우 걱정하였다. 전에는 모범촌으로 치던 동리가 폐동이 될 징조를 보이는 것은 군으로서 마땅히 대책을 세워야 할 일이었다. 그래서 지난봄에는 군으로부터 이 동리에 사쿠라나무(벚꽃나무) 이백여 주가 나왔다. 집집마다 두 나무씩 나눠주고 길에도 심고 언덕에도 심어주었다. 그래서 그 사쿠라나무들이 꽃이 구름처럼 피면 무지한 이 동리 사람들이라도 자기 동리를 사랑하는 마음이 깊어져서 함부로 타관으로 떠나가지 않으리라 생각했던 것이다.

사쿠라 나무들은 몇 나무 죽지 않고 모두 잘 살아났다. 방 서방네가 심은 것도 앞마당엣 것, 뒷동산엣 것 모두 싱싱하게 잘 자랐다. 군에서 나와 보고 내년이면 모두 꽃이 피리라 했다.

그러나 떠날 사람들은 자꾸 떠나고야 말았다.

방 서방네도 허턱 타관으로 떠나기는 처음부터 싫었다. 동리를 사랑하는 마음, 자연을 사랑하는 것이나 이웃을 사랑하는 것이나 모두 사쿠라를 심어주는 그네들보다 몇 배 더 간절한 뼛속에서 우러나는 것이었다. 사쿠라 나무를 심었을 때도 혹시 죽는 나무나 있올까 하여 조석으로 들여다보면서 애를 쓴 사람들이요, 그것들이 가지에 윤이 나고 싹이 트는 것을 볼 때는 자연 속에 묻혀 사는 그들로서도 그 때처럼 자연의 신비, 봄의 희열을 느껴본 적은 일찍 없었던 것이다.

"내년이면 꽃이 핀다지?"

"아무튼 이눔의 꽃이 볼만은 하다는데."

"글쎄 그렇데……."

그러나 떠날 사람은 자꾸 떠나고야 말았다. 올 겨울에 들어서도 방 서방네가 두 집 째다.

그들은 사흘 만에야 부르튼 다리를 절룩거리며 희끗희끗 나부끼는 눈발 속으로 저녁연기에 싸인 서울을 바라보았다. 그들은 날이 아주 어두워서야 서울 문 안에 들어섰다.

서울에는 그들을 반가이 맞아주는 사람이 없지도 않았다.

"어디서 오십니까? 어디로 가시는 길입니까? 우리 여관으로 가십시다."

그러나,

"돈이 있나요, 어디……."

하면 그 친절하던 사람들은 벌에 쏘인 것처럼 달아나곤 했다.

돈이 아주 없지는 않았다. 집을 팔아 빚을 갚고 남은 것이 몇 원은 되었다. 그러나 그 돈이 편안히 여관에 들어 밥을 사 먹을 돈은 아니었다.

고달픈 다리를 끌고 교통 순사들에게 핀잔을 맞으며, 정처 없이 거리에서 거리로 헤매던 그들은 밤이 훨씬 늦어서야 한 곳에 짐을 벗어놓았다. 아무리 찾아다니어도 그들을 위해서 눈발을 가려주는 데는 무슨 다리인지 이름은 몰라도 이 다리 밑 밖에는 없었다.

"그년을 젖을 좀 물리구려."

"그까짓 빈 젖을 물려선 뭘 하오."

아이가 하도 우니까 사람들이 다리 아래를 기웃거려 보기 때문이었다.

그들은 어두움 속에서 짐을 끄르고 굳은 범벅과 삶은 달걀을 물도 없이 먹었다. 그리고 그 저리고 쑤시는 다리오금을 한 번 펴볼 데도 없이 앉아서, 정 못 견디겠으면 일어서서 어정거리며 긴 밤을 밝히었다.

이튿날은 그래도 거기를 한데보다는 낫답시고 거적을 사다 두르고 냄비를 걸고 쌀을 사들이고 물을 길어 들이고 나무도 사들여 쌌다. 그리고 세 식구가 우선 하루를 푹 쉬었다.

눈발은 이날도 멎지 않았다. 밤이 되어서는 함박송이로 쏟아지기 시작했다. 방 서방은 쏟아지는 눈을 바라보고 이 눈이 그치고는 무서운 추위가 오려니 생각했다. 그리고 또 싸리비를 한 자루 가져왔다면 하고도 생각했다.

그는 새벽같이 일어났다. 발등에 묻히는 눈 위로 한참 찾아 다녀서 다람쥐 꽁지만한 싸리비 하나를 그것도 오 전이나 주고 사기는 했다. 그리고 큰 밑천이나 잡은 듯이 다니며 아직 열지도 않은 대문을 두드렸다.

"댁에 눈 치워 드릴까요?"

"우리 치울 사람 있소!"

"댁에 눈 안 치우시렵니까?"

"어련히 치울까봐 걱정이오!"

방 서방은 어이가 없어,

"허! 마당도 없는 녀석이 괜히 빗자루만 샀군!"

하고 다리 밑으로 돌아오고 말았다.

"그는 직업소개소도 가보았다. 행랑도 구해 보았다. 지게를 지고 삯짐도 져보려고 싸다녀보았으나, 지게를 부르는 사람은 없었다. 한 학생이 고리짝을 차고 정거장까지 가려고 했지만, 막상 맞닥뜨리고 보니 저 혼자 다리 밑으로 찾아올 수가 있을까가 걱정되었다. 그래서,

"거기 갔다가 제가 여기까지 혼자 찾아올까요?"

하고 어름거렸더니 그 학생이 뭐라고 일본 말로 핀잔을 주며 가버린 것이었다.

하루는 다리 밑으로 순사가 찾아왔다. 거기로 호구 조사를 온 것은 아니었다.

"다리 밑에서 불을 때면 어떻게 할 거야. 응, 날마다 이 밑에서 연기가 났어……. 다시 불을 때다가는 이 밑에 자지도 못하게 할 터이니 그렇게 알아……."

정말 그 날 저녁부터는 연기가 나지 않았다. 끓일 것만 있으면 다리 밖에 나가서라도 못 끓일 바는 아니었지만 그 날은 아침부터 양식이 떨어진 것이다.

"어떡하우?"

아내는 맥이 풀려 울 기운도 없었다. 어린 것만이 빈 젖을 물고 두어 번 빨아보다가 울곤, 울곤 하였다. 방 서방은 아무 대답도 없이 이따금,

"이 정칠 놈의 세상!"

하고 입맛을 다실뿐이었다.

이튿날 이름 아침, 어린 것이 아범의 품에서 잘 때다. 초저녁엔 어미가 품속에 넣고 자다가 오줌을 싸면 그 다음엔 아범이 새 품

을 헤치고 안고 자는 것이었다. 밤새도록 궁리에 묻혀 잠을 이루지 못하던 아범이 새벽녘에야 잠이 들어 어린 것과 함께 쿨쿨 잘 때였다.

김씨는 남편이 한없이 불쌍해 보였다. 술 한 잔 허투루 먹는 법 없고, 담배도 일하는 날이나 일꾼들을 주려고만 살 줄 알던 남편이, 어쩌다 저 지경이 되었나 생각할 때 세상이 원망스러울 뿐이었다. 그리고 굶고 앉았더라도 그 집만 팔지 말고 그냥 두었던들 하고, 고향에만 돌아가고 싶은 생각뿐이었다.

김씨는 생각다 못해 바가지를 집어든 것이다. 고향을 떠날 때 이웃집에서,

"서울 가면 이런 것도 산다는데."

하고 짐에 달아주던, 잘 굳고 커다란 새 바가지였다.

그는 서울 와서 다리 밑을 처음 나섰다. 그리고 바가지를 들고 나서기는 생전 처음이었다. 다리가 후들후들하였다. 꼭 일주일을 굶었고 어린 것에게 시달린 그의 눈엔 다 밝은 하늘에서 뻔쩍뻔쩍하는 별이 보였다. 그러나 눈을 가다듬으면서 그는 부잣집을 찾았다. 보매 모두 부잣집 같았으나 모두 대문이 굳게 닫혀 있었다. 대문을 연 집, 그는 이것을 찾고 헤매기에 그만 뒤를 돌아다보지 못하고 이 골목 저 골목으로 앞으로만 나간 것이었다. 다행히 문을 연 집이 있었고, 그런 집중에도 다 주는 것이 아니었지만 열 집에 한 지붕으로 식은 밥, 더운 밥 해서 한 바가지를 얻었을 때는 돌아올 길을 잃어버리고 만 것이었다. 이 길로 나가보아도 딴 거리, 저 길로 나가보아도 딴 세상, 어디로 가야 그 개천 그 다리가 나올는지 알 재주가 없었다. 기가 막히었다. 물어볼 행인이 많았으나, 개천 이름이나 다리 이름을 모르고는 헛일이었다. 해가 높아

갈수록 길에는 사람이 들끓었고 그럴수록 김씨는 마음과 다리가 더욱 갈팡질팡하고 있을 때 한 노파가 친절한 손길로 김씨의 등을 두드렸다.

"어딜 찾소?"

김씨는 울음부터 왈칵 나왔다.

"염려할 것 없소. 내 서울 장안엔 모르는 데가 없소. 내 찾아주지……."

그 친절한 노파는 김씨를 곧 데리고 그 앞에 있는 제 집으로 들어가 뜨끈한 숭늉에 조반까지 먹으라 했다.

"염려 말고 좀 자시우. 그새 내 부엌을 좀 치우고 같이 나갑시다."

김씨는 서울도 사람 사는 데라 인정이 있구나 하고 그 노파만 하늘같이 믿고 감격한 눈물을 밥상에 떨어뜨리며 사양하지 않고 밥술을 들었다. 그러나 굶은 남편과 어린 것을 두고 제 목에만 밥이 넘어가지 않았다. 숭늉만 두어 모금 마시고 이내 수저를 놓고 노파를 따라나섰다.

그러나 친절한 노파를 김씨를 당치 않은 곳으로만 끌고 다녔다. 진고개로 백화점으로 개천이라도 당치 않은 개천으로만 한나절을 끌고 다니고는,

"오늘은 다리가 아프니 내일 찾읍시다." 하였다.

김씨는 가슴이 찢어지는 것 같았으나, 그 친절한 노파의 힘을 버리고 혼자 나설 자신은 없었다. 밤을 꼬박 앉아 새우고 은근히 재촉을 하여 이튿날 아침에도 또 일찌거니 나섰으나 노파는 그저 당치 않은 데로만 끌고 다녔다.

노파는 애초부터 계획이 있었던 것이다. 김씨의 멀끔한 얼굴과

살의 젊음을 그는 값이 가진 암탉을 본 격으로 보았던 것이다.

"어떻게 돈 냥이나 만들어 써 볼거리가 되면……"

이것이 그 노파가 세운 뜻이었다.

김씨는 다시 다리 밑으로 돌아올 리가 없었다. 방 서방은 눈에서 불이 났다.

"죽일 년이다! 이 어린 것을 생각해선들 달아나다니! 고약한 년! 찢어 죽일 년!"

하고 이를 갈았다.

방 서방은 이틀이나 굶은 아이를 보다 못해 안고 나서서, 미운 것, 짠 것 할 것 없이 얻는 대로 주워 먹었다. 날은 갑자기 추워졌다. 어린 애는 감기가 들고 설사까지 났다.

밤새도록 어두움 속에서 오줌똥을 받은 이불과 아범의 저고리섶17), 바지자락은 얼어서 왈각거리고 그 속에서도 어린애 몸은 눈이 뜨겁게 펄펄 달았다.

"어찌하나! 하나님, 이렇게 무심합니까!"

하고 중얼거려도 보았으나 새벽 찬 바람에 윙-하고 뺨을 갈길 뿐이었다.

날이 밝기를 기다려, 아이를 꾸려 안고 병원을 물어서 찾아갔다.

"이 애 좀 살려 주십시오."

"선생님이 아직 안 오셨소. 그런데 왜 이렇게 되도록 두셨소. 진작 데리고 오지?"

"돈이 있어야죠니까……"

"지금은 있소?"

---

17) 저고리섶, 저고리의 깃 아래에 달린 긴 헝겊.

"없습니다. 그저 살려만 주시면 그거야 제가 벌어서 갚지요. 그걸 안 갚겠습니까!"

"다른 큰 병원에 가보시우……."

방 서방은 이렇게 병원 문간으로만 한 나절을 돌아다니다가 그냥 다리 밑으로 돌아오고 말았다.

방 서방은 또 배가 고팠다. 그러나 앓는 것을 혼자 두고 단 한 걸음이 나가지지 않았다. 그래도 저녁때가 되어서는 그냥 밤을 새울 수가 없어 보지 않으리라는 듯이 눈을 딱 감고 일어서 나왔던 것이다.

방 서방이 얼마 만에 찬 밥 몇 술을 얻어먹고 부랴부랴 돌아왔을 때는 날이 아주 어두웠다. 다리 밑은 캄캄한데 한참 들여다보니 아이는 자리에서 나와 언 맨 땅에 목을 늘어뜨리고 흐득흐득 흐느끼었다. 끌어안고 다리 밖으로 나와 보니 경련이 일어나 눈을 뒤집어쓰고 있는 것이었다.

"죽을 테면 진작 죽어라! 고약한 년! 네 년이 이걸 버리고 가 얼마나 잘 되겠니!"

방 서방은 몇 번이나

"어서 죽어라!"

하고 아이를 밀어 던지다가도 얼른 다시 끌어당겨 들여다보곤 했다. 그럴 때마다 아이의 숨소리는 자꾸 가빠져갔다.

그러나 야속한 것은 잠, 어느 때쯤 되었을까, 깜빡 잠이 들었다가 놀라 깨었을 제는 그 동안이 잠시 같았으나 주위에는 큰 변화가 생겼다. 날이 환하게 새고 아이에게서는 가쁘게 일어나던 숨소리가 뚝-그쳐 있었다. 겨우 겨드랑이 밑에만 미온이 남았을 뿐, 그 불덩어리 같던 몸이 언 생선처럼 싸늘하였다.

봄이 왔다. 그렇게 방 서방을 춥게 굴던 겨울이 다 지나가고 그
대신 방 서방을 슬프게 더 구는 봄이 왔다. 진달래와 개나리 꽃가
지들은 전차마다 자동차마다 젊은 색시들처럼 오락가락하고, 남산
과 창경원(지금의 창경궁, 일제 강점기에는 이 곳을 식물원과 동물
원으로 사용하였다.) 조경은 사쿠라꽃이 구름처럼 핀 때였다. 무딘
힘줄처럼 얼기설기한 방 서방의 가슴에도 그 고향, 그 딸, 그 아내
를 생각하기에는 너무나 슬픈 시인이 되게 하는 때였다.

하루아침, 그날따라 재수는 있어 식전바람에 일본 사람의 짐을
지고 남산정 막바지까지 가서 어렵지 않게 오십 전 한 닢이 들어
왔다. 부리나케 술집을 찾아 내려오느라니 일본 집 뜰 안마다 가지
가 휘어지게 열린 사쿠라 꽃송이, 그는 그림을 구경하듯 멍하니 서
서 바라보았다. 불현듯 고향 생각이 난 것이다.

"우리가 심은 사쿠라 나무도 저렇게 피었으려니……. 동네가 온
통 꽃투성이려니……"

그 때 마침 일본 여자 하나가 꽃그늘에서 방 서방과 눈이 마주
쳤다. 방 서방은 무슨 죄나 지은 듯이 움찔하고 돌아섰다. 꽃결같
이 빛나는 그 젊은 여자의 얼굴! 방 서방은 찌르르 하고 가슴을
진동시키는 무엇을 느끼며 내려왔다.

우선 단골집으로 가서 얼근한 술국에 곱빼기로 두어 잔 들이켰
다. 그리고 늙수그레한 주모와 몇 마디 농담까지 주거니 받거니 하
다 나서니, 세상은 슬프다면 온통 슬픈 것도 같고, 즐겁다면 온통
즐거운 것 같기도 했다.

그러나 술만 깨면 역시 세상은 견딜 수없이 슬픈 세상이었다.

"정칠 놈의 세상 같으니!"

하고 아무 데나 주저앉아 다리를 뻗고 울고 싶었다.

■ 레디메이드 인생

1

"머 어데 빈자리가 있어야지."

K사장은 안락의자에 푹신 파묻힌 몸을 뒤로 벌―떡 젖히며 하품을 하듯이 시원찮게 대답을 한다. 미상불 그는 두 팔을 쭉― 내뻗고 기지개라도 한 번 쓰고 싶은 것을 겨우 참는 눈치다.

이 K사장과 둥근 탁자를 사이에 두고 공손히 마주 앉아 얼굴에는 '나는 선배인 선생님을 극히 존경하고 앙모합니다(우러러 그리워하다)' 하는 비굴한 미소를 띠고 있는 구변 없는 구변을 다하여 직업 동냥의 구걸(口乞) 문구를 기다랗게 늘어놓던 P…… P는 그러나 취직운동에 백전백패(百戰百敗)의 노졸(老卒)인지라 K씨의 힘 아니 드는 한마디의 거절에도 새삼스럽게 실망도 안 한다. 대답이 그렇게 나왔으니 이제 더 졸라도 별수가 없는 것이지만 허실삼아 한마디 더 해보는 것이다.

"글쎄올시다, 그러시다면 지금 당장 어떻게 해주십사고 무리하게 조를 수야 있겠습니까마는…… 그러면 이 담에 결원이 있다든지 하면 그때는 꼭…….."

이렇게 말하고 P는 지금까지 외면하였던 얼굴을 돌리어 K사장을 조심성 있게 바라보았다. 그러나 K사장은 우선 고개를 좌우로 두 어 번 흔들고는 여전히 하품 섞인 대답을 한다.

"결원이 그렇게 나나 어데…… 그리고 간혹 가다가 결원이 난다 더라도 유력한 후보자가 몇 십 명씩 밀려 있어서……."

P는 아무 말도 아니 하고 고개를 숙였다. 이제는 영영 틀어진 것이다. 안녕히 계십시오, 하고 일어서는 것밖에는 별수가 없다.

별수가 없이 되었으니 '네 그렇습니까.' 하고 선선히 일어서야 할 것이지만 지금까지 은근히 모시고 있던 태도에 비하여 그것이 너 무 낯이 간지러운 표변임을 알기 때문에 실망이나 하는 체하고 잠 시 더 앉아 있는 것이다.

"거 참 큰일들 났어."

K사장은 P가 낙심하는 것을 보고 별로 밑천이 들지 아니하는 일이라서 알뜰히 걱정을 나누어 준다.

"저렇게 좋은 청년들이 일거리가 없어서 저렇게들 애를 쓰니."

P는 속으로 콧방귀를 '흥' 하고 뀌었으나 아무 대답도 아니 하였 다. K사장은 P가 이미 더 조르지 아니하리라고 안심한지라 먼저 하품 섞어 '빈자리가 있어야지' 하던 시원찮은 태도는 버리고 그가 늘 흉중에 묻어 두었다가 청년들에게 한바탕씩 해 들려주는 훈화 를 꺼낸다.

"그렇지만 내가 늘 말하는 것인데…… 저렇게 취직만 하려고 애 를 쓸 게 아니야. 도회지에서 월급생활을 하려고 할 것만이 아니라 농촌으로 돌아가서……."

"농촌으로 돌아가서 무얼 합니까?"

K는 말 중동을 갈라 불쑥 반문하였다. 그는 기왕 취직운동은 글 러진 것이니 속 시원하게 시비라도 해보고 싶은 것이다.

"허! 저게 다 모르는 소리야…… 조선은 농업국이요, 농민이 전 인구의 팔 할이나 되니까 조선 문제는 즉 농촌 문제라고 볼 수가 있는데, 아 지금 농촌에서 할 일이 오죽이나 많다구?"

"저는 그 말씀 잘 못 알아듣겠는데요. 저희 같은 사람이 농촌에 가서 할 일이 있을 것 같잖습니다."

"그럴 리가 있나! 가령 응…… 저……."

K사장은 응…… 저…… 하고 더듬으면서 끝내 대답을 하지 못한다. 그것은 무리가 아니다.

그가 구직하러 오는 지식 청년들에게 농촌으로 돌아가 농촌사업을 하라는 것과(다음에 또 꺼내는 일거리를 만들라는 것은) 결코 현실에서 출발한 이론적 근거가 있는 것이 아니었었다. 그저 지식 계급의 구직꾼이 넘치는 것을 보고 막연히 '농촌으로 돌아가라''일을 만들어라'고 해왔을 따름이다. 따라서 거기에 대한 구체적 플랜이 있는 것도 아니었었던 것이다.

한편으로는 한 행셋거리로, 또 한편으로는 구직꾼 격퇴의 수단으로 자룡이 헌 창 쓰듯 썼을 뿐이지.

그리하여 그 동안까지는 대개는 그 막연한 설교를 들은 성 만 성하고 물러가는 것이 그들의 행티였었는데 오늘 이 P에게만은 그렇지가 아니하여 불가불 구체적 설명을 해주어야 하게 말머리가 돌아선 것이다. 그래서 그는 떠듬떠듬 생각해 가면서 생각나는 대로 주워섬기는 것이다.

"가령 응…… 저…… 문맹퇴치운동도 있지. 농민의 구 할은 언문도 모른단 말이야! 그리고 생활개선운동도 좋고…… 헌신적으로."

"헌신적으로요?"

"그렇지…… 할 테면 헌신적으로 해야지."

"무얼 먹고 헌신적으로 그런 사업을 합니까……? 먹을 것이 있어서 그런 농촌사업이라도 할 신세라면 이렇게 취직을 못 해서 애를 쓰겠습니까?"

"허! 그게 안 된 생각이야…… 자기가 먹고 살 재산이 있으면서 사회를 위해서 일도 아니하고 번들번들 논다는 것은 그것은 타락된 생각이야."

P는 K사장이 악담을 내세우는 것을 보고 속으로 싱긋 웃었다.

"그렇지만 지금 조선 농촌에서는 문맹퇴치니 생활개선이니 합네 하고 손끝이 하—얀 대학이나 전문학교 졸업생들이 몰려오는 것을 그다지 반겨하기는커녕 머릿살을 앓을 것입니다…… 농민이 우매하다든지 문화가 뒤떨어졌다든지 또 생활이 비참한 것의 근본원인이 기역 니은을 모른다든가 생활개선을 할 줄 몰라서 그런 것이 아니니까요. 그리고 조선의 지식 청년들이 모두 그런 인도주의자가 되어집니까?"

"되면 되지 안 될 건 무어야?"

"그건 인도주의란 그것이 한 개 공상이니까 그렇겠지요."

"허허…… 그러면 P군은 ××주의잔가?"

"되다가 찌부러진 찌스레깁니다. 철저한 ××주의자라면 이렇게 선생님한테 와서 취직운동도 아니 합니다."

"못써! 그렇게 과격한 사상으로 기울어서야 쓰나…… 정 농촌으로 돌아가기가 싫거든 서울서라도 몇 사람 맘 맞는 사람이 모여서 무슨 일을— 조선에 신문이 모자라니 신문을 하나 경영하든지 또 조그맣게 하자면 잡지 같은 것도 좋고 또 영리사업도 좋고…… 그러면 취직 운동하는 것보다 훨씬 낫지 않은가?"

"좋 줄이야 압니다만 누가 돈을 내 놓니까?"

"그거야 성의 있게 하면 자연 돈도 생기는 거지."

P는 엉터리없는 수작을 더 하기가 싫어 웬만큼 말을 끊고 일어섰다.

속에 있는 말을 어느 정도까지 활활 해준 것이 시원은 하나 또 취직이 글렀구나 생각하니 입 안에서 쓴 침이 괴어 나온다.

복도에서 편집국장 C를 만났다. P는 C와 자별히 사이가 가까운 터였었다.

"사장 만나러 왔소?"

C가 묻는 것이다.

"아니."

P는 거짓말을 하였다. 그는 지금 K사장을 만나 거절당한 이야기를 하기가 어쩐지 창피하기도 할 뿐 아니라 또 전부터 C더러 K사장에게 자기의 취직운동을 부탁해 왔던 터인데 직접 이렇게 찾아와서 만났다고 하기가 혐의쩍기도 하여 시치미를 뚝 뗀 것이다.

"아주 단념하오."

C는 자기에게 부탁한 취직운동을 단념하란 말이다. 그러면 벌써 C가 K사장에게 이야기를 하였고 그 결과 일이 틀어진 것을 P는 모르고 와서 헛노릇을 한바탕 한 것이다. P는 먼저 C를 만나 보지 아니하고 K사장을 만난 것을 후회하였다. C는 잠깐 멈췄던 말을 계속한다.

"어제 아침에 사장더러 P군의 사정이 퍽 난처하니 어떻게 생각해 봐 주면 좋겠다고 여러 말을 했다가 코떼었소. 신문사가 구제기관이 아닌데 남의 사정 난처한 것을 어떻게 하리느냐고 그럽디다…… 하기야 그게 옳은 말이지만."

신문사가 구제기관이 아니라고 한다는 그 말이 P의 머리에는 침 끝으로 찌르는 것같이 정신이 들게 울리었다.

"흥! 망할 자식들!"

P는 혼자말로 이렇게 두덜거리며 C와 작별도 아니 하고 밖으로 나와 버렸다.

2

P는 광화문 네거리의 기념비각(紀念碑閣) 옆에서 발길을 멈추고 망설였다. 어디로 갈까 하는 것이다.

봄 하늘이 맑게 개었다. 햇볕이 살이 올라 포근히 온몸을 싸고돈다. 덕석 같은 겨울 외투를 벗어 버리고 말쑥말쑥하게 새로 지은 경쾌한 춘추복의 젊은이들이 봄볕처럼 명랑하게 오고 가고 한다.

멋쟁이로 차린 여자들의 목도리가 나비같이 보드랍게 나부낀다. 그 오동보동한 비단 다리를 바라다보노라니 P는 전에 먹던 치킨커틀릿 생각이 났다.

창을 활활 열어젖힌 전차 속의 봄 사람들을 보니 P도 전차를 잡아타고 교외나 나가고 싶었다. 그러나 크림 맛을 못 본 지 몇 달이 된 낡은 구두, 고기작거린 동복 바지, 양편 포켓이 오뉴월 쇠× 알같이 축 처진 양복저고리, 땟국 묻은 와이셔츠와 배배 꼬인 넥타이, 엿장수가 이 전 어치 주마던 낡은 모자, 이렇게 아래로부터 훑어 올려 보며 생각하니 교외의 산보는커녕 얼른 돌아가서 차라리 이불을 뒤쓰고 드러눕고만 싶었다.

마침 기념비각 앞에 자동차 하나가 머무르더니 서양사람 내외가 내린다. 그들은 사내가 설명을 하고 여자가 듣고 하면서 기념비각을 앞뒤로 구경한다. 여자는 사진까지 찍는다.

대원군이 만일 이 꼴을 본다면…… 이렇게 생각하매 P는 저절로 미소가 입가에 떠올랐다.

3

대원군은 한말(韓末)의 돈키호테였었다. 그는 바가지를 쓰고 벼락을 막으려 하였다. 바가지는 여지없이 부스러졌다. 역사는 조선이라는 조그마한 땅덩이나마 너무 오래 뒤떨어 뜨려 놓지 아니하였다.

갑신정변(甲申政變)에 싹이 트기 시작하여 가지고 일한합방의 급격한 역사 변천을 거쳐 자유주의의 사조는 기미년에 비로소 확실한 걸음을 내어디디었다.

자유주의의 새로운 깃발을 내어 걸은 '시민(市民)'의 기세는 등등하였다.

"양반? 흥! 누구는 발이 하나길래 너희만 양발(반)이라느냐?"

"법률의 앞에서는 만인이 평등이다."

"돈…… 돈이 있으면 무어든지 할 수 있다."

신흥 부르주아지는 민주주의의 간판을 이용하여 노동자 농민의 등을 어루만지고 경제적으로 유력한 봉건귀족과 악수를 하는 동시에 지식 계급을 대량으로 주문하였다.

유자천금이 불여교자 일권서(遺子千金 不如敎子 一卷書)라는 봉건 시대의 진리가 자유주의의 세례를 받아 일단의 더 발전된 얼굴로 민중을 열광시켰다.

"배워라. 글을 배워라…… 지식만 있으면 누구나 양반이 되고 잘 살 수가 있다."

이러한 정열의 외침이 방방곡곡에서 소스라쳐 일어났다.

신문과 잡지가 붓이 닳도록 향학열을 고취하고 피가 끓는 지사(志士)들이 향촌으로 돌아다니며 삼촌의 혀를 놀려 권학(勸學)을 부르짖었다.

"배워라. 배워야 한다. 상놈도 배우면 양반이 된다."

"가르쳐라. 논밭을 팔고 집을 팔아서라도 가르쳐라. 그나마도 못하면 고학이라도 해야 한다."

"공자 왈 맹자 왈은 이미 시대가 늦었다. 상투를 깎고 신학문을 배워라."

"야학을 실시하여라."

재등(齋藤) 총독이 문화정치의 간판을 내어걸고 골골이 학교를 증설하였다. 보통학교의 교장이 감발을 하고 촌으로 돌아다니며 입학을 권유하였다. 생도에게는 월사금을 받기는커녕 교과서와 학용품을 대어 주었다.

민간의 유지는 돈을 걷어 학교를 세웠다. 민립대학도 생기려다가 말았다. 청년회에서 야학을 설시하였다. 갈돕회가 생겨 갈돕만주 외우는 소리가 서울에 신 풍경을 이루었고 일반은 고학생을 존경하였다.

여학생이라는 새 숙어가 생기고 신여성이라는 새 여인이 생겨났다.

이와 같이 조선의 관민이 일치되어 민중의 지식 정도를 높이는데 진력을 하였다. 즉 그들 관민이 일치하여 계획한 조선의 문화 정도는 급도로 높아 갔다.

그리하여 민중의 지식 보급에 애쓴 보람은 나타났다.

면서기를 공급하고 순사를 공급하고 군청 고원을 공급하고 간이 농업학교 출신의 농사 개량 기수를 공급하였다.

은행원이 생기고 회사 사원이 생겼다. 학교 교원이 생기고 교회의 목사가 생겼다.

신문 기자가 생기고 잡지 기자가 생겼다. 민중의 지식 정도가 높

앉으니 신문 잡지 독자가 부쩍 늘고 의사와 변호사의 벌이가 윤택하여졌다.

소설가가 원고료를 얻어먹고 미술가가 그림을 팔아먹고 음악가가 광대의 천호(賤號)에서 벗어났다.

인쇄소와 책장사가 세월을 만나고 양복점 구둣방이 늘비하여졌다.

연애결혼에 목사님의 부수입이 생기고 문화주택을 짓느라고 청부업자가 부자가 되었다. 그리하여 부르주아지는 '가보'를 잡고, 공부한 일부의 지식 꾼은 진주(다섯 끗)를 잡았다.

그러나 노동자와 농민은 무대를 잡았다. 그들에게는 조선의 문화의 향상이나 민족적 발전이나가 도리어 무거운 짐을 지어 주었을지언정 덜어 주지는 아니하였다. 그들은 배[梨]주고 속 얻어먹은 셈이다.

인텔리…… 인텔리 중에도 아무런 손끝의 기술이 없이 대학이나 전문학교의 졸업증서 한 장을, 또는 그 조그마한 보통 상식을 가진 직업 없는 인텔리…… 해마다 천여 명씩 늘어 가는 인텔리…… 뱀을 본 것은 이들 인텔리다.

부르주아지의 모든 기관이 포화상태가 되어 더 수요가 아니 되니 그들은 결국 꼬임을 받아 나무에 올라갔다가 흔들리는 셈이다. 개밥의 도토리다.

인텔리가 아니 되었으면 차라리 노동자가 되었을 것인데 인텔리인지라 그 속에는 들어갔다가도 도로 달아나오는 것이 구십구 퍼센트다. 그 나머지는 모두 어깨가 축 처진 무직 인텔리요, 무기력한 문화 예비군 속에서 푸른 한숨만 쉬는 초상집의 주인 없는 개들이다. 레디메이드 인생이다.

4

"제一길!"

P는 혼자 두덜거리며 지금까지 서 있던 기념비각 옆을 떠났다.

P는 자기 자신이고 세상의 모든 일이고 모두 짜증이 나고 원수스러웠다.

광화문 큰 거리를 총독부 쪽으로 어슬어슬 걸어가노라니 그의 그림자가 짤막하게 앞에 누워 간다. P는 그 자기 그림자를 꽉 밟고 싶었다. 그러나 발을 내어 디디면 그림자도 그만큼 앞으로 더 나가곤 한다. 이 그림자와 자기 자신에서, 그리고 그림자를 밟으려는 자기 자신과 앞으로 달아나는 그림자에서 P는 자기의 이중인격의 모순상(相)을 발견하였다.

농십자각 옆에까지 온 P는 그 건너편 담배 가게 앞으로 갔다.

"담배 한 갑 주시오."

하고 돈을 꺼내려니까 담배 가게 주인이,

"네, 마콥니까?" 묻는다.

P는 담배 가게 주인을 한번 거들떠보고 다시 자기의 행색을 내려 훑어보다가 심술이 버쩍 났다. 그래서 잔돈으로 꺼내려는 것을 일부러 일 원짜리로 꺼내려는데 담배 가게 주인은 벌써 마코 한 갑 위에다 성냥을 받쳐 내어민다.

"해태 주어요."

P는 돈을 들이밀면서 볼먹은 소리를 질렀다. 그러나 담배 가게 주인은 그저 무신경하게 '네一' 하고는 마코를 해태로 바꾸어 주고 팔십오 전을 거슬러 준다.

P는 저편이 무렴해하지 아니하는 것이 더욱 얄미웠다.

그는 해태 한 개를 꺼내어 붙여 물고 다시 전찻길을 건너 개천

가로 해서 올라갔다. 이제는 포켓 속에 남은 것이 꼭 삼 원하고 동전 몇 푼이다. 엊그제 겨울 외투를 사 원에 잡혀서 생긴 것이다.

방세와 전깃불 값이 두 달 치나 밀렸다. 삼 원은 방세 한 달 치를 주고 일 원에서 전등 삯 한 달 치를 주고도 싶었으나 그러고 나면 그 나머지로 설렁탕이나 호떡을 사먹어도 하루밖에는 못 지낸다. 그래 그대로 넣어 두고 한 이틀 지내는 동안에 일 원이 거의 달아났던 판인데 공연한 객기를 부리느라고 당치도 아니한 해태를 샀기 때문에 이제는 일 원 돈은 완전히 달아나고 삼 원만 남은 것이다.

P는 포켓 속에 손을 넣고 잔돈과 지폐를 섞어 삼 원 남은 돈을 만지작거렸다. 그러면서 왼편 손으로는 손가락을 꼽아 가며 삼 원을 곱쟁이 쳐보았다.

육 원 십이 원 이십사 원 사십팔 원 구십육 원 백구십이 원 팔원 모자라는 이백 원…… 사백 원 팔백 원 일천육백 원 삼천이백원 육천사백 원 일만 이천팔백 원. 팔백 원은 떼어 버리고 이만 사천 원 사만 팔천 원 구만 육천 원 십구만 이천 원 삼십팔만 사천 원 칠십육만 팔천 원 일백오십삼만 육천 원…….

삼 원을 열여덟 번만 곱집으면 일백오십만 원이 된다. 일백오십만 원 그놈이 있으면…… 이렇게 생각하매 어깨가 으쓱해졌다.

삼 원의 열여덟 곱쟁이가 일백오십만 원이니 퍽 쉬운 것이다…… 그놈만 있으면 백만 원을 들여서 오십 전짜리 십육 페이지 신문을 하나 했으면 우선 K사장의 엉엉 우는 꼴을 볼 수가 있을 것이다.

그러나 아쉬운 대로 십오만 원만 있어도, 일만 오천 원 아니 일천오백 원만 있어도, 아니 일백오십 원만 있어도, 십오 원만 있어도 우선 방세와 전등 삯을 주고 한 달은 살아가겠다.

P는 한숨을 내쉬었다. 한 달? 한 달만 살고 나면 그 다음은 어떻게 하나……? 그래도 몇 백 원은 있어야지, 아니 몇 천 원은 아니 몇 만 원은…….

P는 늘 하는 버릇으로 이런 터무니없는 공상을 되풀이하였다.

그는 최근 이러한 공상을 하면서부터 취직을 시들하게 여겼다.

취직이 된댔자 사오십 원이나 오륙십 원이 월급이다. 그것을 가지고 빠듯빠듯 살아간들 무슨 아기자기한 재미가 있을 턱도 없는 것이다.

가령 근실히 해서 월계 저금 같은 것도 하고 집도 장만하고 여편네도 생기고 사장이나 중역들의 눈에 들어 지위도 부장쯤으로는 올라가고, 그리하여 생활의 근거도 안정이 되고 하면 지금 같은 곤란은 당하지 아니하겠지만, 그러나 P에게는 아직도 젊은 때의 야심이 있어 그러한 고식된 안정이나 명색 없는 생활은 도리어 피하고 싶었던 것이다. 좀 더 남의 눈에 띄고 좀 더 재미있고 그리고 자유로운 생활.

물론 그는 지금이라도 누가 한 달에 삼십 원만 줄 테니 와서 일을 해달라면 마치 주린 개가 고기를 보고 덤비듯이 덮어놓고 덤벼들 것이다. 그러나 속으로는 그와 딴판으로 배포를 부리고 있는 것이다.

P가 삼청동으로 올라가느라고 건춘문 앞까지 이르렀을 때 저편에서 말쑥하게 몸치장을 한 여자 하나가 마주 내려왔다.

역시 삼청동 근처에 사는 여자인지 P와는 가끔 마주치는 여자다.

P는 그 여자와 만날 때마다 일부러 눈여겨보지 않는 체하면서도 실상은 고비 샅샅 관찰을 하였고, 그리고 속으로는 연애라도 좀 했으면 하던 터였었다. 무엇보다도 동그스름한 얼굴에 이목구비가 모

두 모지지 아니하고 얼굴의 윤곽이 둥글듯이 모가 나지 아니한 것, 그래서 맘자리도 그렇게 둥글려니 하는 것이 P의 마음을 끈 것이다.

그 여자는 자주 만나는 이 헙수룩한 양복쟁이— P를 면빛으로도 알아보았는지 처녀다운 조심스런 몸매로 길을 가로 비켜서 가까이 왔다.

P는 고개를 꼿꼿이 쳐들고 앞만 쳐다보면서도 속으로는, '저 여자가 지금 내 옆으로 다가와서 조그만 소리로 정답게 구애(求愛)를 한다면? 사뭇 들여 안긴다면……? 어쩔꼬?'

이런 생각을 하면서 히죽이 웃는데 여자는 벌써 지나쳐 버렸다.

'흥! 어쩌긴 무얼 어째……? 이년아, 일없다는데 왜 이래! 하고 발길로 칵 차 내던지지.' 하고 P는 어깨를 으쓱하였다.

삼청동 꼭대기에 있는 집— 집이 아니라 사글세로 든 행랑방—에 돌아왔다. 객지에 혼자 있으니 웬만하면 하숙에 있을 것이로되 방 값이 밀리고 그것에 졸릴 것이 무서워 P는 방을 얻어 가지고 있던 것이다.

먹는 것이야 수중에 돈이 있는 데에 따라 호떡도 설렁탕도 백화점의 런치도, 그렇지 않고 몇 끼씩 굶기도 하여 대중이 없었다.

볕 구경을 잘 못 해서 겨울에도 곰팡이가 슬고 이불을 며칠씩 그대로 펴두는 방바닥에서는 먼지가 풀신풀신 올랐다.

하도 어설퍼 앉으려고도 아니 하고 방 가운데 우두커니 서서 있노라니까 안방 문 여닫는 소리가 들리며 주인 노파가 나와서 캑 하고 기침을 한다. P는 또 방세 졸릴 일이 아득하였다.

그러나 노파는 방세보다도 우선 편지 한 장을 들이밀어 준다. 고향의 형에게서 온 것이다.

편지를 뜯어 읽고 난 P는 말가웃18)이나 되게 한숨을 푸— 내쉬었다. 그리고는 편지를 박박 찢어 버렸다.

5

편지의 요건은 P의 아들에 관한 것이다.

P에게는 연전에 갈린 아내와의 사이에 생긴 창선이라는 아들이 있다. 금년에 아홉 살이다.

아내와 갈릴 때에 저편에서 다만 어린애만이라도 주었으면 그것을 데리고 길러 가는 재미로 혼자 사는 세상에 낙을 붙이겠다고 사정하였다. 그리고 적어도 중학까지는 마치게 하겠다는 것이었다.

그렇게 했으면 P도 한 짐을 덜었을 것이다. 그러나 그는 듣지 아니하였다.

어릴 적부터 소박데기 어미의 손에서 아비의 원망과 푸념을 들어가면서 자란 자식은 자란 뒤에 그 아비에게 호감을 가지지 못한다. P는 자식을 꼭 찾고 싶은 것은 아니나 아무튼 장성하면 아비라고 찾아올 터인데 그때에 P는 이미 늙고 자식은 팔팔하게 젊은 놈이 옛날에 제 어미를 소박한 아비라서 아니꼽게 군다면 그것은 차마 못 당할 노릇이다.

이러한 생각으로 P는 창선이를 내주지 아니한 것이다. 그러나 빼앗아 놓고 보니 이제 겨우 네댓 살밖에 아니 먹은 것을 자기 손으로 어찌할 수가 없다. 그리하여 할 수 없이 어렵사리 지내는 그형에게 맡겨 놓고 다시 서울로 올라온 것이다. 보통학교에 다닐 나이가 되면 서울로 데려오겠다고 해두고.

P의 형은 작년에 조카를 보통학교에 입학시켰다. 그러나 극빈 축

---

18) 말가웃, 한 말 반쯤의 분량.

에 드는 집안인지라 몇 푼 아니 되는 월사금과 학비를 대지 못하여 중도에 퇴학시켰다. 애초에 입학시킬 상의로 P에게 편지를 했을 때에 P는 공부 같은 것은 시켜 봤자 소용이 없으니 차라리 뼈가 보드라운 때부터 생일〔勞動〕을 시키라고 하였다. P의 형은 그러나 백부(伯父)의 도리로나 집안의 체면으로나 창선이를 생일을 시킬 수가 없었다. 차라리 자기 손에 두어 헐벗기고 헐 입히면서 공부도 시키지 못하느니 제 아비인 P더러 데려가라고 작년부터 편지를 하던 터이다.

금년도 입학 시기가 당하매 P의 형은 P에게 누차 편지를 하였다. 금년에 입학을 시키지 못하면 명년에는 학령이 초과되어 들여주지 아니할 것이니 어서 데려다가 공부를 시키라는 것이다.

그 어린것이 굶기를 먹듯 하고 재주는 있으면서 남의 집 아이들이 학교에 다니는 것을 부러워하는 꼴은 차마 애처로워 볼 수가 없다. 차라리 이 꼴 저 꼴 보지 않는 것이 속이나 편하겠다.

이번 편지에는 이러한 구절이 있고 끝에 가서,

여비가 몇 원 변통되면 차를 태우고 전보를 칠 테니 정거장에 나와 데려가거라. 나도 웬만하면 객지에 혼자 있는 너에게 어린 자식을 떠맡기듯이 보내겠느냐마는 잘못하다가 그것을 굶겨 죽이겠기에 생각다 못해 단행하는 것이다.

이러한 말이 씌어 있었다.

P는 박박 찢은 편지를 돌돌 뭉쳐 방구석에 내던지고 한숨을 푸— 내쉬었다.

이제는 자식을 데리고 있기가 피할 수 없이 되었는데, 어떻게 했으면 좋을까 하는 것이다. 그는 형이 원망스럽고 아니꼬웠다.

굳이 제 아비를 따라 보낸다는 것이 아니라 부득부득 공부를 시키려는 것 때문이다. 기왕 서울로 보내나 시골서 데리고 있으나 고 생시키기는 일반이니 차라리 시골서 일찍부터 생일이나 시켰으면 P에게는 여러 가지로 좋을 것이었다.

"흥! 체면! 공부! 죽여도 인텔리는 만들잖는다."

P는 혼자 이렇게 두덜거렸다.

"집에서 온 편지유? 무슨 걱정이 생겼수?"

말거리를 찾지 못하여 머뭇거리고 섰던 안방 노인이 동정이나 하는 듯이 이렇게 묻는다.

"아니오."

P는 마지못해 코대답을 하였다.

"필경 무슨 걱정이 생긴 게구려!"

노인은 자기의 말거리를 만들려고 아니라는데도 이렇게 걱정을 내어놓는다.

"그게 모다 가난한 탓이지…… 저렇게 젊고 똑똑한 이가 저게 모다 가난한 탓이야! 어데 구실[職業]자리 말한다더니 아직 아니 됐수?"

"네, 아직……."

"거 큰일 났구려! 어서 돼야 할 텐데…… 나도 꼭 죽겠수…… 이 늙은 것이……! 돈 좀 마련되잖았수?"

"네, 아직 좀……."

"저걸 어쩌나! 오늘은 물 값이야 전깃불 값이야 사뭇 받으러 달려들 텐데!"

"며 칠만 더 미루십시오. 설마하니 마나님이야 아니 드리겠습니까……."

"아무렴! 실수야 없을 줄 알지만 내가 하도 옹색하니깐 그러는 거지……."

P는 노인이 지껄이게 두어 두고 혼자 생각하였다. 전에 아는 집에서 셋방을 얻어 들었을 때에는 두 달이고 석 달이고 세가 밀려도 조르는 법이 없었다.

밀려도 조르지 아니하는 아는 집…… 이것이 P는 도리어 미안해서 이곳으로 옮겨 온 것이다. 옮겨 와가지고 막상 졸림질을 당하니 미안해도 졸리지는 아니하던 옛 집이 그리워지는 것이다.

노인이 문을 가로막고 서서 수다스런 소리로 더 지껄이려고 하는데 마침 P의 동무 M과 H가 찾아왔다.

"어데 나가나?"

M이 그러잖아도 벌씸한 코를 한 번 더 벌씸하고 사이 벌어진 앞니를 내어 보이며 싱끗 웃는다.

몸집은 M과 같이 통통하지만 키가 작아 M의 뒤에 가려 섰던 H가 옆으로 나서며,

"안녕합지요."

하고 인사를 한다.

P는 싱끗이 웃었다. 이 M과 H는 같은 하숙에 있는데 두 사람은 곧잘 같이 돌아다닌다. 같이 가는 것을 나란히 세워 놓고 보면 하나는 키가 커서 우뚝하고 하나는 키가 작아서 납작 붙어 가는 것 같다.

얼굴도 M은 우둘부둘한 게 정객 타입으로 생겼고— 잘못하면 복싱 링에 내세워도 좋겠고— H는 안존한 게 사무원 타입이다.

일상의 언행을 보아도 H는 무슨 이야기가 자기 전문인 법률에 관한 것에 다다르면 육법전서의 조목을 따르르 외우면서 이러고저러고 하다고 설명을 하고, M은 동경서 학생 ××에 제휴를 했던

만큼, 그리고 전문이 정경과인만큼 좌익 진영에서 쓰는 어투가 그대로 나온다.

"여전히 모다 동색(冬色)이 창연하군!"

P는 두 사람의 특특한 겨울 양복을 보고, 그리고 자기의 행색을 내려 보며 웃었다.

M이 신을 벗고 들어와 먼지 앉은 책상 위에 걸터앉으며,

"춘래 불사춘일세."

하고 한마디 외운다. H도 따라 들어와 한편에 앉으며 한마디 한다.

"아직 괜찮아…… 거리에서 보니까 동복 입은 사람이 많데……."

"괜찮기는 무어 괜찮아…… 우리가 길로 돌아다니니까 사방에서 아이구 아야! 소리가 들리데."

"왜?"

"봄이 발밑에서 짓밟히느라고."

"하하하하."

세 사람은 소리를 내어 웃었다.

"참 시험 본 것 어떻게 되었소?"

P는 H가 일전에 총독부에서 본 고원 채용 시험을 생각하고 물어 보았다.

"말두 마시우…… 이제는 꼭 들어앉아 공부나 해갖고 변호사 시험이나 치겠소."

사람이 별로 변통성도 없고 그렇다고 여기저기 반연도 없어 취직이 여의하게 되지 못하는 것을 볼 때에 P는 가엾은 생각이 늘 들곤 하였다.

"가만있게…… 어서 변호사 시험만 패스하게. 그러면 이제 내가

백만 원짜리 주식회사를 조직해 가지고 자네를 법률 고문으로 모셔 옴세."

이것은 M이 늘 농삼아 하는 농담이다. M도 일 년 동안이나 취직 운동을 하면서 지냈건만 그는 되레 배포가 유하다. 조금 더 재빠르게 했으면 M은 벌써 취직이 되었을는지도 모르나 그는 타고난 배포와 그리고 남에게 아유구용을 하기 싫어하는 성질로 말하자면 취직 전선의 낙오자다.

별로 만나야 할 일도 없다. 그러나 제각기 혼자 있으면 우울해지니까 이렇게 서로 찾으며 자주 만나게 된다.

만나 앉아서 이야기라도 지껄이면 그 동안만은 명랑하여진다. 지금 서울 안에 P니 M이니 H니와 매일 만나 하는 일 없이 돌아다니고 주머니 구석에 돈푼 있으면 서로 털어 선술 잔이나 먹고 하는 룸펜의 패가 수없이 많다.

무어나 일을 맡겼으면 불이 번쩍 일게 해낼 팔팔한 젊은 사람들이다. 그렇건만 그들은 몸을 비비 꼬고 있다.

아무 데도 용납지 못하는 사람들이다. ××적 ××에서 그들을 불러들이기에는 ××적 ××의 주관적 정세가 너무도 미약하다. 그것은 그들의 몇 부분이 동경서 학생으로 있을 시절에는 그 속에서 활발하게 ××을 계속하던 것이 조선에 나오면서 탈리되는 것으로 보아 그러한 해석을 내리지 아니할 수가 없다.

그렇다고 부르주아의 기성 문화기관에 들어가자니 그곳에서는 수요를 찾지 아니한다. 레디메이드로 된 존재들이니 아무 때라도 저편에서 필요해야만 몇씩 사들여 간다.

M이 마코를 꺼내 놓고 붙여 문다. P는 포켓 속에 들어 있는 해태를 차마 내놓기가 낯이 따가워 M의 마코를 집어 당겼다.

P는 설명을 시작한다. P 자신 그러한 장난 비슷한 공상은 하면서 일단 해보라고 하면 주저할 것이지만 어쨌거나 그랬으면 통쾌하리라는 것이다.

"먼저 경무국에 들어가서 아주 까놓고 이야기를 한단 말이야. 우리가 지금 대상으로 하는 것은 총독부가 아니라 조선의 소위 민간인 측 유지들이니까 간섭을 말어 달라고."

"그러면 관허(官許) 메이 데이로구만."

"그래 관허도 좋아…… 그래 가지고는 기에다가는 무어라고 쓰느냐 하면 '우리에게 향학열을 고취한 놈이 누구냐?' ……어때?"

"조—치!"

"인텔리에게 직업을 대라…… 이렇게 노래를 지어 부르거든."

"응…… 유지와 명사의 가면을 박탈시키라고…… 한 몇 십 명이 그렇게 데모를 한단 말이야! 하하하하."

M은 이렇게 웃고 H는 시원찮게 핀잔을 준다.

"드끄럽소, 여보…… 아 글쎄 멀끔멀끔한 양복쟁이들이 종로 네거리로 기를 받고 그렇게 다녀 봐! 애들이 와서 나 광고지 한 장 주, 하잖나."

"하하하하."

"허허허허."

창 밖에서 냉이장수가 싸구려 소리를 외치고 지나간다. M이 그에 응하여,

"이크! 봄을 덤핑하는구나!"

"흥, 경제학자라 다르군…… 참 우리 하숙에서는 채소를 좀 메겨 주어야지!"

"밥값을 잘 내보지."

"그도 그렇지만."

"나는 석 달 치 밀렸네."

"나도 그렇게 될 걸."

"그러니까 나처럼 이렇게 아파트 생활을 해요."

이것은 P의 말이다. 아파트라고 말해 놓고도 서글퍼서 허허 웃었다.

"조선식 아파트! 그렇지만 우리가 아파트 생활을 했다면 아마 두어 달 전에 굶어 죽었을걸."

"나는 돈을 보면 초면 인사를 해야 되겠네…… 본 지가 하도 오래라서 낯을 잊었어."

"여보게." 하고 M이 의젓하게 H를 달군다.

"돈 구경한 지 오래 됐다지?"

"응."

"좋은 수가 있네."

"뭣?"

"자네 책 좀 삼사(三四) 구락부에 보내세."

"싫으이."

"자네 돈 구경하고…… 구경하고 나서 그놈으로 한잔 먹고…… 한잔 말이 났으니 말이지 요즘 같으면 술이나 실컷 먹고 주정이라도 했으면 속이 시원하겠네."

"그러니까 말이야…… 가세. 가서 다섯 권만 잽혀."

"일없다."

"내가 찾아 주지."

"흥."

"정말이야."

"싫여."

6

그날 밤.

P와 M은 H를 졸라 그의 법률 책을 잡혀 돈 육 원을 만들어 가지고 나섰다.

선술집에 가서 엔간히 취하도록 먹은 뒤에 C라는 카페에 가서 술 두 병을 놓고 자정이 되도록 노닥거렸다.

그곳에서 나올 때는 육 원 돈이 이 원 남았다. 이 원의 처치를 생각하던 세 사람은 일제히 동관으로 가기로 하였다.

세 사람이 모두 다리가 비틀거렸다. 그 중에도 P는 더욱 취하였다.

닐리리 가락으로 들어박힌 갈봇집.

다 쓰러져 가는 초가집을 세 사람이 아는 집 들어서듯이 쑥쑥 들어서니,

"들어옵시오."

"어서 옵시오."

라고 머리 땋은 계집애와 배가 북통같은 애 밴 계집이 마루로 나선다.

P가 무심결에 해태갑을 꺼내어 붙여 무니까 머리 땋은 계집애가 P의 목을 얼싸안고 볼에다 입을 쪽 맞추더니,

"나도 하나."

하고 손을 벌린다. P는 기가 막혀 담뱃갑을 내미는데 H와 M은 박수를 하며,

"부라보!"

하고 굉장하게 큰 소리로 외친다.

건넌방에 들어가 앉으니 마루에서 따그락따그락 소리가 난다.

배부른 계집은 푸대접을 받고 머리 땋은 계집애가 H와 M의 손

으로 옮겨 다니면서 주물린다. 깩깩 소리를 지르고 엄살을 한다. 말을 붙이고 대답을 주고받고 하는 것이 H와 M은 전에 한번 와본 집인 듯하다.

술상이 들어왔다.

잔은 사발만한데 술 주전자는 눈알만하다. 술을 부어 놓으니 M이 척 받아 놓고는 노래를 투정한다. 계집애는 그보다 더 약아 제가 그 술을 쪽 들이마시고는 빈 잔만 M의 입에 대어 준다.

P는 개숫물같이 밍밍한 술을 두어 잔 받아먹는 동안에 비위가 콱 거슬려서 진정하느라고 드러누웠다.

H가 계집애를 무릎에 올려놓고 신이 나게 노래를 부른다. 물론 고저도 장단도 맞지 아니하는 노래다.

M이 애 밴 계집을 실컷 시달려 주다가 머리 땋은 계집애를 빼앗아 가더니 귀에 대고 무어라고 속삭거린다. 그러면서 둘이서 연해 P를 건너다보며 싱긋벙긋 웃는다.

조금 있다가 계집애가 P에게로 오더니 귀에다 입을 대고 속삭인다.

"저이가 나더러 당신하고 오늘 저녁…… 응 어때?"

"그래라."

P는 불쑥 성난 것처럼 대답했다.

"아이! 싱거워!"

계집애는 P를 한번 꼬집어 주고 다시 M에게로 달아났다.

M에게로 가서 또 무어라고 속삭거리더니 재차 와가지고는 귓속말을 한다.

"자고 가 , 응."

"그래 글쎄."

"꼭."

"응."

"정말."

"응."

술은 네 주전자가 들어왔는데 세 사람 손님은 두서너 잔씩밖에 아니 먹었다. 그 나머지는 다 저희가 먹었다. 계집애가 술이 곤죽아 되게 취해 가지고 해롱해롱 까분다.

술값을 치르는 것을 보고 P도 따라 일어섰다. M이 몸뚱이로 슬쩍 밀어서 방 안으로 들여보내고 뒤에서 계집애가 양복 뒷깃을 잡아당긴다.

"그래라, 자고 간다."

P는 방 가운데 벌떡 드러누웠다.

"너희 집이 어디냐?"

계집애가 옆에 와서 앉는 것을 보고 P가 물었다.

"××도 ××."

"언제 왔니?"

"작년에."

P는 몸을 일으켰다. 또 속이 왈칵 뒤집혀 좀 더 진정하려고 하는 생각인데 계집애가 콱 밀어뜨린다.

"나이 몇 살이냐?"

"열여덟."

"부모는?"

"부모가 있으면 여기서 이 짓을 해?"

"왜 이 짓이 나쁘냐?"

"흥…… 나도 사람이야."

"에—꾸! 나는 네가 신선인 줄 알았더니 인제 알고 보니까 사람이로구나!"

"드끄러!"

계집애는 눈을 쭉 흘기고는 갑자기 웃으면서 P의 목을 그러안는다.

"자고 가, 응."

"우리 마누라한테 볼기 맞고 쫓겨난다."

"그러면 나한테 와서 나하고 살지…… 여기 내 빚 팔십 원만 물어 주면……."

"팔십 원이냐?"

"응."

"가겠다."

P가 또 일어나려는 것을 계집이 껴안고 놓지 아니한다.

"자고 가…… 내가 반했어."

"아서라."

"정말!"

"놓아."

"아니야, 안 놓아. 자고 가요, 응…… 자고…… 나 돈 좀 주어."

"돈? 내가 돈이 있어 보이니?"

"돈 소리가 절렁절렁 나는데?"

미상불 P의 포켓 속에서는 아까부터 잔돈 소리가 가끔 잘랑거렸다.

"자고 나 돈 조—꼼 주고 가, 응."

"얼마나?"

"암만도 좋아…… 오십 전도, 아니 이십 전도."

계집애의 말이 떨어지기도 전에 P는 불에 덴 것같이 벌떡 일어섰다. 일어서면서 그는 포켓 속에 손을 넣어 있는 대로 돈을 움켜

쥐어 방바닥에 휙 내던졌다. 일 원짜리 지전 두 장과 백동전이 방바닥에 요란스럽게 흐트러진다.

"아따 돈!"

해 던지고는 P는 뛰어나왔다. 그의 눈에는 눈물이 괴었다.

7

P는 정조(貞操)적으로 순진한 사나이가 아니다. 열네 살 때에 소꿉질 같은 장가를 갔고 그 뒤 동경 가서 있을 동안에 거기 여자와 살림도 하였다.

조선에 돌아와 직업을 가지고 있는 사이에 기생과 사귀어 한동안 죽을 동 살 동 모르게 지내기도 하였다.

그 밖에도 정을 두어 지낸 여자가 두엇 더 있다. 그러나 삼십이 되도록 지금까지 유곽을 가거나 은근짜 집을 가거나 동관의 색주가 집에 가서 잠자리를 한 일은 없다.

그것은 P의 괴벽이다. 어떠한 여자를 막론하고 그가 정이 들지 아니한 여자면 절대로 관계를 아니 한다는 것이다.

그 대신 한번 P의 눈에 들면 따라서 정이 들면 아무것도 돌아보지 아니하고 심각한 열정에 맡기어 완전히 그 여자를 움켜쥐어 버리며 또한 그 여자에게 전부를 내주어 버린다. 그리하여 그는 늘 '올 오어 너싱(All or nothing)'을 말한다.

이것이 처세상 퍽 이롭지 못한 것을 P도 잘 안다. 또 공연한 승벽이요 고집인 줄 알건만 그는 그것을 고치지 못한다.

이날 밤에도 그는 그 계집애를 조금도 어떻게 하겠다는 생각은 나지 아니하였다.

술 취한 끝에 속이 괴로우니까 진정을 하자는 판인데 '오십 전 아니 이십 전도 좋아' 하는 소리에 버쩍 흥분이 된 것이다.

너무도 인간이 단작스럽고 악착스러운 것 같았다. P가 노상 보고 듣는 세상이 돈을 중간에 놓고 악착스럽게 아등바등하는 것임을 모르는 바는 아니나 정조 대가로 일금 이십 전을 요구하는 것은 처음 보았다.

P는 그러한 여자가 정조를 파는 데 무신경한 것도 잘 알고 있으며, 따라서 그것이 비도덕이니 어쩌니 하는 것도 아니다.

그의 관점과 해석은 그런 것보다 더 나아간 입장에 있었다.

그러나 '이십 전만 주어도' 소리에는 이것저것 생각하고 헤아릴 나위도 없었다. 더럽고 얄미우면서 그러면서도 눈물이 괴었다. 삼 원쯤 되는 전 재산을 털어 내던지고 정신없이 뛰어나온 것이다.

술 취한 P를 혼자 남겨 둔 H와 M은 골목에 기다리고 서서 있었다. P가 뛰어나오는 것을 보고 그들은 우선 농을 건넨다.

"한턱 하오."

"장가간 턱 하게."

P는 고개를 흔들었다. 그리고 멍하니 서서 생각을 하였다.

다분의 가면 밑에서 꿈틀거리는 인도주의에 몹시 증오를 느끼는 P는 이날 밤 자기의 행동을 어떻게 해석할지 몰라 괴로워하였다.

내일을 굶어야 할 그 돈이지만 돈이 아까운 것이 아니다. 정조 값으로 이십 전을 주어도 좋다는데 왜 정조는 퇴하고 돈만 있는 대로 다 떨어 주었는가? 왜 눈에 눈물은 괴었는가?

8

P는 머리가 띵하고 속이 뉘엿거리어 정신을 차릴 수가 없었다. 그는 두 친구에게 인사도 변변히 하지 아니하고 코를 벤 듯이 삼

청동으로 올라왔다. 어서 바삐 좀 드러눕고만 싶었던 것이다.

아무리 방구들은 차고 지저분하게 늘어놓았어도 제 처소는 반가운 것이다. 더구나 몸이 괴로울 때는!

P는 누더기 양복이나마 벗으려고도 아니 하고 그대로 펴두었던 이부자리 속에 몸을 파묻었다. 드러누우니 취기가 새삼스레 더하여 영영 옷 벗을 생각도 잊어버리고 그대로 잠이 들었다.

얼마를 자고 났는지 괴로워 부대끼다 못하여 잠이 깨었을 때는 목이 타는 듯이 말랐다.

물은 없다. 물이 없어 못 먹는다고 생각하니 목은 더 말랐다.

밤은 어느 때나 되었는지 짐작할 수가 없다. 전등은 그대로 켜져 있다. 밖에서는 사람 지나다니는 발자국 소리도 들리지 아니한다. 전차 갈리는 소리도 들리지 아니하고 가끔가다가 자동차의 경적이 딴 세상의 소리같이 감감하게 들려온다.

밤이 깊지 아니했으면 잠긴 안대문을 두드려 주인 노인에게라도 물을 청하겠지만 이 깊은 밤에 그리기도 미안하다. 그것도 방세나 여일하게 내었을 세 말이지 얼굴 대하기를 이편에서 피하는 판에 차마 못 할 일이다.

물지게장수의 빠득거리는 소리가 들리나 하고 귀를 기울였으나 감감히 소리가 없다.

목은 더욱더욱 말라들어 온다. 입술이 바싹 마르고 입 안이 침기가 없고 목구멍이 바삭바삭 소리가 날듯이 마르고, 그리고는 창자 속까지 말라 내려가는 듯하다.

방금 미칠 듯하다.

눈앞에 용용하게 흘러가는 푸른 한강이 어릿어릿하고 쏴— 쏟아지는 수통 꼭지가 보이는 듯하다.

P는 배고픈 고비는 많이 겪어 보았으나 이토록 목마른 참은 당하기 처음이다.

배는 고프면 기운이 없고 착 가라앉을 뿐이었지만 목이 극도로 마름에는 금시 미치고 후덕후덕 날뛸 것 같다.

일어나서 삼청동 꼭대기로 올라가면 산골짜기의 물도 있고 또 우물도 있기는 하다. 그러나 이 어두운 밤에 어디가 어딘지 보이지 아니할 테고 또 우물에는 두레박도 없을 것이다.

겨우겨우 참아 가며 몇 시간을 삐대었다. 실상 한 시간도 못 되는 동안이지만 P에게는 여러 시간인 듯만 싶었다.

그런 뒤에 겨우 물지게 소리를 듣고 그는 수통 있는 곳을 찾아 뛰어나갔다.

사정 이야기도 변변히 하지 아니하고 쏟아지는 수통 꼭지에 매어 달려 한 동이는 되리시피 냉수를 들이켰다. 물장수가 어이가 없어 멀끔히 쳐다보고만 있다가 P의 꾸벅 하고 돌아서는 등 뒤에다 혀를 끌끌 찬다.

밥보다도 더 다급하게 그립던 물을 실컷 들이켜고 나니 찌뿌듯하게 엉킨 듯 불쾌하던 취기(醉氣)도 적이 걷히고 정신이 말쑥하여졌다.

P는 새삼스럽게 양복을 벗어 던지고 다시 자리에 파묻혔다. 이제는 잠이 십 리나 달아나고 눈이 초롱초롱하여진다. 그러면서 어젯밤 일이 머리에 떠오른다.

그것은 마치 못 먹을 것을 먹은 것처럼 께름칙한 기억이다. 아무렇게나 씻어 넘겨 버릴지라도, 그러나 머리 한구석에 박혀 가지고 사라지려 하지 아니하는 어룽[班點]과 같다. 어떻게 해서라도 시원스러운 해석을 내리고서야 마음이 놓일 것 같다.

정조 대가로 일금 이십 전을 부르는 여자…….

방금 세상에는 한번 정조를 빼앗긴 것으로 목숨을 버려 자살하는 여자가 있다. 그러는 한편 '이십 전도 좋소' 하는 여자가 있다.

여자의 정조가 그것을 잃었다고 자살을 하도록 그다지도 고귀한 것이라면 '이십 전에도 팔겠소' 하는 여자가 눈을 멀끔멀끔 뜨고 살아 있는 사실은 무엇으로 설명할 것인가?

또 정조를 '이십 전에도 팔겠소' 하는 여자가 있도록 그것이 아무렇지도 아니한 것이라면 그것을 한번 빼앗긴 때문에 생명을 내버리는 여자가 있는 것은 무엇으로 설명할 것인가?

이 두 여자가 모두 건전한 양심의 소유자라고 볼 수는 없다.

그러나 그 가운데 나무라기로 들면 차라리 정조를 빼앗긴 것으로 자살한 여자를 나무랄 것이지 '이십 전에 팔겠소' 하는 여자는 나무랄 수가 없다.

열여섯 살부터 시작하여 이래 삼 년이나 색주가 집으로 굴러다니는 여자다.

언제 누구에게 뒤떨어진 도덕관념이나 정당한 인생관을 얻어들은 적이 없을 것이다.

술잔을 들고 앉아 한 잔이라도 오는 손님에게 더 먹여 한 푼 어치라도 주인의 수입을 도와주면 칭찬이 오니 그만이다.

"고년 어여쁘다. 나하고 ××."

하고 손님이 말하면 그에 좇아 비록 조발(早發)일지언정 생리적 만족을 얻는 한편 그야말로 단돈 이십 전이라도 벌면 그만이다.

옆에서 그것을 시키기는 할지언정 그것이 나쁘다고 가르쳐 주는 사람이 있을 턱이 없는 것이다. 사실 일반 매춘부가 정조 적으로 양심을 가진 듯이 보인다는 것은 그 대부분이 되레 한 가식(假飾)

에 지나지 못하는 것이다.

그것은 그들에게 있어서 일종의 정당성을 가진 노동인 것이다.

그러니까 그것을 보고 불쌍하다고 여기고 동정을 하는 것은 위문이 폐문이다.

지금 세상은 정당한 성도덕(性道德)이 서 있는 때도 아니다.

그것은 한 세대에 여러 가지의 시대사조가 헝클어져 있는 때문이다. 그러니까 여자의 정조에 대하여도 일률적으로 선악과 시비를 가릴 수는 없는 것이다.

하룻밤 몸값을 '이십 전도 좋소' 하는 여자, 그에게는 다른 사람이 갖는 성도덕도 없고 따라서 자신을 타락이라서 슬퍼하지도 아니한다.

그 여자 자신을 나무랄 필요도 없는 것이요, 동정을 할 며리도 없는 것이다. 그 여자 자신은 결코 불쌍한 사람이 아니다.

예수의 사랑(?)도 아무리 그 사랑이 크고 넓다 했을지언정 그것은 '불쌍한 사람', '죄 지은 사람'에게 미칠 수 있는 것이다.

'불쌍하지 아니한', '죄 짓지 아니한' 동관의 색주가 계집애에게는 누구의 동정이나 사랑도 일없는 것이다.

"뭣? 관념적이라고?"

그렇다. 관념적이라도 할 수 없다. 그러나 그것은 그 여자의 주관을 객관화한 것이다. 그러니까 그것은 한 엄연한 현실이다.

또 그 병적 현실에 메스를 대는 것은 집단의 역사적 문제이지만 룸펜 인텔리의 결벽과 흥분쯤으로는 문제도 되지 아니한다.

다만 취객이 삼 원 각수를 던져 주었음으로 해서 그 여자는 감격 없는 기쁨을 맛보았을 뿐일 것이다.

"이게 웬 떡이냐…… 어제 저녁에 꿈이 괜찮더니 이런 땡을 잡을

양으로 그랬구나…… 웬 얼간망둥이냐.”

그 계집애는 응당 그렇게밖에는 더 생각되지 아니하였을 것이다. 그것이 결코 무리가 없는 당연한 일이다.

P는 여기까지 생각하고 입맛 쓴 고소를 띠었다.

“흥! 되지 못하게…… 장님이 눈병 앓는 사람더러 불쌍하다고 한 셈인가.”

P는 돌아누우면서 혀를 끌끌 찼다.

9

일천구백삼십사 년의 이 세상에도 기적이 있다.

그것은 P가 굶어 죽지 아니한 것이다. 그는 최근 일주일 동안 돈이 생긴 데가 없다. 잡힐 것도 없었고 어디서 벌이를 한 적도 없다.

그렇다고 남의 집 문 앞에 가서 밥 한술 주시오 하고 구걸한 일도 없고 남의 것을 훔치지도 아니하였다.

그러나 그 동안 굶어 죽지 아니하였다. 야위기는 하였지만 그래도 멀쩡하게 살아 있다. P와 같은 인생이 이 세상에 하나도 없이 싹 치운다면 근로하는 사람이 조금은 편해질는지도 모른다.

P가 소부르주아 축에 끼이는 인텔리가 아니요 노동자였더라면 그 동안 거지가 되었거나 비상수단을 썼을 것이다. 그러나 그에게는 그러한 용기도 없다. 그러면서도 죽지 아니하고 살아 있다. 그렇지만 죽기보다도 더 귀찮은 일은 그를 잠시도 해방시켜 주지 아니한다.

그의 아들 창선이를 올려 보낸다고 어제 편지가 왔고 오늘은 내일 아침에 경성 역에 당도한다는 전보까지 왔다.

오정 때 전보를 받은 P는 갑자기 정신이 난 듯이 쩔쩔매고 돌아다니며 돈 마련을 하였다. 최소한도 이십 원은…… 하고 돌아다닌 것이 석양 때 겨우 십오 원이 변통되었다.

종로에서 풍로니 냄비니 양재기니 숟갈이니 무어니 해서 살림 나부랭이를 간단하게 장만하여 가지고 올라오는 길에 전에 잡지사에 있을 때 안 ××인쇄소의 문선 과장을 찾아갔다.

월급도 일없고 다만 일만 가르쳐 주면 그만이니 어린아이 하나를 써달라고 졸라 대었다.

A라는 그 문선 과장은 요리조리 칭탈을 하던 끝에— 그는 P가 누구 친한 사람의 집 어린애를 천거하는 줄 알았던 것이다.

"보통학교나 마쳤나요?"

하고 물었다.

"아—니오."

P는 솔직하게 대답하였다.

"나이 몇인데?"

"아홉 살."

"아홉 살?"

A는 놀라 반문을 하는 것이다.

"기왕 일을 배울 테면 아주 어려서부터 배워야지요."

"그래도 너무 어려서 원…… 뉘 집 애요?"

"내 자식 놈이랍니다."

P는 그래도 약간 얼굴이 붉어짐을 깨달았다. A는 이 말에 가장 놀라운 일을 보겠다는 듯이 입만 벌리고 한참이나 P를 물끄러미 바라다본다.

"왜? 내 자식이라고 공장에 못 보내란 법 있답디까?"

"아―니, 정말 그래요?"

"정말 아니고?"

"괜히 실없는 소리……! 자제라고 해야 들어줄 테니까 그러시지?"

"아니, 그건 그렇잖애요. 내 자식놈야요."

"그럼 왜 공부를 시키잖구?"

"인쇄소 일 배우는 것도 공부지."

"그건 그렇지만 학교에 보내야지."

"학교에 보낼 처지도 못 되고 또 보낸댔자 사람 구실도 못 할 테니까……."

"거 참 모를 일이오…… 우리 같은 놈은 이 짓을 해가면서도 자식을 공부시키느라고 애를 쓰는데 되레 공부시킬 줄 아는 양반이 보통학교도 아니 마친 자제를 공장엘 보내요?"

"내가 학교 공부를 해본 나머지 그게 못쓰겠으니까 자식은 딴 공부를 시키겠다는 것이지요."

"글쎄 정 그러시다면 내가 내 자식 진배없이 잘 데리고 있으면서 일이나 착실히 가르쳐 드리리다마는…… 원 너무 어린데 애처롭잖아요?"

"애차라운 거야 애비 된 내가 더하지요만 그것이 제게는 약이니까……."

P는 당부와 치하를 하고 인쇄소를 나왔다. 한 짐 벗어 놓은 것 같이 몸이 거뜬하고 마음이 느긋하였다.

그는 집으로 올라가는 길에 싸전에 쌀 한 말을 부탁하고 호배추도 몇 통 사들였다. 그렁저렁 오 원을 썼다.

십 원 남은 중에 주인 노인에게 육 원을 내어 주니 입이 귀밑까지 찢어진다. 그 끝에 P가 사온 호배추를 내어 주며 김치를 담가 달라고 하니 선선히 응낙한다. 그리고 자식을 데리고 자취를 하겠다니까 깍두기야 간장이야 된장 같은 것을 아까운 줄 모르고 날라다 주곤 한다.

10

이튿날 전에 없이 첫새벽에 일어난 P는 서투른 솜씨로 화롯 밥을 지어 놓고 정거장으로 나갔다.

그의 형에게서 온 편지에 S라는 고향 사람이 서울 올라오는 길에 따라 보낸다고 했으니까 P는 창선이보다도 더 낯이 익은 S를 찾았다.

과연 차가 식식거리고 들어서매 인간을 뱉어 내놓는 찻간에서 S가 창선이를 데리고 두리번거리며 내려왔다.

어디서 생겼는지 새까만 고쿠라 양복을 입고 이화표 붙은 학생 모자를 쓰고 거기다가 보따리를 하나 지고 무엇 꾸린 것을 손에 들고 차에서 내리는 어린아이…… 저게 내 자식이니라 생각하니 P는 어쩐지 속으로 얼굴이 붉어지며 한편 가엾기도 하였다.

S가 두 손에 짐을 가득 들고 두리번거리다가 가까이 온 P를 보고 반겨 소리를 지른다. 창선이가 모자를 벗고 학교 식으로 경례를 한다. 얼굴을 자세히 보니 네댓 살적에 보던 것보다 더한층 저의 외가를 닮았다. P는 그것이 몹시 불만이었다.

"그새 재미나 좋았나?"

S의 하는 첫인사다.

"뭘 그저 그렇지…… 괜한 산 짐을 지고 오느라고 애썼네."

P는 이렇게 인사 겸 치하를 하였다.

"원 천만에……! 그 애가 나이는 어려도 어떻게 속이 찼는지……
너 늬 아버지 알어보겠니?"

S는 창선이를 돌아보며 웃는다. 창선이는 고개를 숙이고 수줍은
지 아무 대답도 아니 한다.

P는 S와 창선이를 데리고 구름다리로 올라왔다.

"저희 외할머니가 저 양복이야 떡이야 모다 해가지고 자네 댁에
까지 오섰더라네…… 오서서 어제 떠나는데 정거장까지 나오 섰는
데 여러 가지 신신당부를 하시데…… 자네에게 전하라고."

S는 P가 그다지 듣고 싶지도 아니한 이야기를 뒤따라오며 늘어
놓는다. 그의 가슴에는 옛날의 반감이 솟쳐 올랐다.

"별걱정 다 하든 게로군…… 내 자식 내가 어련히 할까봐 쫓아다
니며 그래!"

"그래도 노인들이야 어데 그런가…… 객지에서 혼자 있는데 데리
고 있기 정 불편하거든 당신에게로 도루 보내게 하라고 그러시
데…….."

"그 집에 내 자식이 무슨 상관이 있어서 보내라는 거야……? 보
낼 테면 그때 데려왔을라구……."

P는 그것이 모두 그와 갈린 아내의 조종인 줄 알기 때문에 더구
나 심정이 났다. 화가 나는 대로 하면 어린아이가 입고 온 양복도
벗겨 내던지고 싶었으나 꿀꺽 참았다.

11

일찍 맛보아 보지 못한 새 살림을 P는 시작하였다.

창선이가 도착한 날 밤.

창선이는 아랫목에서 삭삭 잠을 자고 있다. 외롭게 꿈을 꾸고 있

으려니 생각하매 전에 없던 애정이 솟아오르는 듯하였다.

　이튿날 아침 일찍 창선이를 데리고 ××인쇄소에 가서 A에게 맡기고 안 내키는 발길을 돌이켜 나오는 P는 혼자 중얼거렸다.

　'레디메이드 인생이 비로소 겨우 임자를 만나 팔리었구나.'

■ 붉은 산

———— 김동인

어떤 의사(醫師)의 수기(手記)

1

그것은 여(余)가 만주를 여행할 때 일이었다. 만주의 풍속도 좀 살필 겸 아직껏 문명의 세례를 받지 못한 그들의 사이에 퍼져 있는 병(病)을 조사할 겸해서 일 년의 기한을 예산하여 가지고 만주를 시시콜콜히 다 돌아온 적이 있었다. 그때에 ××촌이라 하는 조그만 촌에서 본 일을 여기에 적고자 한다.

××촌은 조선사람 소작인만 사는 한 이십여 호 되는 작은 촌이었다. 사면을 둘러보아도 한 개의 산도 볼 수가 없는 광막한 만주의 벌판 가운데 놓여 있는 이름도 없는 작은 촌이었다. 몽고사람 종자(從者)를 하나 데리고 노새를 타고 만주의 촌촌을 돌아다니던 여가 그 ××촌에 이른 때는 가을도 다 가고 어느덧 광포한 북극의 겨울이 만주를 찾아온 때였다.

만주의 어느 곳이나 조선 사람이 없는 곳은 없지만 이러한 오지(奧地)에서 한 동네가 죄 조선 사람뿐으로 되어 있는 곳을 만나니 반가웠다. 더구나 그 동네는 비록 모두가 만주국인의 소작인이라 하나, 사람들이 비교적 온량하고 정직하여, 장성한 이들은 그래도 모두 천자문 한 권쯤은 읽은 사람이었다.

살풍경한 만주, 그 가운데서 살풍경한 살림을 하는 만주국인이며 조선 사람의 동네를 근 일 년이나 돌아다니다가 비교적 평화스런 이런 동네를 만나면, 그것이 비록 외국인의 동네라 하여도 반갑겠거늘, 하물며 우리 같은 동족임에랴. 여는 그 동네에서 한 십여 일 이상을 일없이 매일 호별 방문을 하며 그들과 이야기로 날을 보내며, 오래간만에 맛보는 평화적 기분을 향락하고 있었다.

'삵'이라는 별명을 가지고 있는 '정익호'라는 인물을 본 것이 여기서이다.

익호라는 인물의 고향이 어디인지는 ××촌에서 아무도 몰랐다. 사투리로 보아서 경기 사투리인 듯 하지만 빠른 말로 재재거리는 때에는 영남 사투리가 보일 때도 있고, 싸움이라도 할 때는 서북 사투리가 보일 때도 있었다. 그런지라 사투리로서 그의 고향을 짐작할 수가 없었다. 쉬운 일본말도 알고, 한문글자도 좀 알고, 중국말은 물론 꽤 하고, 쉬운 러시아말도 할 줄 아는 점 등등, 이곳저곳 숱하게 주어먹은 것은 짐작이 가지만 그의 경력을 똑똑히 아는 사람은 없었다.

그는 여(余)가 ××촌에 가기 일 년 전쯤 빈손으로 이웃이라도 오듯 후덕덕 ××촌에 나타났다 한다. 생김생김으로 보아서 얼굴이 쥐와 같고 날카로운 이빨이 있으며 눈에는 교활함과 독한 기운이 늘 나타나 있으며, 벌룩한 코에는 코털이 밖으로까지 보이도록 길게 났고, 몸집은 작으나 민첩하게 되었고, 나이는 스물다섯에서 사십까지 임의로 볼 수 있으며, 그 몸이나 얼굴 생김이 어디로 보든 남에게 미움을 사고 근접치 못할 놈이라는 느낌을 갖게 한다.

그의 장기(長技)는 투전이 일쑤며, 싸움 잘하고, 트집 잘 잡고,

칼부림 잘하고, 색시에게 덤벼들기 잘하는 것이라 한다.

생김생김이 벌써 남에게 미움을 사게 되었고, 거기다 하는 행동조차 변변치 못한 일만이라, ××촌에서도 아무도 그를 대척하는 사람이 없었다. 사람들은 모두 그를 피하였다. 집이 없는 그였으나 뉘 집에 잠이라도 자러 가면 그 집 주인은 두말없이 다른 방으로 피하고 이부자리를 준비하여주고 하였다. 그러면 그는 이튿날 해가 낮이 되도록 실컷 잔 뒤에 마치 제 집에서 일어나듯 느직이 일어나서 조반을 청하여 먹고는 한마디의 사례도 없이 나가버린다.

그리고 만약 누구든 그의 이 청구에 응치 않으면 그는 그것을 트집으로 싸움을 시작하고, 싸움을 하면 반드시 칼부림을 하였다.

동네의 처녀들이며 젊은 여인들은 익호가 이 동네에 들어온 뒤부터는 마음 놓고 나다니지를 못하였다. 철없이 나갔다가 봉변을 당한 사람도 몇이 있었다.

'삵'

이 별명은 누가 지었는지 모르지만 어느덧 ××촌에서는 익호를 익호라 부르지 않고 '삵'이라고 부르게 되었다.

"삵이 뉘 집에서 묵었나?"

"김 서방네 집에서."

"다른 봉변은 없었다나?"

"요행히 없었다네."

그들은 아침에 깨면 서로 인사 대신으로 '삵'의 거취를 알아보고 하였다.

'삵'은 이 동네에는 커다란 암종이었다. '삵' 때문에 아무리 농사에 사람이 부족한 때라도 젊고 튼튼한 몇 사람은 동네의 젊은 부녀를 지키기 위하여 동네 안에 머물러 있지 않을 수가 없었다.

'삵' 때문에 부녀와 아이들은 아무리 더운 여름 저녁에라도 길에 나서서 마음 놓고 바람을 쏘여보지를 못하였다. '삵' 때문에 동네에서는 닭의 가리며 돼지우리를 지키기 위하여 밤을 새지 않을 수가 없었다.

동네의 노인이며 젊은이들은 몇 번을 모여서 '삵'을 이 동리에서 내어 쫓기를 의논하였다. 물론 합의는 되었다. 그러나 내어 쫓는데 선착할 사람이 없었다.

"첨지가 선착하면 뒤는 내 담당하마."

"뒤는 걱정 말고 형님 먼저 말해보시오."

제각기 '삵'에게 먼저 달려들기를 피하였다.

2

이리하여 동리에서는 합의는 되었으나 '삵'은 그냥 태연히 이 동네에 묵어있게 되었다.

"며늘년들이 조반이나 지었나?"

"손주놈들이 잠자리나 준비했나?"

마치 그 동네의 모두가 자기의 집안인 것같이 '삵'은 마음대로 이집 저집을 드나들었다.

××촌에서는 사람이라도 죽으면 반드시 조상 대신으로,

"삵이나 죽지 않고."

하는 한마디의 말을 잊지 않고 하였다. 누가 병이라도 나면,

"에익! 이 놈의 병 '삵'한테로 가거라."고 하였다.

암종……. 누구나 '삵'을 동정하거나 사랑하는 사람이 없었다.

'삵'도 남의 동정이나 사랑은 벌써 단념한 사람이었다. 누가 자기에게 아무런 대접을 하든 탓하지 않았다. 보이는 데서 보이는 푸대

접을 하면 그 트집으로 반드시 칼부림까지 하는 그였지만, 뒤에서 아무런 말을 할지라도…… 그리고 그것이 '삵'의 귀에까지 갈지라도 탓하지 않았다.

"흥…"

이 한마디는 그의 가장 큰 처세 철학이었다.

흔히 곁 동네 만주국인들의 투전판에 가서 투전을 하였다. 때때로 두들겨 맞고 피투성이가 되어서 돌아오는 일도 있었다. 그러나 그는 그 하소연을 하는 일이 없었다. 한다 할지라도 들을 사람도 없거니와…… 아무리 무섭게 두들겨 맞은 뒤라도 하루만 샘물에 상처를 씻고 절룩절룩한 뒤에는 또 이튿날은 천연히 나다녔다.

여(余)가 ××촌을 떠나기 전날이었다.

송 첨지라는 노인이 그해 소출을 나귀에 실어 가지고 만주국인 지주가 있는 촌으로 갔다. 그러나 돌아올 때는 송장이 되었다. 소출이 좋지 못하다고 두들겨 맞아서 부러져 꺾어진 송 첨지는 나귀 등에 몸이 결박되어서 겨우 ××촌으로 돌아왔다. 그리고 놀란 친척들이 나귀에서 몸을 내릴 때에 절명하였다.

××촌에서는 와자하였다.

"원수를 갚자!"

명 아닌 목숨을 끊은 송 첨지를 위하여 동네의 젊은이는 모두 흥분하였다. 제각기 이제라도 들고 일어설 듯하였다.

그러나 그뿐이었다. 누구든 앞장을 서려는 사람이 없었다. 만약 이때에 누구든 앞장을 서는 사람만 있었다면 그들은 곧 그 지주에게로 달려갔을지 모른다. 그러나 제가 앞장을 서겠노라고 나서는 사람은 없었다. 제각기 옆 사람을 돌아보았다.

발을 굴렀다. 부르짖었다. 학대받는 인종의 고통을 호소하며 울었다. 그러나…… 그뿐이었다. 남의 일로 지주에게 반항하여 제 밥자리까지 떼우기를 꺼림인지, 용감히 앞서 나가는 사람은 없었다.

여는 의사라는 여의 직업상 송 첨지 시체를 검시를 하였다. 돌아오는 길에 여는 '삵'을 만났다. 키가 작은 '삵'을 여는 내려다보았다. '삵'은 여를 쳐다보았다.

"가련한 인생아. 인종의 거머리야. 가치 없는 인생아. 밥버러지야. 기생충아!"

여는 '삵'에게 말하였다.

"송 첨지가 죽은 줄 아나?"

여의 말에 아직껏 여를 쳐다보고 있던 '삵'의 얼굴이 아래로 떨어졌다. 그리고 여가 발을 떼려는 순간 얼핏 '삵'의 얼굴에 나타난 비창한 표정을 여는 넘길 수가 없었다.

고향의 떠난 만 리 밖에서 학대받는 인종의 가엾음을 생각하고 그 밤은 여도 잠을 못 이루었다.

그 억분함을 호소할 곳도 못 가진 우리의 처지를 생각하고, 여도 눈물을 금치를 못하였다.

3

이튿날 아침이었다.

여를 깨우러 오는 사람의 소리에 여는 반사적으로 일어났다.

'삵'이 동구(洞口) 밖에서 피투성이가 되어 죽어 있다는 것이었다. 여는 '삵'이라는 말에 눈살을 찌푸렸다. 그러나 의사라는 직업상, 곧 가방을 수습하여 가지고 '삵'이 넘어진 데까지 달려갔다. 송 첨지의 장례식 때문에 모였던 사람 몇은 여의 뒤를 따라왔다.

여는 보았다. '삵'의 허리가 기역자로 뒤로 부러져서 밭고랑 위에 넘어져 있는 것을 여는 달려가 보았다. 아직 약간의 온기는 있었다.

"익호! 익호!"

그러나 그는 정신을 못 차렸다. 여는 응급수단을 취하였다. 그의 사지는 무섭게 경련되었다. 이윽고 그가 눈을 번쩍 떴다.

"익호! 정신 드나?"

그는 여의 얼굴을 보았다. 끝이 없이 한참을 쳐다보았다. 그의 눈동자가 움직이었다.

겨우 처지를 깨달은 모양이었다.

"선생님, 저는 갔었습니다."

"어디를?"

"그 놈…… 지주 놈의 집에……"

무얼? 여는 눈물 나오려는 눈을 힘 있게 닫았다. 그리고 덥석 그의 벌써 식어가는 손을 잡았다. 잠시의 침묵이 계속되었다. 그의 사지에서는 무서운 경련이 끊임없이 일었다. 그것은 죽음의 경련이었다. 듣기 힘든 그의 작은 소리가 또 그의 입에서 나왔다.

"선생님."

"왜?"

"보고 싶어요. 전 보구 시……"

"뭐이?"

그는 입을 움직였다. 그러나 말이 안 나왔다. 기운이 부족한 모양이었다. 잠시 뒤에 그는 또다시 입을 움직였다. 무슨 소리가 그의 입에서 나왔다.

"무얼?"

"보고 싶어요. 붉은 산이 - 그리고 흰 옷이!"

아아, 죽음에 임하여 그의 고국과 동포가 생각난 것이었다. 여는 힘 있게 감았던 눈을 고즈넉이 떴다. 그때에 '삵'의 눈도 번쩍 뜨이었다. 그는 손을 들려고 하였다. 그러나 이미 부러진 그의 손은 들리지 않았다. 그는 머리를 돌이키려 하였다. 그러나 그런 힘이 없었다.

그의 마지막 힘을 혀끝에 모아가지고 입을 열었다…….

"선생님!"

"왜?"

"저것…… 저것……"

"무얼?"

"저기 붉은 산이…… 그리고 흰 옷이…… 선생님 저게 뭐예요!"

여는 돌아보았다. 그러나 거기는 황막한 만주의 벌판이 전개되어 있을 뿐이었다.

"선생님 노래를 불러주세요. 마지막 소원 - 노래를 해주세요. 동해물과 백두산이 마르고 닳도록……"

여는 머리를 끄덕이고 눈을 감았다. 그리고 입을 열었다. 여의 입에서는 창가가 흘러나왔다. 여는 고즈넉이 불렀다.

'동해물과 백두산이……'

고즈넉이 부르는 여의 창가 소리에 뒤에 둘러섰던 다른 사람의 입에서도 숭엄한 코러스는 울리어 나왔다.

'무궁화 삼천리'

'화려 강산……'

광막한 겨울의 만주벌 한편 구석에서는 밥버러지 익호의 죽음을 조상하는 숭엄한 노래가 차차 크게 엄숙하게 울리었다. 그 가운데 익호의 몸은 점점 식어갔다.

■ 감자

──────── 김동인

1

싸움, 간통, 살인, 도둑, 구걸, 징역, 이 세상의 모든 비극과 활극의 근원지인, 칠성문 밖 빈민굴로 오기 전까지는, 복녀의 부처는 (사농공상의 제 이 위에 드는) 농민이었었다.

복녀는 원래 가난은 하나마 정직한 농가에서 규칙 있게 자라난 처녀였었다. 이전 선비의 엄한 규율은 농민으로 떨어지자부터 없어졌다 하나, 그러나 어딘지는 모르지만 딴 농민보다는 좀 똑똑하고 엄한 가율이 그의 집에 그냥 남아 있었다. 그 가운데서 자라난 복녀는 물론 다른 집 처녀들같이 여름에는 벌거벗고 개울에서 멱감고[19], 바짓바람으로 동네를 돌아다니는 것을 예사로 알기는 알았지만, 그러나 그의 마음속에는 막연하나마 도덕이라는 것에 대한 저품을 가지고 있었다.

그는 열다섯 살 나는 해에 동네 홀아비에게 팔십 원에 팔려서 시집이라는 것을 갔다. 그의 새서방(영감이라는 편이 적당할까)이라는 사람은 그보다 이십 년이나 위로서, 원래 아버지의 시대에는 상당한 농민으로서 밭도 몇 마지기가 있었으나, 그의 대로 내려오

────────────────────

19) 멱감다, 냇물이나 강물 등에 들어가 몸을 씻거나 놀다.

면서는 하나 둘 줄기 시작하여서 마지막에 복녀를 산 팔십 원이
그의 마지막 재산이었었다.

그는 극도로 게으른 사람이었었다. 동네 노인의 주선으로 소작
밭깨나 얻어주면, 종자나 뿌려둔 뒤에는 후치질도 안하고 김도 안
매고 그냥 버려두었다가는 가을에 가서는 되는 대로 거두어서 '금
년은 흉년이네'하고 전주집에는 가져도 안가고 자기 혼자 먹어버리
고 하였다. 그러니까 그는 한밭을 이태를 연하여 붙여본 일이 없었
다. 이리하여 몇 해를 지내는 동안 그는 그 동네에서는 밭을 못
얻으리만큼 인심과 신용을 잃고 말았다.

복녀가 시집을 온 뒤, 한 삼사 년은 장인의 덕으로 이렁저렁 지
내갔으나, 이전 선비의 꼬리인 장인도 차차 사위를 믿게 보기 시작
하였다. 그들은 처가에까지 신용을 잃게 되었다.

그들 부처는 여러 가지로 의논하다가 하릴없이 평양 성 안으로
막벌이로 들어왔다. 그러나 게으른 그에게는 막벌이나마 역시 되지
않았다. 하루 종일 지게를 지고 연광정에 가서 대동강만 내려다보
고 있으니, 어찌 막벌이인들 될까. 한 서너 달 막벌이를 하다가,
그들은 요행 어떤 집 막간(행랑) 살이로 들어가게 되었다.

그러나 그 집에서도 얼마 안 하여 쫓겨나왔다. 복녀는 부지런히
주인 집 일을 보았지만, 남편의 게으름은 어찌할 수가 없었다. 매
일 복녀는 눈에 칼을 세워가지고 남편을 채근하였지만, 그의 게으
른 버릇은 개를 줄 수는 없었다.

"볏섬 좀 치워달라우요."

"남 졸음 오는데, 님자 치우시관."

"내가 치우나요?"

"이십 년이나 밥 처먹구 그걸 못 치워."

"에이구, 칵 죽구나 말디."

"이년, 뭘!"

이러한 싸움이 그치지 않다가, 마침내 그 집에서도 쫓겨나왔다.

이젠 어디로 가나? 그들은 하릴없이 칠성문 밖 빈민굴로 밀리어 오게 되었다.

칠성문 밖을 한 부락으로 삼고 그곳에 모여 있는 모든 사람들의 정업은 거러지요, 부업으로는 도둑질과 '자기네끼리'의 매음, 그밖에 이 세상의 모든 무섭고 더러운 죄악이었었다. 복녀도 그 정업으로 나섰다.

그러나 열아홉 살의 한창 좋은 나이의 여편네에게 누가 밥인들 잘 줄까.

"젊은 것이 거랑은 왜?"

그런 소리를 들을 때마다 그는 여러 가지 말로, 남편이 병으로 죽어가거니 어쩌거니 핑계는 대었지만, 그런 핑계에는 단련된 평양 시민의 동정은 역시 살 수가 없었다. 그들은 이 칠성문 밖에서도 가장 가난한 사람 가운데 드는 편이었었다. 그 가운데서 잘 수입되는 사람은 하루에 오리짜리 돈 뿐으로 일원 칠팔십 전의 현금을 쥐고 돌아오는 사람까지 있었다. 극단으로 나가서는 밤에 돈벌이 나갔던 사람은 그날 밤 사 백 여 원을 벌어 가지고 와서 그 근처에서 담배장사를 시작한 사람까지 있었다.

복녀는 열아홉 살이었었다. 얼굴도 그만하면 빤빤하였다. 그 동네 여인들의 보통 하는 일을 본받아서, 그도 돈벌이 좀 잘하는 사람의 집이라도 간간 찾아가면, 매일 오륙십 전은 벌수가 있었지만, 선비의 집안에서 자라난 그는 그런 일은 할 수가 없었다.

그들 부처는 역시 가난하게 지냈다. 굶는 일도 흔히 있었다.

2

기자묘 솔밭에 송충이가 끓었다. 그때, 평양 '부'에서는 그 송충이를 잡는데(은혜를 베푸는 뜻으로) 칠성문 밖 빈민굴의 여인들을 인부로 쓰게 되었다.

빈민굴 여인들은 모두 다 지원을 하였다. 그러나 뽑힌 것은 겨우 오십 명쯤이었었다. 복녀도 그 뽑힌 사람 가운데 한 사람이었었다.

복녀는 열심히 송충이를 잡았다. 소나무에 사다리를 놓고 올라가서는, 송충이를 집게로 집어서 약물에 잡아넣고, 또 그렇게 하고, 그의 통은 잠깐 사이에 차고 하였다. 하루에 삼십이 전씩의 품삯이 그의 손에 들어왔다.

그러나 대엿새 하는 동안에 그는 이상한 현상을 하나 발견하였다. 그것은 다른 것이 아니라, 젊은 여인부 한 여남은 사람은 언제나 송충이는 안 잡고, 아래서 지절거리며 웃고 날뛰기만 하고 있는 것이었다. 뿐만 아니라, 그 놀고 있는 인부의 품삯은, 일하는 사람의 삯전보다 팔 전이나 더 많이 내어주는 것이다.

감독은 한 사람뿐이었는데 감독도 그들의 놀고 있는 것을 묵인할 뿐 아니라, 때때로는 자기까지 섞여서 놀고 있었다.

어떤 날 송충이를 잡다가 점심때가 되어서, 나무에서 내려와서 점심을 먹고 다시 올라가려 할 때에 감독이 그를 찾았다

"복네! 얘 복네!"

"왜 그릅네까?"

그는 약통과 집게를 놓고 뒤로 돌아섰다.

"좀 오나라."

그는 말없이 감독 앞에 갔다.

"얘, 너, 음… 데 뒤 좀 가보자."

"뭘 하려요?"

"글쎄, 가야…"

"가디요. - 형님."

그는 돌아서면서 인부들 모여 있는 데로 고함쳤다.

"형님두 갑세다가례."

"싫다 얘. 둘이서 재미나게 가는데, 내가 무슨 맛에 가갔니?"

복녀는 얼굴이 새빨갛게 되면서 감독에게로 돌아섰다.

"가보자."

감독은 저편으로 갔다. 복녀는 머리를 수그리고 따라갔다.

"복네 좋갔구나."

뒤에서 이러한 조롱 소리가 들렸다. 복녀의 숙인 얼굴은 더욱 발갛게 되었다.

그날부터 복녀도 '일 안하고 품삯 많이 받는 인부'의 한 사람으로 되었다.

복녀의 도덕관 내지 인생관은, 그때부터 변하였다.

그는 아직껏 딴 사내와 관계를 한다는 것을 생각하여본 일도 없었다. 그것은 사람의 일이 아니요, 짐승의 하는 짓쯤으로만 알고 있었다. 혹은 그런 일을 하면 탁 죽어지는지도 모를 일로 알았다.

그러나 이런 이상한 일이 어디 다시 있을까. 사람인 자기도 그런 일을 한 것을 보면, 그것은 결코 사람으로 못할 일이 아니었었다. 게다가 일 안하고도 돈 더 받고, 긴장된 유쾌가 있고, 빌어먹는 것보다 점잖고…… 일본말로 하자면 '삼 박자(拍子)' 같은 좋은 일은 이것뿐이었었다. 이것이야말로 삶의 비결이 아닐까. 뿐만 아니라, 이 일이 있은 뒤부터, 그는 처음으로 한 개 사람이 된 것 같은 자신까지 얻었다.

그 뒤부터는, 그의 얼굴에는 조금씩 분도 바르게 되었다.

일 년이 지났다.

그의 처세의 비결은 더욱 더 순탄히 진척되었다. 그의 부처는 이제는 그리 궁하게 지내지는 않게 되었다.

그의 남편은 이것이 결국 좋은 일이라는 듯이 아랫목에 누워서 벌신벌신 웃고 있었다.

복녀의 얼굴은 더욱 예뻐졌다.

"여보, 아즈바니. 오늘은 얼마나 벌었소?"

복녀는 돈 좀 많이 벌은 듯한 거지를 보면 이렇게 찾는다.

"오늘은 많이 못 벌었쉐다."

"얼마?"

"도무지 열 서너 냥."

"많이 벌었쉐다가레. 한 댓 냥 꿰주소고레."

"오늘은 내가…"

어쩌고 어쩌고 하면, 복녀는 곧 뛰어가서 그의 팔에 늘어진다.

"나한테 들킨 댐에는 꿔구야 말아요."

"난 원 이 아즈마니 만나믄 야단이더라. 자 꿰주디 그대신 응? 알아있디?"

"난 몰라요. 해해해해."

"모르믄, 안 줄 테야."

"글쎄, 알았대두 그른다."

그의 성격은 이만큼까지 진보되었다.

3

가을이 되었다.

칠성문 밖 빈민굴의 여인들은 가을이 되면 칠성문 밖에 있는 중국인의 채마밭에 감자(고구마)며 배추를 도둑질하러, 밤에 바구니를 가지고 간다. 복녀도 감잣개나 잘 도둑질하여 왔다.

어떤 날 밤, 그는 고구마를 한 바구니 잘 도둑질하여가지고, 이젠 돌아오려고 일어설 때에, 그의 뒤에 시꺼먼 그림자가 서서 그를 꽉 붙들었다. 보니, 그것은 그 밭의 주인인 중국인 왕 서방이었었다. 복녀는 말도 못하고 멀뚱멀뚱 발아래만 내려다보고 있었다.

"우리 집에가."

왕 서방은 이렇게 말하였다.

"가재믄 가디. 훤, 것두 못 갈까."

복녀는 엉덩이를 한번 홱 두른 뒤에, 머리를 젖히고 바구니를 저으면서 왕 서방을 따라갔다.

한 시간쯤 뒤에 그는 왕 서방의 집에서 나왔다. 그가 밭고랑에서 길로 들어서려 할 때에, 문득 뒤에서 누가 그를 찾았다.

"복네 아니야?"

복녀는 홱 돌아서보았다. 거기는 자기 곁집 여편네가 바구니를 끼고, 어두운 밭고랑을 더듬더듬 나오고 있었다.

"형님이댔쉐까? 형님두 들어갔댔쉐까?"

"님자두 들어갔댔나?"

"형님은 뉘 집에?"

"나? 눅(陸) 서방네 집에. 임자는?"

"난 왕 서방네…. 형님 얼마 받았소?"

"눅 서방네 그 깍쟁이 놈, 배추 세 폐기…."

"난 삼원 받았디."

복녀는 자랑스러운 듯이 대답하였다.

십 분쯤 뒤에 그는 자기 남편과, 그 앞에 돈 삼원을 내어놓은 뒤에, 아까 그 왕 서방의 이야기를 하면서 웃고 있었다.

그 뒤부터 왕 서방은 무시로 복녀를 찾아왔다.

한참 왕 서방이 눈만 멀찐멀찐 앉아 있으면, 복녀의 남편은 눈치를 채고 밖으로 나간다. 왕 서방이 돌아간 뒤에는 그들 부처는, 일원 혹은 이원을 가운데 놓고 기뻐하고 하였다.

복녀는 차차 동네 거지들한테 애교를 파는 것을 중지하였다. 왕 서방이 분주하여 못 올 때가 있으면 복녀는 스스로 왕 서방의 집까지 찾아갈 때도 있었다.

복녀의 부처는 이제 이 빈민굴의 한 부자였었다.

그 겨울도 가고 봄이 이르렀다.

그때 왕 서방은 돈 백 원으로 어떤 처녀를 하나 마누라로 사오게 되었다.

"흥!"

복녀는 다만 코웃음만 쳤다.

"복녀, 강짜하갔구만."

동네 여편네들이 이런 말을 하면, 복녀는 흥 하고 코웃음을 웃고 하였다.

내가 강짜를 해? 그는 늘 힘 있게 부인하고 하였다. 그러나 그의 마음에 생기는 검은 그림자는 어찌할 수가 없었다.

"이놈 왕 서방. 네 두고 보자."

왕 서방이 색시를 데려오는 날이 가까웠다. 왕 서방은 아직껏 자랑하던 기다란 머리를 깎았다. 동시에 그것은 새색시의 의견이라는 소문이 퍼졌다.

"흥!"

복녀는 역시 코웃음만 쳤다.

4

마침내 색시가 오는 날이 이르렀다. 칠보단장에 사인교를 탄 색시가 칠성문 밖 채마 밭 가운데 있는 왕 서방의 집에 이르렀다.

밤이 깊도록 왕 서방의 집에는 중국인들이 모여서 별한 악기를 뜯으며 별한 곡조로 노래하며 야단하였다. 복녀는 집 모퉁이에 숨어 서서 눈에 살기를 띠고 방안의 동정을 듣고 있었다.

다른 중국인들은 새벽 두시쯤 하여 돌아가는 것을 보면서 복녀는 왕 서방의 집 안에 들어갔다. 복녀의 얼굴에는 분이 하얗게 발리워 있었다.

신랑 신부는 놀라서 그를 쳐다보았다. 그것을 무서운 눈으로 흘겨보면서, 그는 왕 서방에게 가서 팔을 잡고 늘어졌다. 그의 입에서는 이상한 웃음이 흘렀다.

"자, 우리 집으로 가요."

왕 서방은 아무 말도 못하였다. 눈만 정처 없이 두룩두룩 하였다. 복녀는 다시 한번 왕 서방을 흔들었다

"자, 어서."

"우리, 오늘 밤 일이 있어 못 가."

"일은 밤중에 무슨 일."

"그래두, 우리 일이…"

복녀의 입에 아직껏 떠돌던 이상한 웃음은 문득 없어졌다.

"이까짓 것."

그는 발을 들어서 치장한 신부의 머리를 찼다.

"자, 가자우, 가자우."

왕 서방은 와들와들 떨었다. 왕 서방은 복녀의 손을 뿌리쳤다.

복녀는 쓰러졌다. 그러나 곧 다시 일어섰다. 그가 다시 일어설

때는, 그의 손에는 얼른얼른 하는 낫이 한 자루 들리어 있었다.

"이 되놈, 죽에라. 이놈, 나 때렸디! 이놈아, 아이구 사람 죽이누나."

그는 목을 놓고 처 울면서 낫을 휘둘렀다. 칠성문 밖 외따른 밭 가운데 홀로 서 있는 왕 서방의 집에서는 일장의 활극이 일어났다. 그러나 그 활극도 곧 잠잠하게 되었다. 복녀의 손에 들리어 있던 낫은 어느덧 왕 서방의 손으로 넘어가고, 복녀는 목으로 피를 쏟으면서 그 자리에 고꾸라져 있었다.

복녀의 송장은 사흘이 지나도록 무덤으로 못 갔다. 왕 서방은 몇 번을 복녀의 남편을 찾아갔다. 복녀의 남편도 때때로 왕 서방을 찾아갔다. 둘의 사이에는 무슨 교섭하는 일이 있었다. 사흘이 지났다.

밤중 복녀의 시체는 왕 서방의 집에서 남편의 집으로 옮겼다. 그리고 시체에는 세 사람이 둘러앉았다. 한 사람은 복녀의 남편, 한 사람은 왕 서방, 또 한 사람은 어떤 한방 의사…… 왕 서방은 말없이 돈주머니를 꺼내어 십 원짜리 지폐 석 장을 복녀의 남편에게 주었다. 한방 의사의 손에도 십 원짜리 두 장이 갔다.

이튿날, 복녀는 뇌일혈로 죽었다는 한방의의 진단으로 공동묘지로 가져갔다.

■ 광화사(狂畵師)

──────── 김동인

인왕(仁王)

바위 위에 잔솔이 서고 잔솔 아래는 이끼가 빛을 자랑한다.

굽어보니 바위 아래는 몇 포기 난초가 노란 꽃을 벌리고 있다. 바위에 부딪치는 잔바람에 너울거리는 난초 잎.

여(余)는 허리를 굽히고 스틱으로 아래를 휘저어보았다. 그러나 아직 난초에는 4, 5축의 거리가 있다. 눈을 옮기면 계곡.

전면이 소나무의 잎으로 덮인 계곡이다. 틈틈이는 철색(鐵色)의 바위로 보이기는 하나, 나무 밑의 땅은 볼 길이 없다. 만약 여로서 그 자리에 한 번 넘어지면 소나무의 잎 위로 굴러서 저편 어디인지 모를 골짜기까지 떨어질 듯하다.

여의 등 뒤에도 2, 3장(丈)이 넘는 바위다. 그 바위에 올라서면 무학(舞鶴)재로 통한 커다란 골짜기가 나타날 것이다. 여의 발아래도 장여(丈餘)의 바위다. 아래는 몇 포기 난초, 또 그 아래는 두세 그루의 잔솔, 바위 아래로부터는 가파른 계곡이다.

그 계곡이 끝나는 곳에는 소나무 위로 비로소 경성시가의 한편 모퉁이가 보인다. 길에는 자동차의 왕래도 가맣게 보이기는 한다. 여전한 분요(紛擾, 어수선하고 소란스러움)와 소란의 세계는 그곳에 역시 전개되어 있기는 할 것이다.

그러나 여기 지금 서 있는 곳은 심산이다. 심산이 가져야 할 온 갖 조건을 구비하였다.

바람이 있고, 암굴이 있고, 산초 산화가 있고, 계곡이 있고, 생물이 있고, 절벽이 있고, 난송(亂松)이 있고— 말하자면 심산이 가져야 할 유수미(幽邃味)를 다 구비하였다.

본시는 이 도회는 심산 중의 한 계곡이었다. 그것을 5백년간을 닦고, 갈고, 지어서 오늘날의 경성부를 이룬 것이다.

이러한 협곡에 국도(國都)를 창건한 이태조의 본의가 어디에 있었는지를 알 길이 없다. 그러나 오늘날의 한 산보객의 자리에서 보자면 서울은 세계에 유례가 없는 미도(美都)일 것이다.

도회에 거주하며 식후의 산보로서 푸대님 채로 이러한 유수(幽邃)한 심산에 들어갈 수 있다 하는 점으로 보아서 서울에 비길 도회가 세계에 어디 다시 있으랴.

회흑색(灰黑色)의 지붕 아래 고요히 누워 있는 5백년의 도시를 눈 아래 굽어보는 여의 사위에는 온갖 고산식물이 난성(亂盛)하고 계곡에 흐르는 물소리와 눈 아래 날아드는 기조(奇鳥)들은 완전히 여로 하여금 등산객의 정취를 느끼게 한다.

여는 스틱을 바위틈에 꽂아 놓았다. 그리고 굴러 떨어지기를 면키 위하여 잔솔의 새에 자리 잡고 비스듬히 앉았다. 담배를 피우고 싶었으나 잠시의 산보로 여기고 담배도 안 가지고 나온 발이 더듬더듬 여기까지 미쳤으므로 담배도 없다.

시야의 한편에는 2, 3장의 바위, 다른 한편에는 푸르른 하늘, 그 끝으로는 솔잎이 서너 개 어렴풋이 보인다. 그윽이 코로 몰려들어오는 송진 냄새. 소나무에 불리는 바람소리— 유수키 짝이 없다.

여가 지금 앉아 있는 자리는 개벽 이래로 과연 몇 사람이나 밟아 보았을까. 이 바위 생긴 이래로 혹은 여가 맨 처음 발 대어본 것이 아닐까. 아까 바위를 기어서 이곳까지 올라오느라고 애쓰던 그런 맹랑한 노력을 하여본 바보가 여 이외에 몇 사람이나 있었을까. 그런 모험을 맛보기 위하여 심산을 찾아온 용사는 많을 것이로되 결사적 인왕 등산을 한 사람은 그리 많으리라고 생각되지 않는다.

    *

  등 뒤 바위에는 암굴이 있다. 뱀이라도 있을까 무서워서 들어가 보지는 않았지만 스틱으로 휘저어본 결과로도, 세 사람은 넉넉히 들어가 앉아 있음직하다.

  이 암굴을 무엇에 이용할 수가 없을까.

  음모의 도시. 한양은 그새 5백년간 별별 음흉한 사건이 연출되었다. 시가 끝에서 반시간 미만에 넉넉히 올 수 있는 이런 가까운 거리에 뚫린 암굴은, 있는 줄 알기만 하였으면 혹은 음모에 이용되지 않았을까.

  공상!

  유수한 맛에 젖어 있던 여는 이 암굴 때문에 차차 불쾌한 공상에 빠지기 시작하려 한다.

  온갖 음모, 그 뒤를 잇는 살육·모함·방축, 이조 5백년간의 추악한 모양이 여로 하여금 불쾌한 공상에 빠지게 하려 한다.

  여는 황망히 이런 불쾌한 공상에서 벗어나려고 주머니에 담배를 뒤적이었다. 그러나 담배는 여전히 있을 까닭이 없었다.

  다시 눈을 들어서 안하를 굽어보면 일면에 깔린 송초(松梢)!

  반짝!

보매 한줄기의 샘이다. 소나무 틈으로 보이는 그 샘은 아마 바위 틈을 흐르는 샘물인 듯. 똘똘 똘똘 들리는 것은 아마 바람소리겠지. 저렇듯 멀리 아래 있는 샘의 소리가 이곳까지 들릴 리가 없다.

*

샘물!

저 샘물을 두고 한 개 이야기를 꾸며볼 수가 없을까. 흐르는 모양도 아름답거니와 흐르는 소리도 아름답고, 그 맛도 아름다운 샘물을 두고 한 개 재미있는 이야기가 여의 머리에 생겨나지 않을까. 암굴을 두고 생겨나려던 음모·살육의 불쾌한 공상보다 좀 더 아름다운 다른 이야기가 꾸며나지 않을까.

여는 바위틈에 꽂았던 스틱을 도로 뽑았다. 그 스틱으로써 여의 발아래 바위를 가볍게 두드리면서 한 개 이야기를 꾸며보았다.

*

한 화공이 있다.

화공의 이름은? 지어내기가 귀찮으니 신라 때의 화성(畵聖)의 이름을 차용하여 솔거(率居)[20]라 하여 두자.

시대는?

시대는 이 안하에 보이는 도시가 가장 활기 있고 아름답던 시절인 세종 성주의 때쯤으로 하여 둘까.

백악이 흘러내리다가 맺힌 곳. 거기는 한양의 정기를 한 몸에 지닌 경복궁 대궐이 있다. 이 대궐의 북문인 신무문(神武門) 밖 우거

---

20) 솔거(率居), 신라 진흥왕 때의 화가. 황룡사의 벽화 <노송도>와 분황사의 <관음보살>, 진주 단속사의 <유마거사상>를 그렸으나 지금은 전하지 않는다.

진 뽕밭 새에 중로(中老)의 사나이가 오뇌(懊惱, 뉘우쳐 한탄하고 번뇌함)스러운 얼굴을 하고 있다.

화공 솔거였다.

무르익은 여름, 뜨거운 볕은 뽕잎이 가려준다. 하나, 훈훈한 기운은 머리 위 뽕잎과 땅에서 우러나서 꽤 무더운 이 뽕밭 속에 숨어 있는 화공, 자그마한 보따리에는 점심까지 싸가지고 온 것으로 보아 저녁까지 이곳에 있을 셈인 모양이다.

그러나 무얼 하는지, 단지 땀을 펑펑 흘리며 오뇌스러운 얼굴로 앉아 있을 뿐이다.

왕후(王后) 친잠(親蠶)21)에 쓰이는 이 뽕밭은 잡인들이 다니지 못할 곳이다. 하루 종일을 사람의 그림자 하나 얼씬하지 않는다.

때때로 바람이 우수수하니 뽕나무 위로 불기는 하나 솔거가 숨어 있는 곳에는 한 점의 바람도 들어오지 않는다. 이 무더운 속에 솔거는 바람이 불적마다 몸을 흠칫흠칫 놀라며, 그러면서도 무엇을 기다리듯이 뽕나무 그루 아래로 저편 앞을 주시하고 있다.

이윽고 석양이 무악을 넘고 이 도시에도 황혼이 들었다.

날이 어둡기를 기다려서 이 화공은 몸을 숨겨가지고 거기서 나왔다.

"오늘은 헛길, 내일이나 다시 볼까."

한숨 쉬면서 제 오막살이를 찾아 돌아가는 화공. 날이 벌써 꽤 어두웠지만 그래도 아직 저녁 빛이 약간 남은 곳에 내어놓은 이 화공은 세상에 보기 드문 추악한 얼굴의 주인이었다. 코가 질병(질흙으로 만든 병)자루 같다, 눈이 통방울 같다, 귀가 박죽 같다, 입

---

21) 친잠(親蠶), 양잠을 장려하기 위하여 왕비가 몸소 누에를 치던 일.

이 나발[22])통 같다, 얼굴이 두꺼비 같다— 소위 추한 얼굴을 형용하는 온갖 형용사를 한 얼굴에 지닌 흉한 얼굴의 주인으로서 그 얼굴이 또한 굉장히도 커서 멀리서 볼지라도 그 존재가 완연할 이만하다.

이 얼굴을 가지고는 백주에는 나다니기가 스스로 부끄러울 것이다.

아닌 게 아니라 솔거는 철이 들은 이래 여태껏 백주에 사람 틈에 나다닌 일이 없었다.

일찍이 열여섯 살에 스승의 중매로서 어떤 양가 처녀와 결혼을 하였지만 그 처녀는 솔거의 얼굴을 보고 기절을 하고, 기절에서 깨어나서는 그냥 집으로 도망쳐버리고—그 다음 또 한 번 장가를 들어보았지만 그 색시 역시 첫날밤만 정신 모르고 치른 뒤에는 이튿날은 무서워서 죽어도 같이 못 살겠노라고 부모에게 떼를 써서 두 번째의 비극을 겪고— 이러한 두 가지의 사변을 겪고 난 뒤에 솔거는 차차 여인이라는 것을 보기를 피하여오다가 그 괴벽이 점점 자라서 나중에는 일체로 사람이란 것의 얼굴을 대하기가 싫어졌다.

사람을 피하기 위하여—그리고 또한 일방으로는 화도(畵道)에 정진하기 위하여, 인가를 떠나서 백악의 숲속에 조그마한 오막살이를 하나 틀고 거기 숨은 지 근 삼십년 생활에 필요한 물건 혹은 그림에 필요한 물건을 구하기 위하여 부득이 거리에 나가야 할 필요가 있을 때는 반드시 밤을 택하였다. 피할 수 없어 낮에 나갈 때는 방립을 쓰고 그 위에 얼굴을 베로 가리었다.

---

22) 나발(喇叭), 옛 관악기의 하나. 놋쇠로 긴 대롱같이 만드는데, 위는 가늘고 끝은 퍼진 모양이다. 군중(軍中)에서 호령하거나 신호하는 데 썼다.

*

화도에 발을 들여놓은 지 근 사십년, 부득이한 은둔생활을 경영한 지 삼십년, 여인에게로 소모되지 못한 정력은 머리로 모이고, 머리로 모인 정력은 손끝으로 뻗어서 종이에 비단에 갈겨 던진 그림이 벌써 수천 점. 처음에는 그 그림에 대하여 아무 불만도 느껴보지 않았다.

하늘에서 타고난 천분과 스승에게서 얻은 훈련과 저축된 정력의 소산인 한 장의 그림이 생겨날 때마다 그것을 보면서 스스로 만족히 여기고 스스로 자랑스럽게 여기던 그였다.

그러나 그런 과정을 밟기 이십년에 차차 그의 마음에 움돋은 불만, 그것은 어떻게 보자면 화도에는 이단적인 생각일는지도 모를 것이다.

좀 다른 것은 그릴 수가 없는가.

산이다, 바다다, 나무다, 시내다, 지팡이 짚은 노인이다, 다리다, 혹은 돛단배다, 꽃이다. 과즉 달이다, 소다, 목동이다.

이밖에 그가 아직 그려본 것이 무엇이었던가.

유원(幽遠, 심오하여 아득하다)[23]한 맛, 단 한 가지밖에 없는 전통적 그림보다 좀 더 다른 것을 그려보고 싶다.

여태껏 스승에게 배운 바의 백발백염(白髮白髯)의 노옹이나 피리 부는 목동 이외에 좀 더 얼굴에 움직임이 있는 사람을 그려보고 싶다. 표정이 있는 얼굴을 그려보고 싶다.

이리하여 재래의 수법을 아낌없이 내어던진 솔거는 그로부터 십년간을 사람의 표정을 그리느라고 세월을 보냈다.

그러나 사람의 세상을 멀리 떠나서 따로 사는 이 화공에게는 사

---

23) 유원(幽遠), 먼 곳의 풍경을 아득하게 표현하는 기법.

람의 표정이 기억에 가맣다.

상인들의 간특한 얼굴, 행인들의 덜난 무표정한 얼굴, 나무꾼들의 싱거운 얼굴, 그새 보고 지금도 대할 수 있는 얼굴은 이런 따위뿐이다. 좀 더 색채 다른 표정은 없느냐.

색채 다른 표정!

색채 다른 표정!

이 욕망이 화공의 마음에 익고 커가는 동안 화공의 머리에 솟아오르는 몽롱한 기억이 있다.

지금은 거의 기억에서 사라졌지만 어린 시절에 자기를 품에 안고 눈물 글썽글썽한 눈으로 굽어보던 어머니의 표정이 가끔 한순간씩 그의 기억의 표면까지 뛰어 올랐다.

그의 어머니는 희세의 미녀였다. 대대로, 이후의 자손의 미(美)까지 모두 미리 빼앗았던지 세상에 드문 미인이었다.

화공은 이 미녀의 유복자였다.

아비 없는 자식을 가슴에 붙안고 눈물 머금은 눈으로 굽어보던 표정.

철이 들은 이래로 자기를 보는 얼굴에서는 모두 경악과 공포밖에는 발견하지 못한 화공에게는 사십 여 년 전의 어머니의 사랑의 아름다운 얼굴이 때때로 몸서리치도록 그리웠다.

그것을 그려보고 싶었다.

커다란 눈에 그득히 담긴 눈물, 그러면서도 동경과 애무로서 빛나던 눈, 입가에 떠오르던 미소.

번개와 같이 순간적으로 심안(心眼, 사물을 살펴 분별하는 능력)에 나타났다가는 사라지는 이 환영을 화공은 그려보고 싶었다.

세상을 피하고 숨어살기 때문에 차차 삐뚤어진 이 화공의 괴벽한 마음에는 세상을 그리는 정열이 또한 그만치 컸다. 그리고 그것이 크면 크니만치 마음속에는 늘 울분과 불만이 차 있었다.

지금도 세상에서는 한창 계집 사내들이 서로 부둥켜안고 좋다고 야단할 것을 생각하고는 음울한 얼굴로 화필을 뿌리는 화공.

이러한 가운데서 나날이 괴벽하여가는 이 화공은 한 개 미녀상(美女像, 미인도)을 그려보고자 노심하였다.

*

처음에는 단지 아름다운 표정을 가진 미녀를 그려보고자 하였다.

그러나 미녀를 가까이 본 일이 없는 이 화공이 마음대로 되지 않는 붓끝에 역정을 내며 있는 동안 차차 어느덧 미녀상에 대한 관념이 달라졌다.

자기의 아내로서의 미녀상을 그려보고 싶어졌다.

세상은 자기에게 아내를 주지 않는다.

보면 한 마리의 곤충, 한 마리의 날짐승도 각기 짝을 찾아 즐기고, 짝을 찾아 좋아하거늘 만물의 영장인 사람이 짝 없이 오십년을 보냈다 하는 데 대한 불만이 일어났다.

세상 놈들은 자기에게 한 짝을 주지 않고 세상 계집들은 자기에게 오려는 자가 없이 홀몸으로 일생을 보내다가 언제 죽는지도 모르게 이 산골에서 죽어버릴 생각을 하면 한심하기 보다는 도리어 이렇듯 박정한 사람의 세상이 미웠다.

세상이 주지 않는 아내를 자기는 자기의 붓끝으로 만들어서 세상을 비웃어 주리라.

이 세상에 존재한 가장 아름다운 계집보다 더 아름다운 계집을 자기의 붓끝으로 그려서 못나고도 아름다운 체하는 세상 계집들을 웃어 주리라.

떨난 계집을 아내로 맞아가지고 천하의 절색이라 믿고 있는 사내 놈들도 깔보아 주리라.

4, 5명의 처첩을 거느리고 좋다꾸나고 춤추는 어느 놈들도 굽어 보아 주리라.

미녀! 미녀!

—눈을 감고 생각하고 눈을 뜨고 생각하고 머리를 움켜쥐고 생각해보나 미녀의 얼굴이 어떤 것인지 알 수가 없었다.

무론 얼굴에 철요(凸凹, 오목함과 볼록함)가 없고 이목구비가 제대로 놓였으면 세상 보통의 미인이라 한다. 그런 얼굴에 연지나 그리고 눈에 미소나 그러려면 더 아름다워지기는 할 것이다. 이만 것은 상상의 눈으로도 볼 수가 있는 자며 붓끝으로 그릴 수도 없는 바가 아니다.

그러나 가야만 어린 시절의 어머니의 얼굴을 순영적(瞬影的)으로나마 기억하는 이 화공으로서는 그런 미녀로는 만족할 수가 없었다.

오뇌의 불만 중에서 흐르는 세월은 1년 또 1년, 무위(無爲, 아무 것도 하는 일이 없다. 또는 이룬 것이 없다) 흘러간다.

　　*

미녀의 아랫동아리는 그려진 지 벌써 수년. 그 아랫동이 위에 올려놓은 얼굴을 어떻게 하여야 할지 짐작도 가지 않았다.

화공의 오막살이 방안에 들어서면 맞은편에 걸려 있는 한 폭 그림은 언제든 어서 목과 얼굴을 그려주기를 기다리듯이 화공을 힐책한다.

화공은 이것을 보기가 거북하였다.

특별한 일이라도 있기 전에는 낮에 거리에 다니지를 않던 이 화공이 흔히 얼굴을 싸매고 장안을 돌아다녔다.

행여나 길에서라도 미녀를 만날까 하는 요행심(僥倖心, 뜻밖의 행운이나 복을 바라는 마음)으로였다. 길에서 순간적으로 마음에 드는 미녀를 볼 수만 있으면 머리에 똑똑히 캐치하여 그 기억으로써 화상을 그릴까 하는 요행심으로……그러나 내외법이 심한 이 도회에서 대낮에 양가의 부녀가 얼굴을 내놓고 길을 다니지는 않았다. 계집이라는 것은 하인배나 하류배뿐이었다.

하인배·하류배에도 때때로 미녀라 일컬을 자가 있기는 있었다. 그러나 아무리 산뜻한 미를 갖기는 했다 하나 얼굴에 흐르는 표정이 더럽고 비열하여 캐치할만한 자가 없었다.

얼굴을 싸매고 거리로 방황하며 혹은 계집들이 많이 모이는 우물가며 저자를 비슬비슬 방황하며 어찌어찌하여 약간 예쁜 듯한 계집이라도 보이면 따라가면서 얼굴을 연구해보곤 했으나 마음에 드는 미녀를 지금껏 얻어내지를 못하였다.

혹은 심규(深閨)에는 마음에 드는 계집이라도 있을까. 심규! 심규! 한 번 심규의 계집들을 모조리 눈앞에 벌여 세우고 얼굴 검사를 하여보았으면…… 초조하고 성가신 가운데서 날을 보내고 날을 맞으면서 미녀를 구하던 화공은 마지막 수단으로 친잠(親蠶) 상원(桑園, 뽕나무를 심어 기르는 밭)에 들어가서 채상(採桑, 뽕을 땀)하는 궁녀의 얼굴을 찾아보려 하였다. 그러나 불행히도 화공의 모험도 헛길로 돌아가고, 그날은 채상을 하러 오지도 않았다.

그러나 때 바야흐로 누에시절이라 견딤성 있게 기다리노라면 궁녀의 오는 날도 있을 것이다. 미녀— 아내의 얼굴을 그리려는 욕망에 열이 오르고 독이 난 이 화공은 그 이튿날 또 뽕밭에 들어가 숨었다. 숨어 기다리지 않을 수 없었다.

그로부터 한 달, 화공은 나날이 점심을 싸가지고 상원(桑園)으로 갔다. 그러나 저녁때 제 오막살이로 돌아올 때는 언제든지 그의 입에서는 기다란 탄식성이 나왔다.

궁녀를 못 본 바가 아니었다.

마치 여기 숨어 있는 화공에게 선보이려는 듯이 나날이 궁녀들은 번갈아 왔다. 한 떼씩 밀려와서는 옷소매 치맛자락을 펄럭이며 뽕을 따갔다. 한 달 합계 사오십 명의 궁녀를 보았다. 모두 일률로 미녀들이었다. 그리고 길가 우물가에서 허투루 볼 수 있는 미녀들보다 고아한 얼굴임에는 틀림이 없었다.

그러나 그 눈— 화공이 보는 바는 그 눈이었다.

그 눈에 나타난 애무와 동경이었다. 철철 넘어 흐르는 사랑이었다. 그것이 궁녀에게는 없었다. 말하자면 세상 보통의 미녀였다.

자기에게 계집을 주지 않는 고약한 세상에게 보복하는 의미로 절세의 미녀를 차지하고자 하는 이 화공의 커다란 야심으로서는 그만 따위의 미녀로 만족할 수가 없었다.

오막살이로 돌아올 때마다 그의 입에서 나오는 기다란 한숨, 이런 한숨을 쉬기 한 달—그는 다시 상원에 가지 않았다.

가을 하늘 맑고 푸르른 어떤 날이었다.

마음속에 불만과 동경을 가득히 담은 히 화공은 저녁쌀을 씻으려 소쿠리를 옆에 끼고 시내로 더듬어갔다.

가다가 문득 발을 멈추었다.

우거진 소나무 틈으로 보이는 시냇가 바위 위에 웬 처녀가 앉아 있다. 솔가지 틈으로 내리비치는 얼룩지는 석양을 받고 망연히 앉아서 흐르는 시냇물을 내려다보았다.

웬 처녀일까?

인가에서 꽤 떨어진 이곳, 사람의 동리보다 꽤 높은 이곳, 길도 없는 이곳—아직껏 삼십년간을 때때로 초부나 목동의 방문은 받아 본 일이 있지만 다른 사람의 자취를 받아보지 못한 이곳에 웬 처녀일까?

화공도 망연히 서서 바라보았다. 바라볼 동안 가슴에 차차 무거운 긴장을 느꼈다.

한 걸음 두 걸음 화공은 발소리를 감추고 나아갔다. 차차 그 상거가 가까워짐에 따라서 분명하여 가는 처녀의 얼굴.

화공의 얼굴에는 피가 떠올랐다.

세상에 드문 미녀였다. 나이는 열 일여덟, 그 얼굴 생김이 아름답다기보다 얼굴 전면에 나타난 표정이 놀랄 만큼 아름다웠다.

흐르는 시내에 눈을 부었는지, 귀를 기울였는지, 하여간 처녀의 온 주의력은 시내에 모여 있다. 커다랗게 뜨인 눈은 깜박일 줄도 잊은 듯한 황홀한 눈으로 시내를 굽어보고 있다.

남벽(藍碧)의 시냇물에는 용궁이 보이는가? 소나무 그루에 부딪쳐서 튀어나는 바람에 앞머리를 약간 날리면서 처녀가 굽어보고 있는 것은 무엇인가?

처녀의 온 공상과 정열과 환희가 한꺼번에 모인 절묘한 미소를 눈과 입에 띠고 일심불란(一心不亂, 한 가지에만 마음을 써서 마음이 흩어지지 아니하게 함)히 처녀가 굽어보는 것은 무엇인가.

*

아아.

화공은 드디어 발견하였다. 그새 십년간을 여항(閭巷, 백성의 살림집이 많이 모여 있는 곳)의 길거리에서 혹은 우물가에서 내지는 친잠 상원에서 발견하여보려고 애쓰다가 종내 달하지 못한 놀랄 만한 아름다운 표정을 화공은 뜻 안한 여기서 발견하였다.

화공은 걸음을 빨리 하였다. 자기의 얼굴이 얼마나 더럽게 생겼는지, 이 처녀가 자기를 쳐다보면 얼마나 놀랄지, 이 점을 온전히 잊고 걸음을 빨리하여 처녀의 쪽으로 갔다.

처녀는 화공의 발소리에 머리를 번쩍 들었다. 화공을 바라보았다. 그 무한히 먼 곳을 바라보는 듯한 기묘한 눈을 들어서—

"아아……"

가슴이 무둑하여 무슨 말을 하여야 할지 망설이며 화공이 반벙어리 같은 소리를 할 때에 처녀가 먼저 입을 열었다.

"여기가 어디오니까?"

"여기가 어디?"

"여기가 인왕산록 이름도 없는 산이지만 너는 웬 색시냐?"

"네……"

문득 떠오르는 적적한 표정.

"더듬더듬 시내를 따라왔습니다."

화공은 머리를 기울였다. 몸을 움직여보았다. 무한히 먼 곳을 바라보는 듯한 처녀의 눈은 그냥 움직임 없이 커다랗게 뜨여 있기는 하지만 어디를 보는지 무엇을 보는지 알 수가 없다.

드디어 화공은 부르짖었다!

"너 앞이 보이느냐?

"소경이올시다."

소경('시각 장애인'을 낮잡아 이르는 말)이었다. 눈물 머금은 소리로 하는 대답을 듣고 화공은 좀 더 가까이 갔다.

"앞도 못 보면서 어떻게 무엇 하러 예까지 왔느냐?"

처녀는 머리를 푹 수그렸다. 무슨 대답을 하는 듯하였으나, 화공은 알아듣지 못하였다. 그러나 화공으로 하여금 호기심을 잃게 한 것은 처녀의 얼굴이 아까와 같은 놀라운 매력 있는 표정이 없어진 것이었다.

그만하면 보기 드문 미인임에는 틀림이 없다. 그러나 아까 화공이 그렇듯 놀란 것은 단지 미인인 탓이 아니었다. 그 얼굴에 나타난 놀라운 매력에 끌린 것이었다.

"불쌍도 하지. 저녁도 가까워오는데 어둡기 전에 집으로 나려가거라."

이만큼 하여 화공은 처녀를 포기하려 하였다. 이 말에 처녀가 응하였다.

"어두운 것은 탓하지 않습니다마는 황혼은 매우 아름답지요?"

"그럼 아름답구말구."

"어떻게 아름답습니까?"

"황금빛이 서산에서 줄기줄기 비치는구나. 거기 새빨갛게 물들은 천하— 푸르른 소나무도, 남빛 바위도, 검붉은 나무그루도, 모두 황금빛에 잠겨서……"

"황금빛은 어떤 것이고 새빨간 빛과 붉은빛은 모두 어떤 빛이오니까? 밝은 세상이라지만 밝은 빛과 붉은빛이 어떻게 다릅니까? 이 산 경치가 아름답다는 소문을 듣고 더듬어왔습니다마는 바람소리, 돌물소리, 귀로 들리는 소리밖에는 어디가 아름다운지 알 수가 없습니다."

차차 다시 나타나는 미묘한 표정, 커다랗게 뜨인 눈에 비치는 동경의 물결, 일단 사라졌던 아름다운 표정은 다시 생기가 비롯하였다.

화공은 드디어 처녀의 맞은편에 가 앉았다.

"이 샘줄기를 따라 내려가면 바다가 있구, 바닷속에는 용궁이 있구나. 칠색 비단을 감은 기둥과 비취를 아로새긴 댓돌이며 황금으로 만든 풍경(風磬), 진주로 꾸민 문설주……"

마주 앉아서 엮어 내리는 이 화공의 이야기에 각일각 더욱 황홀하여가는 처녀의 눈이었다. 화공은 드디어 이 처녀를 자기의 오막살이로 데리고 돌아갈 궁리를 하였다.

"내 용궁의 이야기를 들려주마. 너의 집에서 걱정만 안하실 것 같으면……"

화공이 이렇게 꾈 때에 처녀는 그의 커다란 눈을 들어서 유원(幽園)히 하늘을 우러러보면서 자기네 부모는 병신 딸 따위는 없어져도 근심을 안 한다고 쾌히 화공의 뒤를 따랐다.

    *

일사천리로 여기까지 밀려오던 여(余)의 공상은 문득 중단되었다.

이야기를 어떻게 진전시키나?

잡념이 일어난다. 동시에 여의 귀에 들리어오는 한 절의 유행가.

여는 머리를 들었다. 저편 뒤 어디 잡인들이 온 모양이다. 그 분요(紛擾, 어수선하고 소란스러움)가 무의식중에 귀로 들어와서 여의 집중되었던 머리를 헤쳐 놓는다.

귀찮은 가사(歌師)들이여, 저주받을 가사들이여.

이 저주받을 가사들 때문에 중단된 이야기는 좀처럼 다시 모이지 않았다.

그러나 결말 없는 이야기가 어디 있으랴. 어찌되었든 결말은 지어야 할 것이 아닌가. 그러면 그 화공은 처녀를 데리고 제 오막살이로 돌아와서 용궁 이야기를 들려주면서 그동안에 처녀의 얼굴을 그대로 그려서 십년 내에 숙망을 성취하였다는 결말로 맺어버릴까?

그러나 이런 싱거운 결말이 어디 있으랴. 결말이 되기는 되었지만 이따위 결말을 짓기 위하여 그런 서두(序頭)는 무의미한 자다.

그러면?

그럼 다르게 결말을 맺어볼까?

화공은 처녀를 제 오막살이로 데리고 돌아왔다. 그리고 처녀에게 용궁 이야기를 들려주었다. 그러나 아까 용궁 이야기를 초벌 들은 처녀는 이번은 그렇듯 큰 감흥도 느끼지 않는 모양으로 그다지 신통한 표정도 보이지 않았다. 화공의 계획은 수포로 돌아갔다. 화공은 그 그림을 영 미완품인 채로 남기지 않을 수 없었다.

역시 마음에 들지 않는 결말이었다.

그럼 또다시—

화공은 처녀를 데리고 돌아왔다. 돌아와서 처녀를 보면 볼수록 탐스러워서 그림은 집어치우고 처녀를 아내로 삼아버렸다. 앞을 못 보는 처녀는 추하게 생긴 화공에게도 아무 불만이 없이 일생을 즐겁게 보냈다. 그림으로나 아내를 얻으려던 화공은 절세의 미녀를 아내로 얻게 되었다……역시 불만이다.

귀찮고 성가시다. 저주받을 유행가사(流行歌師)여!

*

여는 일어났다. 감흥을 잃은 이 자리에 그냥 앉아 있기는 싫었다. 그냥 들리는 유행가…… 그것이 안 들리는 곳으로 자리를 옮기자.

굽어보매 저 멀리 소나무 틈으로 한줄기 번득이는 것은 아까의 샘물이다.

그 샘물로, 가장 이 이야기의 원천이 된 그 샘으로 내려가자.

벼랑을 내려가기는 올라가기보다 더 힘들었다. 올라가는 것은 올라가다가 실수하여 떨어지면 과즉 제자리에 내린다. 그러나 내려가다가 발을 실수하면 어디까지 굴러갈지 예측할 길이 없다. 잘못하다가는 청운동 어귀까지 굴러갈는지도 모를 일이다. 게다가 올라갈 때에는 도움이 되던 스틱조차 내려갈 때에는 귀찮기 짝이 없다.

반각이나 걸려서 여는 드디어 그 샘가에 도달하였다.

샘가에는 과연 한 개의 바위가, 사람 하나 앉기 좋을 만한 자리가 있다. 이 바위가 화공 쌀 씻던 바위일까. 처녀가 앉아서 공상하던 바위일까? 그 아래를 깊은 남벽(藍碧, 남빛을 띤 짙은 푸른색)으로 알았더니 겨우 한 뼘 미만의 얕은 물로서 바위를 기운 없이 똘똘 흐르고 있다.

그러나 이 골짜기는 고요하기 짝이 없었다. 바람소리도 멀리 위에서만 들린다. 그리고 소나무와 바위 둘러싸여서 꽤 음침한 이 골짜기는 옛날 세상을 피한 화공이 즐겨하였음직하다.

자, 그러면 이 골짜기에서 아까 그 이야기의 꼬리를 마저 지을까—화공은 처녀를 데리고 오막살이로 돌아왔다.

그의 마음은 너무도 긴장되고 또한 기뻐서 저녁도 짓기 싫었다. 들어와 보매 벌써 여러 해를 머리 달리기를 기다리는 족자(簇子)[24]의 여인이 몸집조차 흔연히 화공을 맞는 듯하였다.

"자, 거기 앉아라."

---

24) 족자(簇子), 그림이나 글씨 따위를 벽에 걸거나 말아 둘 수 있도록 양 끝에 가름대를 대고 표구한 물건.

수년간 화공을 힐책하던 머리 없는 그림이 화공의 앞에 펴졌다. 단청도 준비되었다.

터질 듯 울렁거리는 마음으로 폭 앞에 자리를 잡은 화공은 빛이 비치도록 남향하여 처녀를 낮히고 손으로 붓을 적시며 이야기를 꺼냈다.

벌써 황혼, 인제 얼마 남지 않은 오늘 해로써 숙망을 달하려 하는 것이었다. 십 년간을 벼르기만 하면서 착수를 못했기 때문에 저축되었던 화공의 힘은 손으로 모였다.

"그러구……알겠지?"

눈으로는 처녀의 얼굴을 보며, 입으로는 용궁 이야기를 하며 손은 번개같이 붓을 들었다.

"용궁에는 여의주라는 구슬이 있구나. 이 여의주라는 구슬은 마음에 있는 바에 도달할 수 있는 보물로서 구슬을 네 눈 위에 한번 굴리면 너도 광명한 일월을 보게 된다."

"네? 구슬이 있습니까?"

"있구말구, 네가 내 말을 잘 듣고 있기만 하면 수일 내로 너를 데리고 용궁에 가서 여의주를 빌어서 네 눈도 고쳐주마."

"그러면 저도 광명한 일월을 볼 수가 있겠습니까?"

"그럼, 광명한 일월, 무지개라는 칠색이 영롱한 기묘한 것, 아름다운 수풀, 유수한 골짜기, 무엇인들 못 보랴."

"아이구, 어서 그 여의주를 구해서……"

아아, 놀라운 아름다운 표정이었다. 화공은 처녀의 얼굴에 나타나 넘치는 이 놀라운 표정을 하나도 잃지 않고 화폭 위에 옮겼다.

황혼은 어느덧 밤으로 변하였다. 이때는 여인에게는 단지 눈동자가 그려지지 않았을 뿐 그 밖의 것은 죄 완성이 되었다.

동자까지 그리고 싶었다. 그러나 이 그림의 생명을 좌우할 눈동자를 그리기에는 날은 너무도 어두웠다.

눈동자 하나쯤이야 밝는 날로 남겨둔들 어떠랴. 하여간 십 년 숙망을 겨우 달한 화공의 심사는 무엇에 비기지 못하도록 기뻤다.

"아─아!"

이 탄성은 오래 벼르던 일이 끝난 때에 나는 기쁨의 소리였다.

이 일단의 안심과 함께 화공의 마음에는 또 다른 긴장과 정열이 솟아올랐다.

꽤 어두운 가운데서 처녀의 얼굴을 유심히 보기 위하여 화공이 잡은 자리는 처녀의 무릎과 서로 닿을 만큼 가까웠다. 그림에 대한 일단의 안심과 함께 화공의 코로 몰려들어오는 강렬한 처녀의 체취와 전신으로 느끼는 처녀의 접근 때문에 화공의 신경은 거의 마비될 듯싶었다. 차차 각일 각 몸까지 떨리기 시작하였다. 어두움 가운데서 황홀스럽게 빛나는 커다란 눈과 정열로 들먹거리는 입술은 화공의 정신까지 혼미하게 하였다.

밝는 날 화공과 소경 처녀의 두 사람은 벌써 남이 아니었다.

'오늘은 동자를 완성시키리라.'

삼십 년의 독신생활을 벗어버린 화공은 삼십 년간을 혼자 먹던 조반을 소경 처녀와 같이 먹고 다시 그림 폭 앞에 앉았다.

"용궁은?"

기쁨으로 빛나는 처녀의 눈!

그러나 화공의 심미안에 비친 그 눈은 어제의 눈이 아니었다.

아름답기는 다시없는 아름다운 눈이었다. 그러나 그 눈은 사내의 사랑을 구하는 '여인의 눈'이었다. 병신이라 수모 받던 전생을 벗어버리고 어젯밤 처음으로 인생이 봄을 맞본 처녀는 인제는 한 개의 지어미의 눈이요, 한 개의 애욕의 눈이었다.

"용궁은?"

"용궁에 어서 가서 여의주를 얻어서 제 눈을 띄어주세요. 밝은 천지도 천지려니와 당신이 어서 눈뜨고 보고 싶어!"

어젯밤 잠자리에서 지기는 스물 네 살 난 풍신 좋은 사내라고 자랑한 화공의 말을 그대로 믿는 소경이었다.

"응, 얻어주지. 그 칠색이 영롱한!"

"그 칠색도 보고 싶어요."

"그래그래, 좌우간 지금 머리로 생각해보란 말이야."

"네, 참 어서 보고 싶어서."

굽어보면 무릎 앞의 그림은 어서 한 점 동자를 찍어주기를 기다리고 있다.

그러나 소경의 눈에 나타난 것은 아름답기는 아름다우나 그것은 애욕의 표정에 지나지 못하였다. 그런 눈을 그리려고 십년을 고심한 것이 아니었다.

"자, 용궁을 생각해봐!"

"생각이나 하면 뭘 합니까? 어서 이 눈으로 보아야지."

"생각이라도 해보란 말이야."

"짐작이 가야 생각도 하지요."

"어제 생각하던 대로 생각을 해봐!"

"네……"

화공은 드디어 역정을 내었다.

"자, 용궁! 용궁!"

"네……"

"용궁을 생각해봐! 그래 용궁이 어때?"

"칠색이 영롱하구요……"

"그래, 또……"

"또, 황금기둥, 아니 비단으로 싼 기둥이 있구요, 또 푸른 진주가……"

"푸른 진주가 아냐! 푸른 비취지."

"비취 추녀던가, 문이던가―?"

"에익! 바보!"

화공은 커다란 양손으로 콱 소경의 어깨를 잡았다. 잡고 흔들었다.

"자, 다시 곰곰이, 용궁은."

"용궁은 바닷속에……"

겁에 띄어서 어릿거리는 소경의 양에 화공은 소경의 따귀를 갈기지 않을 수 없었다.

"바보!"

이런 바보가 어디 있으랴. 보매 그 병신 눈은 깜박일 줄도 모르고 허공을 바라보고 있다. 그 천치 같은 눈을 보매 화공의 노염은 더욱 커졌다. 화공은 양손으로 소경의 멱을 잡았다.

"에이 바보야, 천치야, 병신아!"

생각나는 저주의 말을 연하여 퍼부으면서 소경의 멱을 잡고 흔들었다. 그리고 병신다이 멀겋게 뜨인 눈자위에 원망의 빛이 나타나는 것을 보고 더욱 힘 있게 흔들었다.

흔들다가 화공은 탁 그 손을 놓았다. 소경의 몸이 너무도 무거워졌으므로, 화공의 손에서 놓인 소경의 몸은 눈을 뒤솟은[25] 채 번뜻 나가넘어졌다. 넘어지는 서슬에 벼루가 전복되었다. 뒤집혀진

---

25) 뒤솟다. '뒤어쓰다'의 방언(평북).

벼루에서 튀어난 먹물방울이 소경 얼굴에 덮였다.

깜짝 놀라서 흔들어보매 소경은 벌써 이 세상의 사람이 아니었다.

소경은 어찌할 줄을 몰랐다. 망지소조(罔知所措, 너무 당황하거나 급하여 어찌할 줄을 모르고 갈팡질팡함)하여 허둥거리던 화공은 눈을 뜻 없이 자기의 그림 위에 던지다가 악 소리를 내며 자빠졌다.

그 그림의 얼굴에는 어느덧 동자가 찍히었다. 자빠졌던 화공이 좀 정신을 가다듬어가지고 몸을 일으켜서 다시 그림을 보매 두 눈에는 완연히 동자가 그려진 것이다.

그 동자의 모양이 또한 화공으로 하여금 다시 털썩 엉덩이를 붙이게 하였다. 아까 소경 처녀가 화공에게 멱을 잡혔을 때에 그의 얼굴에 나타났던 원망의 눈─그림의 동자는 완연히 그것이었다.

소경이 넘어지는 서슬에 벼루를 엎는다는 것은 기이할 것도 없고 벼루가 엎어질 때에 먹 방울이 튄다는 것도 기이하달 수 없지만 그 먹 방울이 어떻게 홍채에 이르기까지 어찌도 그렇듯 기묘하게 되었을까?

한편에는 송장, 한편에는 송장의 화상을 놓고 망연히 앉아 있는 화공의 몸은 스스로 멈출 수 없이 와들와들 떨렸다.

수일 후부터 한양 성내에는 괴상한 화상을 들고 음울한 얼굴로 돌아다니는 늙은 광인(狂人) 하나가 생겼다.

그의 내력을 아는 사람이 없었고 그의 근본을 아는 사람이 없었다. 그 괴상한 화상을 너무도 소중히 여기므로 사람들이 보고자 하면 그는 기를 써서 보이지 않고 도망하여버리곤 한다.

이렇게 수년간을 방황하다가 어떤 눈보라치는 날 돌베개를 베고 그의 일생을 마감하였다. 죽을 때도 그는 족자를 깊이 품에 품고 죽었다.

늙은 화공이여! 그대의 쓸쓸한 일생을 여는 조상하노라.

＊

여(余)는 지팡이로써 물을 두어 번 저어보고 고즈넉이(고요하고 아늑한 상태로 말없이 다소곳하거나 잠잠하게) 몸을 일으켰다.

우러러보매 여름의 석양은 벌써 백악 위에서 춤추고 이 천고의 계곡을 산새가 남북으로 건넌다.

■ 메밀꽃 필 무렵

———————— 이효석

여름장이란 애당초에 글러서, 해는 아직 중천에 있건만 장판은 벌써 쓸쓸하고 더운 햇발이 벌여놓은 전 휘장 밑으로 등줄기를 훅훅 볶는다. 마을 사람들은 거지 반 돌아간 뒤요, 팔리지 못한 나무꾼 패가 길거리에 궁싯거리고들 있으나 석유 병이나 받고 고깃마리나 사면 족할 이 축들을 바라고 언제까지든지 버티고 있을 법은 없다. 춤춤스럽게 날아드는 파리 떼도 장난꾼 깔다구들도 귀찮다. 얽둑빼기요 왼손잡이인 허생원은 기어코 동업의 조선달에게 흠치어 보았다.

"그만 거둘까?"

"잘 생각했네. 봉평 장에서 한번이나 흐뭇하게 사본 일 있을까. 내일 대화 장에서가 한몫 벌어야겠네."

"오늘 밤은 밤을 새서 걸어야 될 걸?"

"달이 뜨렷다?"

절렁절렁 소리를 내며 조선달이 그날 번 돈을 따지는 것을 보고 허생원은 말뚝에서 넓은 휘장을 걷고 벌여놓았던 물건을 거두기 시작하였다. 무명필과 주단 바리가 두 고리짝에 꼭 찼다. 멍석 위에는 천 조각이 어수선하게 남았다. 다른 축들도 벌써 거의 전들을 걷고 있었다.

약 바르게 떠나는 패도 있었다. 어물장수도, 땜장이도, 엿장수도, 생강장수도 꼴들이 보이지 않았다. 내일은 진부와 대화에 장이 선다. 축들은 그 어느 쪽으로든지 밤을 새며 육칠십 리 밤길을 타박거리지 않으면 안 된다. 장판은 잔치 뒷마당같이 어수선하게 벌어지고, 술집에서는 싸움이 터져 있었다. 주정꾼 욕지거리에 섞여 계집의 앙칼진 목소리가 찢어졌다. 장날 저녁은 정해놓고 계집의 고함소리로 시작되는 것이다.

"생원, 시침을 떼두 다 아네…. 충주집 말야."

계집 목소리로 문득 생각난 듯이 조선달은 비죽이 웃는다.

"화중지병(畫中之餠)26)이지. 연소패들을 적수로 하구야 대거리가 돼야 말이지."

"그렇지두 않을걸. 축들이 사족을 못 쓰는 것도 사실은 사실이나, 아무리 그렇다군 해두 왜 그 동이 말일세, 감쪽같이 충주집을 후린 눈치거든."

"무어 그 애숭이가? 물건 가지고 나꾸었나부지. 착실한 녀석인 줄 알았더니."

"그 길만은 알 수 있나… 궁리 말구 가보 세나 그려. 내 한턱 씀세."

그다지 마음이 당기지 않는 것을 쫓아갔다. 허생원은 계집과는 연분이 멀었다. 얽둑빼기 상판을 대어설 숫기도 없었으나 계집 편에서 정을 보낸 적도 없었고, 쓸쓸하고 뒤틀린 반생이었다. 충주집을 생각만 하여도 철없이 얼굴이 붉어지고 발밑이 떨리고 그 자리에 소스라쳐버린다.

---

26) 화중지병(畫中之餠), 그림의 떡.

충주집 대문에 들어서서 술좌석에서 짜장 동이를 만났을 때에는 어찌 된 서슬엔지 빨끈 화가 나버렸다. 상위에 붉은 얼굴을 쳐들고 제법 계집과 농탕치는 것을 보고서야 견딜 수 없었던 것이다. 녀석이 제법 난질꾼인데 꼴사납다. 머리에 피도 안 마른 녀석이 낮부터 술 처먹고 계집과 농탕이야. 장돌뱅이 망신만 시키고 돌아다니누나. 그 꼴에 우리들과 한몫 보자는 셈이지. 동이 앞에 막아서면서부터 책망이었다.

걱정두 팔자요 하는 듯이 빤히 쳐다보는 상기된 눈망울에 부딪칠 때, 결김에 따귀를 하나 갈겨주지 않고는 배길 수 없었다. 동이도 화를 쓰고 팩하게 일어서기는 하였으나, 허생원은 조금도 동색 하는 법 없이 마음먹은 대로는 다 지껄였다.

"어디서 주워 먹은 선머슴인지는 모르겠으나, 네게도 아비 어미 있겠지. 그 사나운 꼴 보면 맘 좋겠다. 장사란 탐탁하게 해야 되지, 계집이 다 무어야. 나가거라. 냉큼 꼴 치워."

그러나 한마디도 대거리하지 않고 하염없이 나가는 꼴을 보려니, 도리어 측은히 여겨졌다. 아직도 서름서름한 사인데 너무 과하지 않았을까 하고 마음이 섬뜩해졌다. 주제도 넘지, 같은 술 손님이면 서두 아무리 젊다고 자식 낮세 된 것을 붙들고 치고 닦아 셀 것은 무어야 원. 충주집은 입술을 쭝긋하고 술 붓는 솜씨도 거칠었으나, 젊은 애들한테는 그것이 약이 된다고 하고 그 자리는 조선달이 얼버무려 넘겼다.

"너, 녀석한테 반했지? 애송이를 빨면 죄 된다."

한참 법석을 친 후이다. 담도 생긴데다가 웬일이지 흠뻑 취해보고 싶은 생각도 있어서 허생원은 주는 술잔이면 거의 다 들이켰다. 거나해짐을 따라 계집 생각보다도 동이의 뒷일이 한결같이 궁금해졌다.

내 꼴에 계집을 가로채서니 '어떡할 작정이었누' 하고 어리석은 꼬락서니를 모질게 책망하는 마음도 한편에 있었다. 그렇기 때문에, 얼마나 지난 뒤인지 동이가 헐레벌떡거리며 황급히 부르러 왔을 때에는 마시던 잔을 그 자리에 던지고 정신없이 허덕이며 충주집을 뛰어나간 것이었다.

"생원 당나귀가 바를 끊구 야단이에요."

"각다귀들 장난이지 필연코."

짐승도 짐승이려니와 동이의 마음씨가 가슴을 울렸다. 뒤를 따라 장판을 달음질하려니 거슴츠레한 눈이 뜨거워질 것 같다.

"부잡스런 녀석들이라 어쩔 수가 있어야죠."

"나귀를 몹시 구는 녀석들은 그냥 두지는 않을걸."

반평생을 같이 지내온 짐승이었다. 같은 주막에서 잠자고, 같은 달빛에 젖으면서 장에서 장으로 걸어 다니는 동안에 이십 년의 세월이 사람과 짐승을 함께 늙게 하였다. 가스러진 목뒤털은 주인의 머리털과도 같이 바스러지고, 개진, 개진 젖은 눈은 주인의 눈과 같이 눈곱을 흘렸다.

몽당비처럼 짧게 쓸리올 꼬리는 파리를 쫓으려고 기껏 휘저어보아야 벌써 다리까지는 닿지 않았다. 닳아 없어진 굽을 몇 번이나 도려내고 새 철을 신겼는지 모른다. 굽은 벌써 더 자라나기는 틀렸고 닳아버린 철 사이로는 피가 빼짓이 흘렀다. 냄새만 맡고도 주인을 분간하였다. 호소하는 목소리로 야단스럽게 울며 반겨한다.

어린아이를 달래듯이 목덜미를 어루만져주니 나귀는 코를 벌름거리고 입을 투르르거렸다. 콧물이 튀었다. 허생원은 짐승 때문에 속도 무던히는 썩혔다. 아이들의 장난이 심한 눈치여서 땀 밴 몸뚱어리가 부들부들 떨리고 좀체 흥분이 식지 않는 모양이었다. 굴레가 벗어지고 안장도 떨어졌다.

"요 몹쓸 자식들"

하고 허생원은 호령을 하였으나 패들은 벌써 줄행랑을 논 뒤요 몇 남지 않은 아이들이 호령에 놀라 비슬비슬 멀어졌다.

"우리들 장난이 아니우, 암놈을 보고 저 혼자 발광이지."

코흘리개 한 녀석이 멀리서 소리를 쳤다.

"고 녀석 말투가…."

"김 첨지 당나귀가 가버리니까 온통 흙을 차고 거품을 흘리면서 미친 소같이 날뛰는걸. 꼴이 우스워 우리는 보고만 있었다우. 배를 좀 보지."

아이는 앙토라진 투로 소리를 치며 깔깔 웃었다. 허생원은 모르는 결에 낯이 뜨거워졌다. 뭇 시선을 막으려고 그는 짐승의 배 앞을 가리어서지 않으면 안 되었다.

"늙은 주제에 암샘을 내는 셈야. 저놈의 짐승이."

아이의 웃음소리에 허생원은 주춤하면서 거어코 견딜 수 없어 채찍을 들더니 아이를 쫓았다.

"쫓으려거든 쫓아보지. 왼손잡이가 사람을 때려."

줄달음에 달아나는 각다귀에는 당하는 재주가 없었다. 왼손잡이는 아이 하나도 후릴 수 없다. 그만 채찍을 던졌다. 술기도 돌아 몸이 유난스럽게 화끈거렸다.

"그만 떠나세. 녀석들과 어울리다가는 한이 없어. 장판의 각다귀들이란 어른보다도 더 무서운 것들인 걸."

조선달과 동이는 각각 제 나귀에 안장을 얹고 짐을 싣기 시작하였다. 해가 꽤 많이 기울어진 모양이었다.

드팀전 장돌림을 시작한 지 이십 년이나 되어도 허생원은 봉평 장을 빼놓은 적은 드물었다. 충주 제천 등의 이웃 군에도 가고, 멀리 영남 지방도 헤매기는 하였으나, 강릉쯤에 물건 하러 가는 외에는 처음부터 끝까지 군내를 돌아다녔다. 닷새 만큼씩의 장날에는 달보다도 확실하게 면에서 면으로 건너간다. 고향이 청주라고 자랑 삼아 말하였으나 고향에 돌보러 간일도 있는 것 같지는 않았다.

장에서 장으로 가는 길의 아름다운 강산이 그대로 그에게는 그리운 고향이었다. 반날 동안이나 뚜벅뚜벅 걷고 장터 있는 마을에 거의 반 가까웠을 때, 거친 나귀가 한바탕 우렁차게 울면, 더구나 그것이 저녁녘이어서 등불들이 어둠 속에 깜박거릴 무렵이면, 늘 당하는 것이건만 허생원은 변치 않고 언제든지 가슴이 뛰놀았다.

젊은 시절에는 알뜰하게 벌어 돈푼이나 모아둔 적도 있기는 있었으나, 읍내에 백중이 열린 해 호탕스럽게 놀고 투전을 하고 하여 사흘 동안에 다 털어버렸다. 나귀까지 팔게 된 판이었으나 애끓는 정분에 그것만은 이를 물고 단념하였다. 결국 도로 아미타불로 장돌림을 다시 시작할 수밖에 없었다.

짐승을 데리고 읍내를 도망해 나왔을 때에는 너를 팔지 않기 다행이었다고 길가에서 울면서 짐승의 등을 어루만졌던 것이었다. 빚을 지기 시작하니 재산을 모을 염(念)은 당초에 틀리고 간신히 입에 풀칠을 하러 장에서 장으로 돌아다니게 되었다.

호탕스럽게 놀았다고는 하여도 계집 하나 후려보지는 못하였다. 계집이란 쌀쌀하고 매정한 것이다. 평생 인연이 없는 것이라고 신세가 서글퍼졌다. 일신에 가까운 것이라고는 언제나 변함없는 한 필의 당나귀였다. 그렇다고 하여도 꼭 한 번의 첫 일을 잊을 수는 없었다. 뒤에도 처음에도 없는 단 한 번의 괴이한 인연! 봉평에 다니기 시작한 젊은 시절의 일이었으나 그것을 생각할 적만은 그도 산 보람을 느꼈다.

"달밤이었으나 어떻게 해서 그렇게 됐는지 지금 생각해두 도무지 알 수 없어."

허생원은 오늘 밤도 또 그 이야기를 끄집어내려는 것이다. 조선달은 친구가 된 이래 귀에 못이 박히도록 들어왔다. 그렇다고 싫증은 낼 수도 없었으나 허생원은 시치미를 떼고 되풀이할 대로는 되풀이하고야 말았다.

"달밤에는 그런 이야기가 격에 맞거든."

조선달 편을 바라는 보았으나 물론 미안해서가 아니라 달빛에 감동하여서였다.

이지러졌으나 보름을 갓 지난달은 부드러운 빛을 흐뭇하게 흘리고 있다. 대화까지는 팔십 리의 밤길, 고개를 둘이나 넘고 개울을 하나 건너고 벌판과 산길을 걸어야 된다. 길은 지금 긴 산허리에 걸려 있다.

밤중을 지난 무렵인지 죽은 듯이 고요한 속에서 짐승 같은 달의 숨소리가 손에 잡힐 듯이 들리며, 콩 포기와 옥수수 잎사귀가 한층 달에 푸르게 젖었다. 산허리는 온통 메밀밭이어서 피기 시작한 꽃이 소금을 뿌린 듯이 흐뭇한 달빛에 숨이 막힐 지경이다. 붉은 대공이 향기같이 애잔하고 나귀들의 걸음도 시원하다.

길이 좁은 까닭에 세 사람은 나귀를 타고 외줄로 늘어섰다. 방울소리가 시원스럽게 딸랑딸랑 메밀밭께로 흘러간다. 앞장선 허생원의 이야기 소리는 꽁무니에 선 동이에게는 확적히는 안 들렸으나, 그는 그대로 개운한 제멋에 적적하지는 않았다.

"장 선 꼭 이런 날 밤이었네. 객줏집 토방이란 무더워서 잠이 들어야지. 밤중은 돼서 혼자 일어나 개울가에 목욕하러 나갔지. 봉평은 지금이나 그제나 마찬가지지. 보이는 곳마다 메밀밭이어서 개울가가 어디 없이 하얀 꽃이야. 돌밭에 벗어도 좋을 것을, 달이 너무나 밝은 까닭에 옷을 벗으러 물방앗간으로 들어가지 않았나. 이상한 일도 많지. 거기서 난데없는 성 서방네 처녀와 마주쳤단 말이네. 봉평서야 제일가는 일색이었지…… 팔자에 있었나부지."

아무렴 하고 응답하면서 말머리를 아끼는 듯이 한참이나 담배를 빨 뿐이었다. 구수한 자줏빛 연기가 밤기운 속에 흘러서는 녹았다.

"날 기다린 것은 아니었으나 그렇다고 달리 기다리는 놈팡이가 있는 것두 아니었네. 처녀는 울고 있단 말이야. 짐작은 대고 있으나 성 서방네는 한창 어려워서 들고날 판인 때였지, 한집안 일이니 딸에겐들 걱정이 없을 리 있겠나? 좋은 데만 있으면 시집도 보내련만 시집은 죽어도 싫다지……."

"그러나 처녀란 울 때같이 정을 끄는 때가 있을까. 처음에는 놀라기도 한 눈치였으나 걱정 있을 때는 누그러지기도 쉬운 듯해서 이럭저럭 이야기가 되었네……. 생각하면 무섭고도 기막힌 밤이었어."

"제천인지로 줄행랑을 놓은 건 그 다음날이렷다."

"다음 장도에는 벌써 온 집안이 사라진 뒤였네. 장판은 소문에 발끈 뒤집혀 고작해야 술집에 팔려가기가 상수라고 처녀의 뒷공론이 자자들 하단 말이야. 제천 장판을 몇 번이나 뒤졌겠나. 허나 처녀의 꼴은 꿩 구워먹은 자리야. 첫날밤이 마지막 밤이었지. 그때부터 봉평이 마음에 든 것이 반평생인들 잊을 수 있겠나."

"수 좋았지. 그렇게 신통한 일이란 쉽지 않아. 항용(恒用) 못난 것 언어 새끼 낳고, 걱정 늘고 생각만 해두 진저리나지- 그러나 늘그막바지까지 장돌뱅이로 지내기도 힘든 노릇 아닌가? 난 가을까지만 하구 이 생계와두 하직하려네. 대화쯤에 조그만 전방이나 하나 벌이구 식구들을 부르겠어. 사시장천(四時長天) 뚜벅뚜벅 걷기란 여간 이래야지."

"옛 처녀나 만나면 같으나 살까…… 난 꼬꾸라질 때까지 이 길 걷고 저 달 볼 테야."

산길을 벗어나니 큰길로 틔어졌다. 꽁무니의 동이도 앞으로 나서 나귀들은 가로 늘어섰다.

"총각두 젊겠다, 지금이 한창 시절이렷다. 충주집에서는 그만 실수를 해서 그 꼴이 되었으나 섧게 생각 말게."

"처, 천만에요. 되레 부끄러워요. 계집이란 지금 웬 제격인가요. 자나 깨나 어머니 생각뿐인데요."

허생원의 이야기로 실심해 한 끝이라 동이의 어조는 한풀 수그러진 것이었다.

"아비 어미란 말에 가슴이 터지는 것도 같았으나 제겐 아버지가 없어요. 피붙이라고는 어머니 하나뿐인 걸요."

"돌아가셨나?"

"당초부터 없어요."

"그런 법이 세상에…"

생원과 선달이 야단스럽게 껄껄들 웃으니, 동이는 정색하고 우길 수밖에는 없었다.

"부끄러워서 말하지 않으랴 했으나 정말예요. 제천 촌에서 달도 차지 않은 아이를 낳고 어머니는 집을 쫓겨났죠. 우스운 이야기나, 그러기 때문에 지금까지 아버지 얼굴도 본 적 없고 있는 고장도 모르고 지내와요."

고개가 앞에 놓인 까닭에 세 사람은 나귀를 내렸다. 둔덕은 험하고 입을 벌리기도 대근하여 이야기는 한동안 끊어졌다. 나귀는 건 듯하면 미끄러졌다. 허생원은 숨이 차 몇 번이고 다리를 쉬지 않으면 안 되었다. 고개를 넘을 때마다 나이가 알렸다. 동이 같은 젊은 축이 그지없이 부러웠다. 땀이 등을 한바탕 쪽 씻어 내렸다.

고개 너머는 바로 개울이었다. 장마에 흘러버린 널다리가 아직도 걸리지 않은 채로 있는 까닭에 벗고 건너야 되었다. 고의를 벗어 띠로 등에 얽어매고 반 벌거숭이의 우스꽝스런 꼴로 물속에 뛰어 들었다. 금방 땀을 흘린 뒤였으나 밤물은 뼈를 찔렀다.

"그래 대체 기르긴 누가 기르구?"

"어머니는 하는 수 없이 의부를 얻어가서 술장사를 시작했죠. 술이 고주래서 의부라고 전 망나니예요. 철들어서부터 맞기 시작한 것이 하룬들 편한 날 있었을까. 어머니는 말리다가 채이고 맞고 칼부림을 당하고 하니 집 꼴이 무어겠소. 열여덟 살 때 집을 뛰어나서부터 이 짓이죠."

"총각 나이론 철듦이 무던하다고 생각했더니 듣고 보니 딱한 신세로군."

물은 깊어 허리까지 찼다. 속 물살도 어지간히 센데다가 발에 차이는 돌멩이도 미끄러워 금시에 훌칠 듯하였다. 나귀와 조선달은 재빨리 거의 건넜으나 동이는 허생원을 붙드느라고 두 사람은 훨씬 떨어졌다.

"모친의 친정은 원래부터 제천이었던가?"

"웬걸요. 시원스레 말은 안 해주나 봉평이라는 것만은 들었죠."

"봉평, 그래 그 아비 성은 무엇이구?"

"알 수 있나요. 도무지 듣지를 못했으니까."

"그, 그렇겠지." 하고 중얼거리며 흐려지는 눈을 까물까물하다가 허생원은 경망하게도 발을 빗디디었다. 앞으로 고꾸라지기가 바쁘게 몸째 풍덩 빠져버렸다. 허우적거릴수록 몸을 걷잡을 수 없어 동이가 소리를 치며 가까이 왔을 때에는 벌써 퍽이나 흘렀었다. 옷째 쫄딱 젖으니 물에 젖은 개보다도 참혹한 꼴이었다. 동이는 물속에서 어른을 가볍게 업을 수 있었다. 젖었다고는 하여도 여윈 몸이라 장정 등에는 오히려 가벼웠다.

"이렇게까지 해서 안됐네. 내 오늘은 정신이 빠진 모양이야."

"염려하실 것 없어요."

"그래 모친은 아비를 찾지는 않는 눈치지?"

"늘 한번 만나고 싶다고는 하는데요."

"지금 어디 계신가?"

"의부와도 갈라져 제천에 있죠. 가을에는 봉평에 모셔오려고 생각 중인데요. 이를 물고 벌면 이럭저럭 살아갈 수 있겠죠."

"아무렴, 기특한 생각이야. 가을이랬다?"

동이의 탐탁한 등어리가 뼈에 사무쳐 따뜻하다. 물을 다 건넜을 때에는 도리어 서글픈 생각에 좀 더 업혔으면도 하였다.

"진종일 실수만 하니 웬일이요, 생원."

조선달은 바라보며 기어코 웃음이 터졌다.

"나귀야. 나귀 생각하다 실족을 했어. 말 안 했던가. 저 꼴에 제법 새끼를 얻었단 말이지. 읍내 강릉집 암말 말일세. 귀를 쫑긋 세우고 달랑달랑 뛰는 것이 나귀새끼같이 귀여운 것이 있을까. 그것 보러 나는 일부러 읍내를 도는 때가 있다네."

"사람을 물에 빠뜨릴 젠, 따는 대단한 나귀 새끼군."

허생원은 젖은 옷을 웬만큼 짜서 입었다. 이가 덜덜 갈리고 가슴이 떨리며 몹시도 추웠으나 마음은 알 수 없이 둥실둥실 가벼웠다.

"주막까지 부지런히들 가세나. 뜰에 불을 피우고 훗훗이 쉬어. 나귀에겐 더운 물을 끓여주고. 내일 대화장 보고는 제천이다."

"생원도 제천으로……?"

"오래간만에 가보고 싶어. 동행하려나. 동이?"

나귀가 걷기 시작하였을 때, 동이의 채찍은 왼손에 있었다. 오랫동안 어두운 귀신 같이 눈이 어둡던 허생원도 요번만은 동이의 왼손잡이가 눈에 띄지 않을 수 없었다.

걸음도 가볍고 방울소리가 밤 벌판에 한층 청청하게 울렸다.

달이 어지간히 기울어졌다.

■ 산

——————— 이효석

1

나무하던 손을 쉬고 중실은 발밑의 깨금나무(개암나무) 포기를 들쳤다. 지천으로 떨어지는 깨금알이 손안에 오르르 들었다. 익을 대로 익은 제철의 열매가 어금니 사이에서 오도독 두 쪽으로 갈라졌다.

돌을 집어던지면 깨금알같이 오도독 깨어질 듯한 맑은 하늘, 물고기 등같이 푸르다. 높게 뜬 조각구름 때가 해변에 뿌려진 조개껍질같이 유난스럽게도 한편에 옹졸봉졸(올망졸망) 몰려들 있다. 높은 산등이라 하늘이 가까우련만 마을에서 볼 때와 일반으로 멀다. 구만 리일까 십만 리일까. 골짜기에서의 생각으로는 산기슭에만 오르면 만져질 듯 하던 것이 산허리에 나서면 단번에 구만 리를 내빼는 가을 하늘.

산 속의 아침나절은 졸고 있는 짐승같이 막막은 하나 숨결이 은근하다. 휘엿한 산등은 누워 있는 황소의 등어리요, 바람결도 없는데, 쉴 새 없이 파르르 나부끼는 사시나무 잎새는 산의 숨소리다. 첫눈에 띄는 하얗게 분장한 자작나무는 산 속의 일색. 아무리 단장한 대야 사람의 살결이 그렇게 흴 수 있을까. 수북 들어선 나무는 마을의 인총보다도 많고 사람의 성보다도 종자가 흔하다. 고요하게 무럭무럭 걱정 없이 잘들 자란다. 산오리나무, 물오리나무, 가락나무, 참나무, 졸참나무, 박달나무, 사스레나무, 떡갈나무, 무치나무, 물가리나무, 싸리나무, 고로쇠나무. 골짜기에는 신나무, 아그배나무, 갈매나무, 개옻나무, 엄나무. 산등에 간간이 섞여 어느 때나 푸르고 향기로운 소나무, 잣나무, 전나무, 노간주나무— 걱정 없이 무럭무럭 잘들 자라는— 산속은 고요하나 웅성한 아름다운 세상이다. 과실같이 싱싱한 기운과 향기, 나무 향기, 흙냄새, 하늘 향기, 마을에서는 찾아볼 수 없는 향기다.

낙엽 속에 파묻혀 앉아 깨금을 알뜰히 바수는 중실은, 이제 새삼스럽게 그 향기를 생각하고 나무를 살피고 하늘을 바라보는 것이 아니었다. 그런 것은 한데 합쳐 몸에 함빡 젖어들어 전신을 가지고 모르는 결에 그것을 느낄 뿐이다. 산과 몸이 빈틈없이 한데 얼린 것이다. 눈에는 어느결엔지 푸른 하늘이 물들었고 피부에는 산 냄새가 배었다. 바심할 때의 짚북데기보다도 부드러운 나뭇잎— 여러 자 깊이로 쌓이고 쌓인 깨금잎, 가락잎, 떡갈잎의 부드러운 보료— 속에 몸을 파묻고 있으면 몸뚱어리가 마치 땅에서 솟아난 한 포기의 나무와도 같은 느낌이다. 소나무, 참나무, 총중의 한 대의 나무다. 두 발은 뿌리요 두 팔은 가지다. 살을 베면 피 대신에 나뭇진의 흐를 듯하다. 잠자코 섰는 나무들의 주고받은 은근한 말을, 나뭇가지의 고갯짓하는 뜻을, 나뭇잎의 소곤거리는 속심을 총중의 한 포기로서 넉넉히 짐작할 수 있다. 해가 뜰 때에 즐거워하고, 바람 불 때에 농탕치고, 날 흐릴 때 얼굴을 찡그리는 나무들의 풍속과 비밀을 역력히 번역해 낼 수 있다. 몸은 한 포기의 나무다. 별안간 부드득 솟아오르는 힘을 느끼고 중실은 벌떡 뛰어 일어났다. 쭉 혀는 네 활개에 힘이 뻗쳐 금시에 그대로 하늘에라도 오를 듯 싶었다. 넘치는 힘을 보낼 곳 없어 할 수 없이 입을 크게 벌리고 하늘이 울려라 고함을 쳤다. 땅에서 솟는 산정기의 힘찬 단순한 목소리다. 산이 대답하고 나뭇가지가 고갯짓한다. 또 하나 그 소리에 대답한 것은 맞은편 산허리에서 불시에 푸드득 날아 뜨는 한 자웅의 꿩이었다. 살찐 까투리의 꽁지를 물고 나는 장끼의 오색 날개가 맑은 하늘에 찬란하게 빛났다.

살찐 꿩을 보고 중실은 문득 배가 허출함을 깨달았다. 아래편 골짜기 개울 옆에 간직하여 둔 노루 고기와 가랑잎 새에 싸 둔 개꿀이 있음을 생각하고 다시 낫을 집어 들었다. 첫참때까지에는 한 짐은 채워 놓아야 파장되기 전에 읍내에 다다르겠고, 팔아가지고는 어둡기 전에 다시 산으로 돌아와야 할 것이다. 한참 쉰 뒤라 팔에는 기운이 남았다. 버스럭거리는 나뭇잎 소리가 품안에 요란하고 맑은 기운이 몸을 한바탕 떡 감긴 것 같다. 산은 마을 보다 몇 곱절 살기가 좋은가. 산에 들어오기를 잘했다고 중실은 생각하였다.

2

세상에 머슴살이같이 잇속 적은 생업은 없다.

싸울래 싸운 것이 아니라 김영감 편에서 투정을 건 셈이다. 지금 와보면 처음부터 쫓아낼 의사였던 것이 확실하다. 중실은 머슴 산지 칠 년에 아무것도 쥔 것 없이 맨주먹으로 살던 집을 쫓겨났다. 원통은 하였으나 애통하지는 않았다.

해마다 사경을 또박또박 받아 본 일 없다. 옷 한 벌 버젓하게 얻어 입은 적 없다. 명절에는 놀이할 돈도 푼푼이 없이 늘 개보름 쇠듯[27] 하였다. 장가들이고 집 사고 살림을 내 준다는 것도 헛소리였다. 첩을 건드렸다는 생뚱 같은 다짐이었으나, 그것은 처음부터 계책한 억지요 졸색의 둥글개 따위에는 손댈 염도 없었던 것이다. 빨래하러 갔던 첩과 동구 밖에서 마주쳐 나뭇짐을 지고 앞서고 뒷서서 돌아왔다고 의심받을 법은 없다. 첩과 수상한 놈팡이는 도리어 다른 곳에 있는 것을, 애매한 중실에게 엉뚱한 분풀이가 돌아온 셈이었다. 가살스런 첩의 행실을 휘어잡지 못하고 늘그막 판에 속 태우는 영감의 신세가 하기는 가엾기는 하다. 더욱 엉클어질 앞일을 생각하고 중실은 차라리 하직하고 나온 것이었다. 넓은 하늘 밑에서도 갈 곳이 없다. 제일 친한 곳이 늘 나무하러 가던 산이었다. 짚북데기보다도 부드러운 두툼한 나뭇잎의 맛이 생각났다. 그 넓은 세상은 사람을 배반할 것 같지는 않았다. 빈 지게만을 걸머지고 산으로 들어갔다. 그 속에서 얼마 동안이나 견딜 수 있을까가 한 시험도 되었다.

박중골에서도 오 리나 들어간, 마을과 사람과는 인연이 먼 산협이다. 산등이 펑퍼짐하고 양지쪽에 해가 잘 쬐고, 골짜기에 개울이 흐르고, 개울가에 나무열매가 지천으로 열려 있는 곳이다. 양지쪽에서는 나무하러 왔다 낮잠을 잔적도 여러 번이었다. 개울가에 불을 피우고 밭에서 뜯어온 옥수수 이삭을 구웠다. 수풀 속에서 찾은 으름과 나뭇가지에 익어 시든 아그배와 산사로 배가 불렀다. 나뭇잎을 모아 그 속에 푹 파고 든 잠자리도 그다지 춥지는 않았다.

이튿날 산을 헤매다가 공교롭게도 주영나무가지에 야트막하게 달린 벌집을 찾아냈다. 담배 연기를 피워 벌떼를 이지러뜨리고 감쪽같이 집을 들어냈다. 속에는 맑은 꿀이 차 있었다. 사람은 살라고

---

27) 개 보름 쇠듯, 명절 같은 날에 제대로 먹지도 못하고 지냄을 이르는 말.

마련인 듯싶다. 꿀은 조금으로도 요기(療飢, 시장기를 겨우 면할 정도로 조금 먹음)가 되었다. 개와 함께 여러 날 양식이 되었다.

꿀이 다 떨어지지도 않은 그저께 밤에는 맞은편 심산에 산불이 보였다. 백일홍같이 새빨간 불꽃이 어둠 속에 가깝게 솟아올랐다. 낮부터 타기 시작한 것이 밤에 들어가서 겨우 알려진 것이다. 누에에게 먹히는 뽕잎같이 아물아물 헤어지는 것 같으나, 기실(其實, 실제에 있어서)은 한 자리에서 아롱아롱 타는 것이었다. 아귀의 혀끝같이 널름거리는 불꽃이 세상에도 아름다웠다. 울밑의 꽃보다도, 비단결보다도, 무지개보다도 맨드라미보다도 곱고 장하다. 중실은 알 수 없이 신이 나서 몽둥이를 들고 산등을 따라 오르고 골짜기를 건너 불붙는 곳으로 끌려 들어갔다. 가깝게 보이던 것과는 딴판으로 꽤 멀었다. 불은 산등에서 산등으로 둘러붙어 골짜기로 타 내려갔다. 화기가 확확 튀어 가까이 갈 수 없었다. 후끈후끈 무더웠다. 나무뿌리가 탁탁 튀며 땅이 쩽쩽 울렸다. 민출한 자작나무는 가지가지에 불이 피어올라 한 포기의 산호수(珊瑚樹, 상록 소관목) 같은 불나무로 변하였다. 헛되이 타는 모두가 아까웠다. 중실은 어쩌는 수 없이 몸뚱이를 쓸데없이 휘두르며 불 테두리를 빙빙 돌 뿐이었다. 불은 힘에 부치는 것이었다. 확실히 간 보람은 있었다. 그을린 노루 한 마리를 얻은 것이었다. 불 테두리를 뚫고 나오지 못한 노루는 산골짜기에서 뱅뱅 돌아 결국 불벼락을 맞은 것이다. 물론 그것을 얻을 때는 불도 거의 다 탄 새벽이었으나, 외로운 짐승이 몹시 가엾었다. 그러나 이미 죽은 후의 고기라 중실은 그것을 짊어지고 산으로 돌아갔다. 사람을 살리자는 신의 뜻이라고 비위 좋게 생각하면 그만이었다. 여러 날 동안의 흐뭇한 양식이 되었다. 다만 한 가지 그리운 것이 있었다. 짠맛—소금이었다. 사람은 그립지 않으나 소금이 그리웠다. 그것을 얻자는 생각으로만 마음이 그리웠다.

3

힘자라는 데까지 지었다.

이십 리 길을 부지런히 걸으려니 잔등에 땀이 내배었다. 걸음을 따라 나뭇짐이 휘청휘청 앞으로 휘었다.

간신히 파장 전에 대었다.

나무를 판 때의 마음이 이날같이 즐거운 적은 없었다.

물건을 산 때의 마음도 이날같이 즐거운 적은 없었다.

그것은 짜장 필요한 물건이기 때문이다.

나무 판 돈으로 중실은 감자 말과 좁쌀 되와 소금과 냄비를 샀다.

산 속의 호젓한 살림에는 이것으로써 족하리라고 생각되었다.

목숨을 이어 가는 데 해어쯤이 없으면 어떨까도 생각되었다.

올 때보다 집이 단출하여 지게가 가벼웠다.

술집 골방에서 왁자지껄하고 싸우는 것도 전과 다름없다.

이상스러운 것은 그런 거리의 살림살이가 도무지 마음을 당기지 않는 것이다. 앙상한 사람들의 얼굴이 그다지 그리운 것이 아니었다.

무슨 까닭으로 산이 이렇게도 그리울까. 편벽된 마음을 의심도하여 보았다. 그러나 별로 이치도 없었다. 덮어놓고 양지쪽이 좋고, 자작나무가 눈에 들고, 떡갈잎이 마음을 끄는 것이다. 평생 산에서 살도록 태어났는지도 모른다.

김영감의 그 후의 소식은 물어 낼 필요도 없었으나, 거리에서 만난 박 서방 입에서 우연히 한 구절 얻어듣게 되었다.

병든 등글개첩[28]은 기어코 김영감의 눈을 감춰 최 서기와 줄행랑을 놓았다. 종적을 수색 중이나 아직도 오리무중이라 한다.

사랑방에서 고시렁고시렁 잠을 못 이룰 육십 노인의 꼴이 측은하게 눈에 떠올랐다. 애매한 머슴을 내쫓았음을 뉘우치리라고 생각되었다. 그러나 중실에게는 물론 다시 살러 들어갈 뜻도, 노인을 위로하고 싶은 친절도 가지기 싫었다.

다만 거리의 살림이라는 것이 더한층 어수선하게 여겨질 뿐이었다.

산으로 향하는 저녁길이 한결 개운하다.

4

개울가에 냄비를 걸고 서투른 솜씨로 지은 저녁을 마쳤을 때에는 밤이 적이 어두웠다.

깊은 하늘에 별이 총총 돋고 초승달이 나뭇가지를 올가미 지웠다.

새들도 깃들이고 바람도 자고 개울물만이 쫄쫄쫄쫄 숨 쉰다. 검은 산등은 잠든 황소다.

등걸불이 탁탁 튄다. 나뭇잎 타는 냄새가 몸을 휩싸며 구수하다. 불을 쬐며 담배를 피우니 몸이 훈훈하다. 더 바랄 것 없이 마음이 만족스럽다.

한 가지 욕심이 솟아올랐다.

밥 짓는 일이란 머슴애 할 일이 못 된다. 사내자식은 역시 밭 갈고 나무하는 것이 옳은 것이다. 장가를 들려면 이웃집 용녀만한 색시는 없다. 용녀를 데려다 밥 일을 맡길 수밖에는 없다고 생각

---

28) 등글개첩, 등의 가려운 곳을 긁어 주는 첩이라는 뜻으로, 늙은이가 데리고 사는 젊은 첩을 이르는 말.

하였다.

용녀를 생각만 하여도 즐겁다. 궁리가 차례차례로 솔솔 풀렸다.

굵은 나무를 베어다 껍질째 토막을 내 양지쪽에 쌓아 올려 단간의 조촐한 오두막을 짓겠다. 펑퍼짐한 산허리를 일궈 밭을 만들고 봄부터 감자와 귀리를 갈 작정이다. 오랍 뜰에 우리를 세우고 염소와 돼지와 닭을 칠 터. 산에서 노루를 산 채로 붙들면 우리 속에 같이 기르고 용녀가 집일을 하는 동안에 밭을 가꾸고 나무를 할 것이며, 아이를 낳으면 소같이 산같이 튼튼하게 자라렷다. 용녀가 만약 말을 안 들으면 밤중에 내려가 가만히 업어 올걸.

한번 산에만 들어오면 별수 없지.

불이 거의거의 아스러지고 물소리가 더한층 맑다.

별들이 어지럽게 깜박거린다.

달이 다른 나뭇가지에 걸렸다.

나머지 등걸불을 발로 비벼 끄니 골짜기는 더한층 막막하다.

어느 때인지 산 속에서는 때도 분별할 수 없다.

자기가 이른지 늦은지도 모르면서 나무 밑 잠자리로 향하였다.

낟가리같이 두두룩하게 쌓인 낙엽 속에 몸을 송두리째 파묻고 얼굴만을 빠끔히 내놓았다.

몸이 차차 푸근하여 온다.

하늘의 별이 와르르 얼굴 위에 쏟아질 듯싶게 가까웠다, 멀어졌다 한다.

별 하나 나 하나, 별 둘 나 둘, 별 셋 나 셋…… 어느 결엔지 별을 세고 있었다. 눈이 아물아물하고 입이 뒤바뀌어 수호가 틀려지면 다시 목소리를 높여 처음부터 고쳐 세곤 하였다 별 하나 나 하나, 별 둘 나 둘, 별 셋 나 셋…… 세는 동안에 중실은 제 몸이 스스로 별이 됨을 느꼈다.

■ 풀잎

———————— 이효석

시인 '월트 윌먼'을 가졌음은 인류의 행복이다.

"세상에 기적이라는 게 있다면 요 며칠 동안의 제 생활의 변화를 두구 한 말 같어요, 이 끔찍한 변화를 기적이라구 밖엔 뭐라구 하겠어요." 부드러운 목소리가 어딘지 먼 하늘에서나 흘러오는 듯 삼라만상과 구별되어 귀속에 스며든다.

준보는 고개를 돌리나 먹 같은 어둠 속에서는 그의 표정조차 분간할 수 없다. 얼굴이 달덩어리같이 훤하고 쌍꺼풀진 눈이 포도 알 같이 맑은 것은 며칠 동안의 인상으로 그러려니 짐작할 뿐이다. 실과 사귄 지 불과 한 주일이 넘을락 말락 할 때다.

"그건 꼭 내가 하구 싶은 말요. 지금 신비 속에 살고 있는 것만 같어요.

이런 날이 있을 줄을 생각이나 해봤겠수. 행복은 불행이 그렇듯 아무 예고두 없이 벼락으로 닥쳐오는 모양이죠."

"되레 걱정돼요. 불행이 뒤를 잇지 않을까 하는. ―그만큼 행복스러워요."

"행복이구 불행이구 사람의 뜻 하나에 달렸지 누가 무엇이 우리들을 어떻게 할 수 있단 말요. 사람의 의지같이 무서운 게 세상에 없는데."

"그 말이 제게 안심과 용기를 줘요. 웬일인지 자꾸만 겁이 났어요. 낮과 밤이 너무도 아름다워요. 모든 게 요새는 꼭 우리 둘만을 위해서 마련돼 있는 것만 같구먼요."

방공연습이 시작된 지 여러 날이 거듭되어 밤이면 거리는 등화관제로 어둠 속에 닫혀졌다. 몇 날의 밤의 소요를 계속하는 두 사람은 외딴 골목을 골라 걸으면서 단원들의 고함을 들을 때 마음의 거슬리는 것이 없지는 않았으나 평생의 중대한 시기에 서 있는 준보에게는 그 정도의 사생활의 특권쯤은 그다지 망발이 아니리라고 생각되었다. 하물며 낮 동안에 일터에서 백성으로서의 직책과 의무를 다했다면야 그만큼의 밤의 시간은 자유로워도 좋을 법했다.

아내를 잃은 지 채 일 년을 채우지 못했으나 그 한 해 동안의 적막이 준보에게는 지난 반생의 어느 때보다도 크고 쓰라린 것이었다. 사랑 속에 있으면서 때때로 느끼는 적막감은 오히려 사치한 감정이요, 사랑을 잃었을 때 비로소 사람은 사랑이라는 것이 단순한 추상적인 용어가 아님을 절실히 느끼게 된다. 야심이며 희망이며 청춘의 모든 욕망을 가리고 바치고 걸러서 마지막으로 쳇바퀴 속에 남는 것이 역시 사랑임을 새삼스럽게 느낀 듯도 했다 준보에게 사랑이 . 없는 것은 아니었다. 쉴 새 없이 뒤를 이어 그 무엇이 앞에 나타나고 생활 속에 스며들기는 했으나 그 전부가 반드시 사랑이라고 만도 할 수는 없었다. 사랑으로까지 발전하기 전에 선 채로 끝나 버린 적도 있었고 단순한 감상적인 경우도 있었고 또 일시의 허물에 지나지 않는 때도 있었다. 동무들이 그를 염복가라고 부러워하는 그런 의미의 행복감의 연속 속에서 살아왔다고는 생각되지 않았다. 아내를 잃은 후만 해도 지난날의 어느 때보다도 인물들은 가장 많이 나타나서 그 짧은 일 년이 다른 때의 십년 맞잡이는 되게 풍성풍성은 했으나 마음속을 파고드는 한 줄기 쇠사슬 같은 쓸쓸한 심사는 어쩔 수 없었다. 현재의 만족감 이상으로 가버린 아내에게 대한 슬픔과 뉘우침이 큰 까닭이었다. 결국 준보는 그를 둘러싼 화려하고 다채하게 장식된 분위기 속에서 단 한 사람 아내를 사랑해 왔다고 할까. 비늘구름 같은 자질구레한 꿈의 조각들을 허다하게 가슴속에 가지면서도 단 하나 아내에게 사랑을 길러오고 북돋아 왔음을 아내를 잃은 후에야 비로소 자각하게 된 셈이다. 아내의 추억 속에서 남은 반생을 살아야겠다는 순교자다운 경건한 마음을 먹어 본 적도 없지는 않았으나 준보의 체질과 기질로는 필경은 당치않은 일만 같아서 역시 다음 숙명을 기다리는 희망이 그 어디인지 마음 한 귀퉁이를 흐르고 있었다. 사랑을 얻는 것도 잃는 것도 다 같이 하나의 숙명적인 인연이다. 아내를 대신할만한 정성과 열정이 아무 때나 작정된 때에 반드시 차려져 오려니 하는 기대가 없다면 사실 살인적인 그 한해의 고독은 견디어 올 수 없었을는지도 모른다. 헐어진 가정을 쌓아서 새로운 생활을 설계해야 하고 고독을 다스려서 보다 높은 사업을 이루어야 함이 인간경영에 주어진 영원한 과제인 까닭이다. 자멸의 길을 버리고 창조의 길을 찾아야 함이 인류의 행복을 가져오는 까닭이다.

다음 숙명을 준보는 실에게서 발견했다고 생각했다. 너무도 빠르고 이른 발견인지는 모르나 발견이란 원래 그렇게 당돌하고 돌발적인 것이다. 실 이전에 나타난 뭇 인물 중에서 숙명의 대상을 보지 못하고 띄엄띄엄 몇 고비를 넘어가서 하필 실에게서 그것을 찾아낸 것도 숙명의 숙명 된 까닭일 듯싶었다. 애써 말한다면 간 아내가 가졌던 인상의 그 어떤 향기를 그에게서 맡은 까닭이라고나

할까. 그 어디인지 구석구석 방불한 곳이 있어서 그것이 모르는 결에 준보의 마음을 끌어당긴 모양이었다. 불과 며칠에 감정이 통하고 정서가 합하고 생각과 취미가 맞음을 알았다.

걸어드는 피차의 걸음이 무섭게도 빨랐다. 술래잡기의 술래같이 왈칵 서로 부딪쳐서 이마가 맞닿았을 때 깜짝들 놀라면서 그 며칠 동안의 순식간의 변화를 기적이니 신비니 하고들 느끼는 수밖에는 없었던 것이다. 두 사람에게 다 기적이요 신비요 꿈이요—사랑이란 그런 것인지도 모른다.

"세상에서 꼭 한 사람 제일 존경할 수 있는 분을 찾자는 것이 오늘까지의 저의 노력이었어요, 복잡하다면 복잡할까, 지난날은 제겐 오늘 이 목표에 이르기까지의 오랜 방랑생활이었다구두 할 수 있어요. 그 방랑이 오늘 끝났어요. 선생을 만나자 생애가 새로 시작됐어요."

"당신같이 날 존경하는 사람두 난 드물게 봤소. 세상 사람들은 흔히 서로 좋다는 말만 들으려 하는데 그 위에 존경할 수 있다는 것은 사랑에 한층 빛을 더하는 것이라구 생각해요."

공회당 앞 언덕길을 몇 차례나 오르내리며 지척을 분간할 수 없는 어두운 거리를 눈앞에 짐작만 하면서도 두 사람의 마음속은 점점 밝아가고 빛나 갔다. 사랑의 길은 의론하지 않아도 제물에 옳게 찾아진다. 그렇게 해서 두 사람이 며칠 동안에 찾아낸 길은 지도에도 오르지 않았을 지금까지 걸어 본 적도 없던 여러 갈래의 숨은 길이었다. 좁은 골목을 들어서 주택지대를 올라서니 바로 서기산 뒤턱이었다. 아직 낙엽지지 않은 나무들이 지름길 양편에 늘어서 어두운 속에서 한층 으슥하고 깊은 느낌을 준다. 산 위 주택에서 새어 나오는 한 줄기의 창의 등불이 두 사람의 마음을 상징하는 듯 따뜻하고 포근하다.

"커다란 한이 있어요. 왜 선생을 더 일찍이 못 만났던가 하는, 제일 처음 만난 어른이 선생이었더면 얼마나 더 행복스러웠겠어요. 지난날의 상처를 생각하면 몸에 소름이 돋군 해요."

나무그늘 아래에 이르자 실은 준보에게서 팔을 뽑고 몸을 떼면서 가늘게 한숨을 쉬는 것이 들렸다. 준보도 대강 말의 뜻을 짐작할 수 있어서 그 역 자기의 상처에 손이 닿는 것도 같은 일종의 야릇한 감정이 솟았다.

"난 그런 소리 듣기를 좋아하지 않은데, 괜히 다 아문 허물을 다시 땃작거릴 필요가 있을까."

"좋아하시든 안 하시든 한번은 모든 것 다 들어주세야죠. 무지의 행복을 저두 잘 알아요. 그러나 정작 필요한 건 지식을 거친 이해와 달관이 아닐까요."

"과거를 말한다면 피차일반이지 누군 샘 속에서 솟아 나온 동잔가요."

"선생님이 그렇게 이해하시는 것과 똑같아야 어디 세상이 봐요. 항상 오해와 악의를 더 많이 준비해 가지고 있는 세상인데요."

"무엇이 귀에 들리든 지금의 내 열정을 지울 힘이 없음을 장담해도 좋아요. 난 거저 이 열정만을 가지구 모든 것과 항거해 볼라구 해요."

그러나 실은 조심조심 한 꺼풀씩 자기의 과거를 벗기기 사작했다. 시련이나 받는 선량한 교도와도 같이 준보는 마음을 다부지게 먹고 굳은 몸을 약간 떨고 있었다.

실은 열아홉 살까지의 명예롭지 못한 직업 시대의 사정을 말하고 다음 세 사람의 이름을 들면서 각각 세 경우를 이야기했다. 대략

거리의 소문으로 스쳐 들은 자료를 좀 더 자세히 고백한 것이었으나 준보는 침착한 태도에도 불구하고 그것을 듣는 동안 커다란 용기가 필요했다. 실업가와 문학청년과 사회주의자의 세 사람이 다 같이 실은 애정을 요구한 것은 인간으로서의 특권인 것이니 누가 만류할 수 있었으랴만, 다만 슬프다면 준보가 그들보다 뒤져서 실을 알게 된 사실이었을까. 깊은 원시림 속에 아무도 모르게 맺힌 한 송이의 과실을 누가 원하지 않으랴만 세상은 도대체 복잡하다. 번거로운 것이다. 원시림 속에 과실이 어느 때까지나 눈에 안 뜨이고 몸을 마칠 리는 없는 것이다. 준보에게 필요한 것은 열정과 용기였다. 용기—지금까지 그는 사랑에 이것이 필요한 것임을 모르고 지내왔다. 오늘 그것을 알아야 할 날이 온 것이다. 그의 인생은 한 테두리 몫을 더한 셈이다.

"생각하면 울구만 싶어요. 왜 하필 인생이 그렇게 시작됐을까요."
실은 짜장 울려는 듯 나무그늘 속으로 뛰어들더니 나무에 등을 기대고 고요히 섰다. 준보가 가까이 갔을 때 왈칵 몸을 던져 오면서 코를 마셨다.

쥐이는 손이 몹시 차다.

"불쾌하셨으면 용서하셔요.—그러나 실상 지난 그것들은 아무것두 아니었어요. 사랑이 이렇다는 것은 오늘이야 처음 알았어요. 전 아무두 사랑하진 않았어요. 오늘 나서 처음으로 사랑을 알았어요. 이 말을 믿어 주세요."

"걱정할 게 없어요. 오늘의 당신을 사랑했지 누가 지난 경력을 사랑했나요. 오늘의 그 얼굴과 교양과 취미를 사랑하고 인격을 존중히 하는 것이지 누가 지난날을 캐자는 것인가요."

"인제 세상이 둘의 새를 알고 펄쩍들 뛰구 와글와글 끓이면 어떻게 하시겠어요. 그땐 제가 싫어지겠죠."

"사랑두 세상눈치 봐가면서 해야 되나. 세상을 좀 멸시하면선 못 살아가나. 난 남의 비위만 맞추면서 사는 사람이 못 되는데."

실은 슬픈 속에서도 얼마간 마음이 놓이고 용기를 회복했는지 준보의 뜻대로 다시 팔을 걸고 길을 더듬어 내렸다. 거리는 여전히 어두우나 공습해제의 틈을 타서 등불이 군데군데 비치어 약간 훤해졌다가는 다시 어두워지곤 했다. 흡사 두 사람의 마음속같이 한결같지 못한 밤이었다.

"내가 지금 사랑 하는 것이 음악가 이외의 무엇이란 말요. 동경 가서 공부하는 음악학도를 사랑하는 것이지 지난 이력이 내게 아랑곳이란 말요."

원래 당신이 내 앞에 나타날 때 그런 자격 이외의 무엇으로 나타났게." 여학교가 있고 기숙사가 있고 교회당이 있고 병원이 있는 조용한 둔덕 골목길을 들어섰을 때 준보는 실은 심정을 좀 더 즐겁게 낚구어 보고 싶었다.

"이 알량한 음악가. 괜히 온전한 음악가로 여기셨다가 되려 실망이나 마셔요."

"날 처음에 유혹해 낼 때 음악의 이름을 빌지 않구 어쨌소. 토스카를 들으러 오라구 전화가 왔을 때 내가 얼마나 놀란 줄 아우."

준보가 웃는 바람에 실도 따라서 웃게 되어 그 웃음으로 말미암아 엉겼던 마음 활짝 풀려지는 것도 같았다. 여학교 기숙사에서인지 문득 피아노 소리가 들려 온 것도 그 한때의 호흡을 맞추어 주는 셈이 되어서 개어가는 두 사람의 감성의 반주인양 싶었다. 마음의 거리의 같이 몸의 거리도 밤의 힘을 빌어 가까울 대로 가까웠다.

토스카와 라보엠과 마담 버터플라이 등의 가극의 신판을 새로 구했으니 들으러 오지 않겠느냐는 뜻의 전화를 실에게서 받던 날 준보는 의외의 소식에 당황해서 반날 동안 그 생각으로 머릿속이 가득 차 있었다.

그때까지 실은 만난 것이 서너 번, 그의 부드럽고 밝은 인상을 가슴속에 간직해 두었을 뿐이던 준보에게는 문득 한 줄기의 당돌한 직각이 솟으면서 그것이 마음을 억세게 지배하게 되었다. 전화를 건 것은 아무편이래도 좋은 것이다. 두 사람의 준비된 감정에 불을 지른 것이 실이었다는 것이 조금 질겁한 준보에게 되려 용기를 주는 결과가 되었던 것이다.

실의 형이 경영해 나가는 찻집 한구석에서 그날 밤 두 사람은 가극의 신판을 듣는 것이 아니라 음악과는 먼 이야기에 정신이 없었다.

"다따가 전화를 걸어서 놀라셨죠. 동료들은 뭐라구 그러지들 않아요. 학교래서 그런지 전화 걸기가 거북했어요. 여자가 먼저 덜렁덜렁 나서는 걸 두렵다구 생각하시지 않았어요."

"기뻤죠. 제가 못 거는 걸 먼저 걸어 주셔서. 물론 놀라기두 하구요."

"어쩌면 그렇게 한 번두 가게에 안 내려오셨어요. 속으로 얼마나 은근히 기다렸게요. 뵌 지 한 달이 넘었거든요. 전 그래두 행여나 먼저 전화해 주시지나 않나 하구 생각하구 있었죠.―그 바람에 동경두 이렇게 늦었어요. 내일 떠난다, 모레 떠난다, 별러만 오면서 여름휴가로 나왔다가 늦은 가을까지 이게 무슨 꼴인지 모르겠어요."

"오라 참 동경 , 가서 공부하시는 학생이죠. 음악공부쯤 아무데

선 못하나요.”

“음악공부쯤 그만두면 어떤가요.—하구는 못 물으셔요.”

“그럴 용기와 결심이 준비됐다면야.”

“경우에 따라선요.”

다음날 호텔에서 만찬을 같이한 것을 시초로 이곳저곳에서 식사를 함께 하는 날이 늘어갔다. 하루저녁 실은 처음 선사로 책 한 권을 가지고 왔다.

‘도스토예프스키’야 부인이 기록한 「남편 도스토예프스키의 회상」이었다.

준보는 아직 읽지 못한 그 책의 뜻을 여러 가지로 짐작하다가 그들 부부의 사이의 이해가 컸고 남편에게 대한 부인의 사랑이 깊었다는 실의 설명을 들으면서 그 선물의 의미를 대강 알아채었다. 한편 실의 문학적 교양에 준보는 차차 눈을 굴리기 시작했다.

“선생님의 소설 대개 다 읽었어요. 제 마음의 세상이 얼마나 넓어졌는지 모르겠어요. 생활감정두 꼭 제 비위에 맞구요. 유레니, 관야니, 미란, 세란, 단주, 일마, 나아자, 운파, 애라—인물들의 모습이 지금 눈앞에 선히 떠올라요.”

“그런 변변치 못한 이름들을 기억하지 말구 좀더 고전 속의 중요한 인물들을 알아두는 편이 뜻있지 않을까요.”

“중요한 인물들이라는 게 뭐예요. 베아트리체니 헬렌이니 햄릿이니 그레첸이니, 왜 하필 그런 인물들만이 중요한가요. 제게는 어쩐지 일마니 미란이니 운파니 하는 이름들이 더 가깝고 친밀하게 들려오는데요.”

“어쩌면 그렇게 고전문학에 횅하단 말요. 음악가가 아니구 문학가인 것처럼.—그럼 하나 물을까요. 엘리사, 엘리사는 어때요. 비위에 맞아요, 안 맞아요."

"멘탈테스튼가요. 엘리사―난 매운 여자는 좋아하지 않아요. 아마도 지드의 인물들 중에서 제일 싫은 것이 엘리사일까 봐요."

"그럼 쇼오샤는. 마담 쇼오샤."

"토마스 만 말이죠. 마담 쇼오샤는 아마두 엘리사와는 대차적인 인물일 것에요. 좀 허랑한 데가 있기는 하나 엘리사보다야 훨씬 인간적이죠.―그럼 문학시험은 이만하세요. 그러다 제 짧은 밑천이 봉이 빠지겠어요."

"나를 점점 놀래게만 하자는 셈이지 고전에서 현대문학까지 그렇게 통달할 줄이야 어찌 알았겠수. 문학을 안다는 게 인간으로서 얼마나 중요한 일인지 모르는데. 문학을 알구 모르는 건 하늘과 땅만큼이나 차가 있는데."

너무 지나게 평가하셨다.

"괜히 점점 실망이나 마세요. 그저 애써 공부 할 작정이에요. 제겐 욕심이 많답니다. 뭐든지 알구 싶어요. 선생님과 어울릴 수 있을 정도의 교양을 가지구 싶어요."

실의 결심을 장하다 생각하며 그의 철저한 마음의 준비에 준보는 짜장 놀라는 수밖에는 없었다.

아내를 잃었을 뿐이 아니라 가지가지의 불행을 겪은 묵은 집을 떠나려고 벼른 지 오래이던 준보는 마침 이때를 전후해서 교외의 새집으로 이사를 하게 되었다. 새집에서는 마음도 갈아지고 생활도 새로워지리라는 기대가 모르는 결에 그를 재촉했던 것이다.

대충 정돈이 되고 마음을 잡기 시작했을 때 비로소 실은 카네이션의 꽃묶음을 들고 찾아왔다. 층계로 된 포치29)를 올라서 도어를

---

29) 포치(porch), 건물의 입구나 현관에 지붕을 갖추어 잠시 차를 대거

열고 마루방에 들어왔을 때 코트를 벗어서 의자에 걸치더니,

"꼭 아파트의 방 같아요. 이렇게 넓고 높은 게ㅡ."

벽에 걸린 액 속의 뎃상을 쳐다보고 책장의 책들을 훑어보면서 속히 의자에 걸어앉을 염은 안하고 책상 위 화병을 찾아서는 서슴지 않고 새 풀과 단풍가지를 뽑아내더니 대신 파라핀지에 싸 가지고 온 카네이션을 꽂았다.

"꽃가게에 새로 나왔게 사가지구 왔어요. 좋아하세요. 전 이 흰 것과 붉은 것과 분홍빛의 각각 그 뜻을 안답니다. 흰 것은ㅡ 난 애정에 살구 있어요. 붉은 것은ㅡ 난 당신의 사랑을 믿어요. 분홍은 ㅡ 난 당신을 열렬히 사랑해요."

준보가 부엌에 나가 포트에 커피를 달여 들고 들어오려니 실은 피아노 앞에 앉아 악보 없이 쇼팽의 야곡인지를 울리고 있는 중이었다. 오랫동안 적막하던 검은 기계체가 오래간만에 우렁찬 음향으로 방안을 화려하게 장식했다. 음악 속에서 비로소 책들도 그림도 꽃도 생기를 띠우고 기쁨에 젖어 있는 듯싶었다. 그러나 실은 음악에서도 곧 물러나서 의자를 갈아 앉으면서,

"황송해요. 손수 이렇게 끓여 가지구 오실 법이 있나요, 내일부터라두 와서 거들어 드리구 싶어요. 그럴 수만 있다면 얼마나 좋겠어요."

"불편은 하나 독신자의 특권을 좀더 향락해 보는 것두 좋을 것 같아서요."

"애기들은 다 어쩌구 있어요. 주미와ㅡ수미와 언제인가 부인 잡지에 실린 가족사진으로 기억했었어요. 얼마나 쓸쓸들 하겠어요."

"저쪽 방에서 잘들 놀구 잘들 공부하구 하죠. 쓸쓸한 속에서 그

나 사람들이 비바람을 피하도록 만든 곳.

애들두 배우는 게 많을 것예요 . 자라서 독립할 때 누구보다두 굳센 사람 되겠죠."

"아버지의 사랑두 크시겠지만 얼른 따뜻한 어머니의 애정 속에서 어항 속의 금붕어같이 흐뭇하게 젖어 살아야죠. 남의 일 같지만 않게 가엾어서 못 견디겠어요."

유리잔에 그득 담은 커피를 마시면서 실의 커다란 눈동자는 다시 희망에 빛나기 시작했다.

"다음번에 올 적엔 버터를 갖다 드릴게요. 미국 선교사들이 들어갈 때 팔고 가는걸 여남은 폰드 사둔 게 있어요. 두 폰드들이 커다란 통이 아직 두 대여섯 개 언니의 집 냉장고 속에 있다나요. 갖다 드릴께 문덕문덕 많이 발러 잡수셔요. 얼른 저만큼 살이 붙게요."

"난 원래 살이 붙지 말라는 마련인 것 같은데."

"두구 보세요. 제가 꼭 살찌게 해 드릴께. 치밀한 일과표를 짜구 합리적인 생활설계를 세우거든요. 음식과 운동과 오락과 공부와— 과학적인 방법 아래에서 성공하지 않을 리가 없어요. 불과 일 년이 못 가 이렇게 되게 해드릴께요."

두 손으로 커다란 테두리를 짜면서 과장된 형용을 하는 것이 준보에게는 더없이 신시어하게 들려서 마음을 울렸다. 진심으로 건강을 걱정해 줌같이 알뜰한 사랑의 표현이 없다.

실의 정성을 준보는 말끝마다 잡으면서 거기에 정비례해서 깊어가는 스스로의 애정을 느끼는 것이었다. 준보가 피아노 앞에 앉아서 바이야 교칙본을 펴놓고 간단한 곡조를 울릴 때 실이 뒤로 돌아와서 등 너머로 고음부를 짚으니 곡조는 듀엣을 이루어서 곱절의 우렁찬 화음으로 울렸다.

간단한 곡조의 듀엣은 아름다운 것이다. 간단하므로 서툴므로 아름다운지도 모른다. 준보의 목덜미에 실은 따뜻한 숨을 부으면서 준보가 밟는 페달에 맞추어 행복감을 호흡하였다.

　"절 왜 좋아하세요. 어디가 좋아서 사랑하세요."

　사랑하는 사람끼리는 으레 어리석은 질문을 되풀이하는 법인가 보다.

　"음악을 하니까! 문학을 공부하므로? 왜 좋으세요. 말씀해 보세요."

　"거저 좋은 것이지 사랑에 이유와 조건이 무에 있겠수. 실례의 말이지만 누가 그리 알량한 음악가구 끔찍한 문학가라구 여기는데요. 그런 모든 것을 떠나서 단지 인간으로서 사랑할 수 있는 것이죠."

　"물론 저두 그 말이 듣구 싶었어요. 문학을 좋아하지 않는다구 절 좋아하지 않으셨다면—생각만 해두 무서운 일예요."

　"나를 사랑하는 덴 그럼 조건이 있었수. 글줄이나 쓴다구? 학교에서 어학마디나 가르친다구?"

　"제게두 마찬가지로 소설가가 아니래두 좋았구 교수가 아니래두 상관없구 —아니 들에서 밭가는 지애비였던들 제 맘이 움직이지 않았겠어요. 그야 서로 교수구 소설가구 음악가구 문학소녀의 한 것이 보다 좋기는 하지만 그렇지 않단들 왜 사랑이 없었겠어요. 조건두 이유두 없구 거저 맹목적인 것—그런 것만이 참사랑이라구 생각해요. 조금 낡은 투지만요. 조건은 사랑이 있은 후에 천천히 오는 문제가 아닐까요."

　"또 한 가지 알어 두어야 할 것은— 난 가난하다는 것. 지금두 가난하지만 앞으로두 커다란 유산이 굴러들 가망이 지금 같아선

엷다는 것. 따라서 세속적인 뜻으로 당신을 행복하게 하기는 어려우리라는 것."

"제가 사치와 호사를 원한다면 벌써 제 한 몸 처치했지 왜 이때이날까지 기다리구 있었겠어요. 제 나이가 벌써 사분지일 세기를 잡아먹었는데요.

이래 뵈어두 제게두 이상두 있고 안목두 보통사람과는 다르답니다. 조건 조건하시니 선생께 요구하는 조건이 꼭 한 가지 있다면 그건—언제까지든지 절 사랑해 줍소서 하는 것. 결코 한눈을 파시지 말구 평생 저만을 생각해 주셔야 할 것예요."

"그야 물론이지 그까짓 게 다 조건인가.—한눈을 팔다니 누가 그렇게 장난꾼이랍디까."

"말 마세요. 거리의 소문으로 죄다 알구 있어요. 대단한 염복가시라구요.

그러나 전 그걸 그리 슬퍼하진 않아요. 이왕이면 여자에게두 인기가 있는 것이 좋죠. 촌촌거리구 평생에 연애 한 번두 못 차려지는 그런 사내라는 건 생각만 해두 진저리가 나요. —실례지만 한가지 물을께 노여워 마시구 대답해 주세요—."

악보의 페이지를 번기니 다음 곡조는 알레그로다. 그 빠른 멜로디를 내기에 분주해서 두 사람의 마음은 반은 음악 속에 뺏기어들어갔다.

"—로테와의 관계는 어떻게 하겠어요. 그 유명한 병오생의 로테 말예요. 말끔히 청산되셨나요."

이미 거리에 소문까지 흘리게 된 사건이라면 준보도 반드시 뜨끔해 할 것은 없었다. 사실 그 일건을 생각할 때나 말할 때 준보는 벌써 충분히 침착한 태도를 지닐 수 있었던 것이다.

"로테라면 내가 베르테르인 셈이게요. 그러나 실상은 그와 반대리다. 차라리 내가 베르테르의 불행을 가질 수 있었다면 더 행복스러웠으리라구 생각해요. 너무두 어려운 경우였어요. 그렇다구 골듸스의 마디를 끊을 알렉산더의 장검두 가지지 못했었구 그러는 동안에 차차 그의 성격의 결함을 발견하게 된 것은 차라리 다행이었죠. 사람이 너무 거세구 사교라면 조석두 잊어버리구 정신없이 허둥거린단 말예요. 슬퍼서 울었다던 날 금시 버얼겋게 화장을 하구 옷을 갈아입구 사내들과 마주앉아 노닥거리는 걸 예의라구 생각하는 버릇—그 한 가지 경우로 나는 그를 철저히 멸시할 수 있었어요. 조선의 가난한 집에 태어났으면서두 마치 구라파의 복판에나 살구 있는 듯이 착각하구 그걸 교양이요 예의라구 생각하는 그 그릇된 태도 그것이 내 맘을 차차 식혀 주었어요. 대단히 행복스런 결말이라구 할 수 있죠. 짜장 베르테르의 설움을 가졌더라면 어떡할 뻔 했게요."

"제발 전 그렇지 않았으면요. 병오생이 아니니까 염려는 없어두요. —그러나 성격두 사랑으로 정복할 수 있는 것이 아닐까요."

"정복했다구 생각하는 건 착오일 때가 많아요. 선천적인 근성이라는건 아무것에두 굴하는 법 없이 언제나 한 번은 정직한 자태를 나타내는 것이니까요."

"그러길 잘했죠. 안 그랬더라면 제 존재가 말살을 당했게요."

질투의 감정을 아직은 차곡차곡 포개서 가슴속에 간직해 두었는지 어쨌는지 비교적 담박한 실의 태도였다.

"또 하나 묻겠어요.—동경에 있는 여류화가 그에게선 요새두 편지가 오나요. 이것두 거리에서 소문으로 들었습니다만."

흡사 하나씩 하나씩 대답을 밝혀 가는 학동의 방법과도 다르다.

준보에게는 교사로서의 엄정한 태도를 요구하는 셈이었다.

간 아내의 후배인 그 화가는 준보가 불행을 당하자 우연히 편지를 띄우기 시작한 것이 드디어 대단한 정성과 애정을 먹과 종이에 부탁해서 보내오게 된 것이었다. 같은 여학교의 선배인 아내에게 대한 흠모와 존경이 그대로 준보에게로 고삐를 돌린 셈이었다. 준보는 편지와 사진만을 받았을 뿐 아직 접해 보지 못한 그 새로운 인격을 머릿속에 그려 보면서 일종 야릇하고 안타까운 심사였다. 편지에 나타난 인품과 교양과 열정으로만은 전 인격의 인상을 옳게 잡기 어려웠던 까닭이다. 한 줄기 어렴풋한 꿈과 희망을 주고받으면서 이상스런 사귐이 근 반년 동안 계속해 왔건만 직접 감각의 문을 통하지 못한 그 가상적인 사랑은 두 사람 사이에 바다와 강산의 먼 거리를 두고는 종시 활활 타오르지 못한 채 조금의 발전도 없이 침체되고 있었던 것이다. 한여름 동안 공을 들여 제작한 작품을 가을에 제전에 출품했다가 낙선을 됐으나 그다지 낙담을 하고 있지 않는다는 소식을 전해 온 것을 일기로 하고 웬일인지 편지가 금시 딸꾹질을 시작한 것처럼 끊어지기 시작했다. 준보가 실과의 교섭을 가지게 된 것이 바로 이 무렵을 전후해서였다.

"우리들의 소문을 들었는지 어쨌는지 요새는 도무지 소식이 없어요. 하긴 하나씩 하나씩 제물에 해결되어 가는 것이 편한 노릇이긴 하지만."

"어떤 분예요. 사진과 편지 언제 한번 뵈여 주세요. 고우시겠지. 저보 담 젊구 지저분한 과거두 없을 테구."

"언젠가의 편지엔 고향과 가정과 현재의 형편 이야기를 하군 반생 동안 적어온 일기가 참회의 연속이라구 했었으니 원 무슨 뜻이었든지. 남의 지내온 날을 자기가 아니고야 누가 똑바로 알겠수.

사람의 가슴속같이 복잡하구 신비로운 것이 없는데."

"제가 만약 나타나지 않았더라면 그이와 맺게 됐겠수. 똑바로 말씀하세요.—그러구 보면 모든 게 거저 인연만 같아요."

"결말이 어떻게 됐을지를 누가 알겠수. 사람은 앞일을 아무것두 헤아릴 수는 없는데 사랑에 먼 거리같이 금물은 없다구 생각해요. 모르는 동안에 금시 눈앞에 무엇이 일어나 있는지 알 길이 있어야죠. 가을에 이곳까지 스케치 여행을 나오겠다구 벼르던 그에게 행여나 불길한 변이나 일어나지 않았으면 하구 원해요."

"그림과 음악과—어느 편을 더 좋아하세요. 음악을 좋아하시는 건 알아두 그림두 좋아하시죠. 그렇죠."

"뭐요. 그건. 계정이란 말요. 실이두 계정을 부릴 줄 아나.

실이—실리이—바보. 바보두 그런 쓸데없는 감정의 노예가 되나."

실은 문득 피아노를 멈추더니 그 자세대로 준보의 등에 왈칵 전신을 의지해 버리고 말았다. 준보는 앞으로 쓰러지려는 몸을 바로 세우고 어깨너머로 넘어온 실의 두 손을 잡았다.

"다 잊어버려 주세요. 저 이외의 것은 죄다 이 머릿속에서 지워 주세요. 저의 꼭 하나 바라는 조건이 그것에요. 자 약속하세요.—앞으론 평생 한눈을 파지 않겠다구. 저만을 생각하겠다구."

사랑은 왜 두 사람만의 뜻과 주장으로서 족한 것이 못될까. 두 사람 사이에 세상이라는 쓸데없고 귀찮은 협잡물이 끼어 들어옴을 알았을 때 준보는 움칫해지며 불쾌한 느낌이 전신을 스쳐 흘렀다.

실과 약속을 한 지 불과 며칠을 넘지 않아 준보는 친구 윤벽도의 방문을 받은 순간 직각적으로 신경을 건드리는 것이 있었다.

"자네 요새 무엇을 하구 있었나. 거리는 자네들 소문으로 온통 발끈 뒤집혔으니."

기쁜 때나 슬픈 때나 신변에서 가장 가까이 돌면서 허물없는 사귐을 맺어오는 그 친우의 말이라면 대개는 귀를 기울여 오는 사이였건만 이번 경우만은 웬일인지 그 첫마디가 벌써 준보의 마음에 섬뜩하게 울려오는 것이었다.

　"뭣 말인가. 우리들의 사랑 말인가."

　"사랑은 다 뭐야. 신중하게 사람을 가려 가면서 사랑을 하든지 어쨌든지 하지 사람이 왜 그리 자기 몸을 애낄 줄을 모르나. 옥씨의 집안이 어떻구 과거가 어떤 줄이나 알구서 그러나."

　"알구 말구. 아니까 더욱 사랑하게 됐네. 자넨 집안과 과거만을 알았지 본인의 인격과 교양과 기품은 모르는 모양이지. 나는 과거를 사랑하는 것이 아니라 현재의 인격을 사랑하는 것이네. 풍부한 교양에 접하면 자네쯤은 땅을 치구 부끄러워해야 하리."

　준보는 웬일인지 버럭 항거하고 싶은 생각이 솟아 어세를 높여보았다.

　"말하는 꼴이 벌써 새가 깊어진 모양 같네만 자네 생각만 옳다구 하지 말구 세상의 의견에두 한번은 귀를 기울여봐야 하잖겠나. 결혼까지 간단 말을 듣고 나두 놀랐네만 거리에서 만나는 동무마다 한 사람이나 찬성하는 이가 있을 줄 아나. 다들 입들을 벌리구 입맛을 다실뿐이지. 자네는 예술가니까 독창정신을 실생활에두 살려서 상식을 무시하구 남 안하는 괴이한 짓두 해보구 때로는 괜히 속세에 반항두 하구 싶은 충동을 느끼는 줄을 짐작하네만 평생의 중대한 일을 그렇게 경솔히 작정해서야 쓰겠나."

　"소태를 먹어두 제멋인데 왜 남의 일을 가지구 걱정들을 하라나. 도대체 난 세상의 말이라는 걸 일종의 저널리즘이라구 밖엔 생각하지 않네. 자넨 진정으로 나를 위해서 걱정하는 줄을 아네만은 자네가 거리에서 만나는 열 사람이면 열 사람이 다 결국은 경박한 가십장이밖에는 못 된단 말야. 부질없이 남의 말하기 좋아하구 농하기 좋아하구 헐기 좋아하는 저널리스트 이상의 무엇인 줄 아나. 실없는 그것들의 말을 일일이 들어선 할 수 있나. 파리 떼같이 와글와글 끓게 내버려 두는 수밖엔 아무 말이 귀에 들려와두 뜨끔하지 않네."

"자네들이 그만큼 유명하다는 걸 알아야 되네. 자네나 옥씨나 고석쟁이에 숨어 있는 사람이라면 세상에서 문제나 삼겠나. 화젯거리가 될 만 하니까 화제를 삼는 것이 아닌가. 따라서 자네의 책임두 성립되는 것이네. 사회에 이름이 있다는 건 벌써 개인의 자유행동에 그만큼 구속을 받구 책임을 져야 한다는 것야. 개인만의 개인이 아니구 사회를 위한 개인이야. 사실 자네를 애끼는 건 나 혼자만이 아니네. 어떤 동무는 심지어 흉계를 써서 자네들의 연애를 방해하자구까지 하데만 약속하다구 여기지 말구 그런 우정을 고맙게 받아 보게."

벽도는 준보에게 입을 열 기회와 여유를 주지 않고 혼자만 앞을 이어 갔다.

"자네네 학교 학생들에게 자네 인기를 떠보지 않았겠나. 어학만의 강의를 받기가 아까워서 자네에게 수신의 교수까지를 청하겠다구 교장이 교섭 중이라네. 그렇듯 자네를 존경하는 제자들의 기대두 저버려서야 되겠나."

"여러 가지로 자네 책임은 크단 말이야."

"자네두 문학을 한다는 사람이 생각이 왜 그리두 범용하구 옹색한가. 사랑엔 인물 차별과 지경이 없다는 걸 실물로 교육할 수 있다면 얼마나 더 인간적인 교육이 될 수 있다는 건 생각해 보지 못

하나. 한 사람의 인물에 대한 소문과 진실이 얼마나 다르다는 것, 사람은 누구나 일반이라는 것, 사랑은 자유롭다는 것, 행복은 주위 사람들의 시비에도 불구하고 당사자들의 의지로 창조할 수 있다는 것—이 많은 교훈을 난 말없이 다만 한 번의 행동으로서 만 사람에게 가르칠 수 있는 것이네. 학생들은 흔연히 이 교육을 받을 것이요. 그 인간적인 영향과 효과두 백 권의 수신서를 읽는 것보다 나으리. 자네들의 상식 이상으로 이것은 참으로 건전한 생각이라는 걸 알아 두게. 그리구 자네 내일부터 문학을 그만두게나. 문학은 인간 되자구 하는 것이지 심심파적으로 숭상하는 건 아니니까."

"자네의 귀에 아무리 경을 읽어야 소용있겠나. 벌써 굴레를 씌울 수 없는 뛰어난 말이니.—그럼 어서 행복될 도리나 설계하게나. 행여나 장래라두 내게 와 왜 그때 더 말려주지 않았던구 하구 뉘우치지나 말구."

준보의 굳은 결의에는 벽도도 하는 수 없이 한 수 꿀려 활을 거두는 것이었다. 충고는커녕 되려 톡톡히 설교를 받은 셈이 되어 얼떨떨한 심사를 금할 수 없는 모양이었다.

"다시 이 일엔 더 참견 말구 거리에서 쓸데없이 번설을 하구 노닥거리는 녀석이 있거든 그 비굴한 얼굴을 바라보면서 자네두 행여나 그런 유가 아닐꾸 하구 반성하구 슬퍼해 보게나."

그러나 벽도가 그 자리에서 그렇게 만만히 꿀렸다고 생각한 것은 준보의 오산이었다. 한 수 두 수 동무를 생각하는 그의 애정은 깊어서 충고의 손은 실에게까지 뻗쳤던 것이었다. 다음 날 밤 준보가 가게 이층에서 실을 만났을 때 웃음을 잊은 얼굴에 커다란 눈이 깜박거리지도 않고 동그랗게 노염을 품고 있었다.

"아이 분해."

혀를 차면서 웃입술이 갸웃이 삐뚤어지는 것이었다.

"어제 벽도씨가 제게 와서 무어란 줄 아세요."

"벽도가? 흠 적극적 활동을 시작한 모양이군."

"이 땅의 예술가 준보 죽이지 말라구요. 준보는 한 사람의 차지가 아니구 사회에 소속한 사람이라구요. 어이구 무서운 소리. 누가 선생을 후려차 가지구 먼 세상으로 내뺀단 말인가요. 제게로 오신다구 글 한 줄 못쓰게 되구 세상에서 매장을 당한단 말인가요. 모든 책임을 제게만 씌운단 말예요. 대체 그이가 무엇이게 우리들 일에 그렇게 발벗구 나서는 것일까요."

"근본은 착하구 정직한 사람인데 진정으로 생각해 준다는 것이 말이 원체 투박스러워서 그런 인상을 주게 되나 부우. 그래 뭐라구 대답했수."

"다짜고짜로 그 말인데 대답을 어떻게 해요. 거저 멍하니 입만 벌리구 있었죠. 선생의 건강이 염려되는데 각별히 내조의 공을 이루울 자신이 있느냐는 등. 제가 편지를 전문학교 교수보다구 잘 쓴다구 선생이 칭찬하셨다는데 그 정도의 교양에 안심해서는 안 된다는 등 별별 말이 많았어요. 거저 저 하나 죽일 사람됐죠. 거리에서 건둥거리는 보통여자로밖엔 알아주지 않는 것이 분해 못 견디겠어요."

"편지 잘 쓰는 건 잘 쓰는 거지 실력에두 에누리가 있을까. 이름만 전문학교 선생이랍시구 사실 편지 한 장 옳게 못쓰는 위인이 얼마나 많게. 웬일인지 난 그런 떳떳치 못한 조그만 사회적 사실에 대해서두 노여워지면서 항의하구 싶은 생각이 솟군 해요. 편지의 실력뿐이 아니라 당신이 일상 쓰는 말에 대해서두 그 아름다운 용어와 발음을 효과 있게 살리려구 비상한 주의와 노력을 하는 것을 난 무엇보다두 높게 평가하려구 해요. 내가 간혹 이상스런 형용사를 쓸 때 그것을 곧 되물어 가지구 기억하려구 하는 기특한 생각—세상 사람이 소홀히 여기구 주의할 줄 모르는 그런 조그만 각오에서부터 나날이 아름다운 생활은 창조되어 나간다구 생각해요. 벽도가 무어라구 하든지 간에 충분한 자신을 가져두 좋아요."

"일들두 없지 왜들 남의 일에 간섭인지 모르겠어요. 거 보세요. 세상이 시끄러우리라구 걱정했더니 아니나 다를까요."

준보의 위로로 실은 자신과 용기를 회복해 우울한 속에서 다시 웃음을 머금고 어느 날보다도 도리어 즐거운 밤이었으나 외부의 간섭은 그것으로 끝난 것은 아니었다. 거리의 소문은 해와 악의 테두리를 겹겹으로 더해서 두 사람을 둘러싸고 시끄러운 포위진을 각각으로 조여들었다. 몇 날이 건너지 못해 실은 한층 흥분된 표정으로 준보의 방문을 두드렸다. 커다란 눈이 깜박거리지 않고 조그만 입이 침묵하면서 잠시는 가제 온 신부같이 의자에 잠자코만 있었다.

"……오늘 길에서 옛날 동무 명주를 만났더니 또 그 소리를 하겠나요. 남편에게서 들었다는데 자기들 총중에선 죄다들 알구 화젯거리가 됐대요. 그 남편은 벽도씨에게서 들었다나요. 왜 그리 번설들일까요."

"놀랄 것두 없잖우. 세상이 한꺼번에 발끈 뒤집힌대두 이제야 겁날 것이 없는데."

"말이 우습잖아요.—제가 일반에게 그런 인상을 줘 뵈는지 너무 사치하니까 가정생활에 부적당하리라고요. 오래오래 원만하기를 기대하기가 어려우리라구요. 자기들보다두 몇 곱절 더 생각하구 각오를 가진 줄은 모르구 웬 아랑곳인지들 모르겠어요. 자기들보다 못한 사람인줄만 아나부죠."

"이 기회에 애무하게 남을 발가벗겨 놓구 멋대로들 난도질을 하는 모양이지."

"외딴 섬에나 가 살구 싶어요. 이렇게 시끄러울 줄 몰랐어요."

"불유쾌한 세상이구 귀찮은 인심이야.—우리 시나 한 줄 읽을까."

준보는 뒤숭숭한 잡념을 떨쳐버리려는 듯 애락하게 자리를 일어서서 실의 손을 이끌고 책장 앞으로 갔다.

"맘이 성가실 때는 시를 읽는 게 첫째라우. 난 벌써 여러 해째 그 습관을 지켜 오는데 세상에 시인같이 정직하구 착한 종족이 있을까. 그 외엔 모두 악한이요 도적인 것만 같아요. 시인의 목소리만이 성경과 같이 사람을 바로 인도하구 위로해 주거든요.—무얼 읽을까. 하이네? 셸리? 예이츠?"

책꽂이를 한층 한층 손가락으로 더듬더니 두둑한 책 한 권을 뽑아냈다.

"월먼은 어때요. 오래간만에 월먼을 읽어 볼까요. 예이츠들과는 다른 의미로 좋은 시인이죠. 그는 한 계급의 시인이 아니라 전 인류의 시인이에요. 아무와도 친하게 이야기하구 똑같이 사랑하는 가장 허물없는 스승이에요. 월트 월먼—인류가 아마두 예수 다음에 영원히 기억해야 할 꼭 하나의 이름이 이것이에요. 나는 그를 읽을 때 용기가 솟구 희망이 회복되군 해요."

"고요한 목소리로 한 구절 읽으세요. 눈을 감구 들어 볼게요."

준보가 앉은 의자 발밑에 실은 그대로 주저앉으면서 준보의 무릎에 손바닥을 놓고 그 위에 사붓이 얼굴을 얹었다. 준보가 야트막한 목소리로 천천히 임의의 구절구절을 낭독하기 시작할 때 실은 짜장 눈을 감고 시의 세상 속으로 이끌려 들어가는 것이었다.

"…………"

'태양이 그대를 버리지 않는 한 나는 그대를 버리지 않겠노라.

파도가 그대를 위해서 춤추기를 거절하고 나뭇잎이 그대를 위해서 속살거리기를 거절하지 않는 동안,

내 노래도 그대를 위해서 춤추고 속살거리기를 거절하지 않겠노라.

나는 그대에게 한 가지 약속을 하노라— 그대가 나를 만났기에 적당한 준비를 하기를 나는 요구하노라.

내가 올 때까지 성한 사람 되어 있기를 요구하노라.

그때까지 그대가 나를 잊지 않도록 나는 뜻 깊은 눈초리로 그대에게 인사하노라.'

"좋아요, 참 좋아요. 저를 위해서 쓴 것만 같아요. 어머니보다두 인자해요.—태양이 그대를 버리지 않는 한 나는 그대를 버리지 않겠노라. 저두 월면을 좀더 일찍 알았더면 더 행복스러웠을 것을요."

실은 얼굴을 벙긋이 들고 준보를 쳐다보면서 입안에 그득 젖을 머금은 어린아이와도 같이 행복스런 얼굴이었다. 준보는 실의 머리 위에 한 손을 얹고 페이지를 들척거렸다.

"월면을 가지게 된 것은 인류의 행복이예요. 까십만을 일삼는 거리의 소소리패들에게 월면을 읽혀 드렸으면 얼마나 좋을까요."

여인, 앉은 여인, 걷는 여인—혹은 늙고 혹은 젊고 젊은이는 아름다우나—늙은이는 젊은이보다 더 아름다워라.

"그의 눈에는 모든 것이 다 아름답구 고르구 평등하고 사랑스럽지 하나나 추하구 밉구 차별진 것이 있나요. 예수같이 인자하구 바다같이 관대해요. 또 한 수 여자를 노래한 것—."

나는 여성의 시인이며 동시에 남성의 시인이니라.

나는 말하노라, 여자 됨은 남자 됨과 같이 위대한 것이라고.

또 말하노라, 남자의 어머니 됨같이 위대한 것은 없노라고.

"더 읽으셔요. 자꾸자꾸 읽으셔요. 종일 들어두 싫지 않겠어요. 밥같이 암만 먹어두 싫지 않겠어요. 속세의 번거로움을 떨쳐버리구 월먼 한 권만을 가지구 단둘이 어딘지 모를 먼 고장에 가서 살 수 있다면 오죽이나 좋을까요."

하면서 한숨짓는 실의 목소리는 그대로가 한 구절의 시를 읽는 것과도 흡사했다.

'영웅이 이름을 날린대도 장군이 승전을 한대도 나는 그들을 부러워하지 않았노라.

대통령이 의자에 앉은 것도 부호가 큰 저택에 있는 것도 내게는 부럽지 않았노라.

그러나 사랑하는 사람들의 우정을 들을 때 평생 동안 곤란과 비방 속에서도 오래오래 변함없이 젊을 때에나 늙을 때에나 절조를 지키고 애정에 넘치고 충실했다는 것을 들을 때 그때 나는 머리를 숙이고 생각하노라.

부러워서 못 견디면서 황급히 그 자리를 떠나노라.'

독이 끝난 후까지도 실은 얼굴을 들려고 하지 않고 같은 자세로 무릎 위에 엎드리고 있는 것을 준보는 감동에 젖어 있는 것이거니만 생각한 것이 문득 머리를 드는 서슬에 눈에 어리운 눈물자국을 보고 가슴이 짜릿해졌다.

"왜 운단 말요."

책을 놓고 두 손으로 무릎 사이에 그의 얼굴을 받들어 끄으니, 실은 아이와도 같은 무심한 눈동자로 멍하니 준보를 쳐다본다.

"너무두 행복스러워서요. 월면의 시두 좋거니와 이렇게 선생님과 마주 앉아 시를 읽게 된 것이 얼마나 행복스러운지 아마두 한평생의 추억거리가 될 것에요. 세상에 가지가지 행복두 많겠지만 여기에 지나는 행복이 또 있을 것 같지는 않아요. 자꾸 울구만 싶어요."

하면서 다시 글썽글썽 눈물이 새로워지는 것을 보고는 준보는 거의 충동적으로 그의 얼굴을 가까이 잡아끌었다.

"이 행복감을 고이고이 길러서 언제까지든지 끌고 나갑시다. 세상의 장해가 아무리 크다구 하더래두 용감스럽게 그것을 뛰어 넘어갑시다. 그것이 꼭 하나 우리의 작정된 길이니까요."

손등으로 눈물을 훔치는 사랑하는 사람의 자태란 얼마나 아름다운 것 이었던가.

민주빈의 등장은 윤벽도의 그것과는 스스로 성질이 달러서 준보들의 마음속에 한 줄기의 빛을 던졌다고 하면 던졌을까. 신문의 지방판의 기사를 맡아 쓰고 있는 주빈은 그 직책의 성질과 준보들의 일건을 누구보다도 먼저 알고 있을 처지에 있으면서도 까딱 그 눈치를 보이지 않는 것은 은근한 그의 성격의 탓이라고 할까. 하긴 나두 사실 첨엔" 놀랐어요. 형이 그렇게 대담한 줄은 몰랐거든요.

그야 문학을 일삼으시니까 생각이 남보다는 다르시겠지만 결혼을 한대두 거저 무난하구 순결한 경우를 택하신 줄 알았지 이렇게 문제의 파도 속에 즐겨서 뛰어드실 줄을 몰랐어요."

주빈은 준보의 눈치를 보면서 신중하게 입을 열었다.

"순결이란 대체 무어요. 마음을 떠나서 순결만의 순결을 찾음은 뜻 없는 일이라구 생각해요. 참으로 훌륭한 마음 앞에는 몸의 희생쯤 문제가 아닐 것예요.─벽도의 말을 들으면 모두들 반대라는데."

"전 반드시 그렇지두 않습니다만. 모든 문제 다 깔아버리구 아름다운 이와 결혼한다는 다만 그 조건만으로두 좋지 않아요. 사람에겐 기질의 타입이 있다구 생각하는데, 가령 벽도군과 나와는 전연 대차적인 입장에 있는 것 같구 가깝다면 아마 내가 형과는 제일 근사한 타입일 것예요. 연애니 결혼이니 하는 것두 결국은 그의 그 성격의 타입이 작정하는 것이 아닐까요. 옥씨만한 인물과 미모라면 다른 조건 다 희생해두 좋구 말구요. 그 점에서 난 찬성이구 형의 그 자유로운 심정과 태도에 여러 가지로 반성되구 줏대없는 내 마음에 매질해 보군 했어요. 막상 내가 그런 경우에 처했다면 혹시 주저했을는지두 모르니까요. 마음의 자유대로 행동할 수 있구 행동해서 조금두 꺼리지 않는다는 것이 여간 장하구 존경할만한 일이 아니예요."

"형은 그렇게 말해두 대부분의 세상 사람들은 존경은커녕 얼마나 비웃는지 몰라요. 결국 난 세상을 아직두 퍽 야만스런 곳이라구 생각해요. 참으로 정직한 판단이 없이 편견과 말썽으로 부화뇌동하구 경솔하게 떠들썩하는 그런 버릇이 있어요. 세상이 그렇게 우매하다는 것과 내가 내 뜻을 존중히 하는 것과는 물론 별문제이지만."

준보는 주빈의 이해에 대해서 이렇게 대답하고 바로 며칠 전에 겪은 조그만 변을 문득 생각해 내면서 그것을 붙여 말하고 싶었다.

─준보는 벌써 거리낄 것 없이 실과 함께 거리를 걷고 교외로 산보 가는 것이었으나 그날 늦은 오후의 영화를 보고 관을 나오는 때였다. 빽빽이 쏟아지는 인총 사이에 피곤한 몸을 맡기고 제물에 행길로 밀려나와 골목을 벗어났을 즈음 두 사람은 어느 결엔지 뭇 시선의 대상이 되어 있음을 몰랐다.

그 많은 총중에서 왜 하필 유독 그들만이 무대 위의 배우같이 사람들의 눈을 끌었을까를 생각하면 불쾌하기 짝 없는 것이었으나 문득 귀익은 발음소리를 듣고 비로소 정신을 차린 두 사람이었다. 뒤편에서 웅얼웅얼 자기들의 이름을 외이는 것임을 알았다. 목소리는 점점 커지더니 드디어 또렷이 들릴 정도로 가까워졌다.

"아나. 저게 준보와 옥실이라네."

확실히 그렇게 들렸다. 그러나 그 자리로 경명하게 고개를 돌릴 수도 없어 모르는 체하고 걸어가는 동안에 그들의 회화는 두 사람을 둘러쌀 지경으로 요란해졌다.

"인전 제법 대담들 하지. 내로라구 보라는 듯이 끼구들 다니니."

"대담한지 철면핀지 모르겠네. 허구많은 경우 다 두고 왜들 하필 세상을 이렇게 떠들썩하게 해놀꾸."

"남이야 아무러거나 말거나 왜들 떠들썩들 하라나, 떠들썩하는 편이 어리석지, 남이야 아무 멋을 부리건 말건."

두 사람을 옹호하는 듯하면서도 기실 악질의 야유인 것을 쉽사리 느낄 수 있었다.

"옥실이와 준보가 결혼을 할 테면 하랬지 뭐가 어떻게 됐단 말인가. 음악가와 소설가이기로서니 그렇게 법석들을 할 법이야 있나."

두 사람의 이름을 커다랗게 외치면서 옆을 스치는 후리후리한 청년을 옆 눈으로 보았을 때 준보는 문득 피가 용솟음치면서 눈이 화끈 달았다.

청년도 흘끗 두 사람을 곁눈질하더니 즉시 자기들끼리만의 의미를 가진 복잡한 미소를 띠었다.

"다정다한한 남녀들이라 미상불 부럽기두 해. 세상을 한번 요란하게 하는 것두 자랑스런 일이 아닌가."

"조롱과 야유에 넘치는 그 말에 준보는 드디어 견딜 수 없어서,

버릇없는 것들."

하고 몸을 불끈 솟구었으나 실이 민첩하게 팔을 붙들어 끌면서,

"참으세요. 그들에게두 말의 자유가 있잖아요. 우리에게 행동의 자유가 있듯이."

하고 도리어 길옆으로 피해 서는 동안에 소소리패는 여전히 고개를 흘끗들 거리면서 두 사람을 스쳐 지나고 말았다.

이상스러운 것은 준보는 순간 눈앞이 화끈 다는 듯하더니, 웬일인지 금시 노염이 풀리면서 실의 손목을 꼭 쥐게 된 것이었다. 그의 유유한 마음씨에 감동하고 냉정한 이지에 경의를 표하고 싶었던 것이다. 실의 원만한 인격으로 말미암아 그 시각으로 외부의 수난쯤은 솔곳이 잊어버리게 된 것을 준보는 더없이 행복스런 것으로 여겼다. 실과의 행복 앞에서는 버릇없는 후리후리한 청년도 세상의 야유도 조롱도 그림자가 흐려지면서 먼 곳으로 비슬비슬 멀이지는 것이었다—.

주빈은 가느다란 눈 가장자리에 주름을 잡으면서 그 조그만 에피소드를 듣고 나더니,

"그러나 세상이란 완고한 것 같다가두 실상은 의외로 무른 것예요. 결국 가장 세인 것은 개인의 의지라구 생각해요. 거저 내 뜻대로 나가는 것—그것이 제일 좋은 방법이요 훌륭한 태도죠. 청년들에게 야유를 당한 후에 즉시 사랑의 행복을 느낀 것을 생각해 봐요. 그 행복 이상으로 값나갈 무엇이 세상에 있겠나를."

"의론한 법두 없구 내 일 나 혼자 처리하려구 하는데 모두 괜히 한몫씩 참여하려구들 드는구료. 끝까지 세상과 싸워 볼 작정이예요. 필경 누가 못 배겨나나 보게."

"하긴 벽도군은 서울로 원병을 청하러 갔다나요. 혼자 힘으론 부

치니까 서울의 동무를 죄다 역설해서 일대 반대운동을 일으키겠다구. 샅바끈을 단단히 졸라매셔요. 괜히 까딱하다 넘어지지 말게요."

또 새로운 소식에 준보는 귀가 뜨이면서 주빈의 괴덕스런 목소리로 자연 웃음이 터져 나왔다.

"벽도두 열정가야. 동무를 진정으로 위한다면 그만한 뱔은 있어야지. ―세상은 재미있는걸. 점점 재미있어 가는걸. 사람들은 이 맛에 사는 것이 아닐까."

주빈이 전한 말이 헛소리가 아님은 그가 다녀간 지 이틀 만에 준보는 서울서 온 의외의 편지 한 장을 받게 된 것이었다. 준보가 기왕부터 알고 있는 한 사람의 직업여성으로부터 온 충고의 편지였으니 그것이 벽도의 원병운동의 제일착의 첫소리였던 셈이다. 아미도 벽도가 술을 먹으러 가서 비분한 장광설을 한 결과 사연을 듣게 된 그가 동감찬성하고 드디어 편지를 띄운 것이라고 추측되었다. 서면은 대단한 달필로 여러 장을 들여서 준보의 생각이 미흡하고 행동이 그릇되었음을 지적한 것이었다. ―현재의 쓸쓸한 심경을 살필 수는 있지만 평생의 중대사를 어떻게 그렇게 소홀히 작정하느냐―소중한 몸을 아낄 줄 모르구 왜 그리 천하게 굴리느냐 ― 당신 마음을 그토록 댕긴 그 여자의 매력을 미워해야 할는지 존경해야 할는지 모르겠다. 동무들이 대단히 걱정하는걸. 민망해서 볼 수 없다. ―이 자리로래두 뛰어가서 만류하구 싶으나 먼 길에 그럴 수두 없으니 두 번 세 번 신중히 생각해서 처리해라⋯⋯.

대강 이런 뜻의 걱정을 적었는데 웬일인지 황겁지겁 설렌 듯한 그의 자태가 눈앞에 보여 오는 것 같아서 준보는 픽 웃어 버렸다.

"괜히들 설레누나. 공연히 필요 이상으로 안달들이구나. 세상이 금시 뒤집힌 거나 같이."

준보야말로 그 원래의 간섭을 미워해야 할는지 존경해야 할는지 모르면서 반천리길이나 일부러 가서 겨우 그런 졸병을 통해서 첫 화살을 보내게 한 벽도의 수고가 또 한 번 생각났다. 편지를 그대로 꾸깃꾸깃해서 휴지통에 넣으려다가 준보는 문득 돌려 생각하고 다시 편지를 곱게 펴들었다.

"이대로 두었다가 실에게 보이자. 그의 감회가 어떤지 누구의 태도가 더 의젓한지 달아나 보나."

편지를 보고 실은 그다지 분개도 하지 않고 도리어 허물없는 웃음을 띠었다.

"글두 명문이구 글씨두 잘 썼구.—그러나 웬 아랑곳일까 주제넘게. 그 여자의 매력이라니 다 무어야 망측하게."

웃는 것은 마음으로부터 웃는 것은 아니었다. 역시 한 줄기 섭섭한 감정이 그의 눈썹 위에 흐르고 있음을 보고 준보는 그런 것을 보인 것이 뉘우쳐도 졌다.

"자꾸만 이렇게 반대들이 일어나면 필경은 곰곰이 반성하시구 제가 싫어지겠죠. 아무리 굳은 마음인들 왜 주위의 지배를 안 받겠어요."

"쓸데없는 소리 또 한다. 그러라구 편지를 뵈었던가. 그 자리로 찢어버리구 안 뵈일 수두 있었는데."

"이대로 솔곳이 죽구만 싶어요. 행복스런 동안에 죽어 버리는 것이 제일 아름다울 것 같아요. 앞으로 또 무엇이 올까를 생각하면 진저리가 나요."

"되레 고소해 하는 것들 많게. 그것들 보기 싫어서두 오래 살아야 하잖우. 소문두 한때지 언제까지나 남을 쫓아오겠수, 마음을 크게 담차게 먹어요."

준보도 사실 가끔 마음의 평온함을 잃곤 했으나 실의 앞에서는 또 의젓하게 그를 격려하고 위로하는 입장에 서지 않으면 안 되었다. 월면의 시집을 찾아내서 다시 읽기도 하고 서투른 피아노의 합주를 하기도 하고 말없이 의자에 앉고 실은 그 무릎 아래에 앉아서 손을 마주잡고 어느 때 까지나 그 소박한 행복감에 잠기기도 했다.

거리의 소문은 언제면 완전히 꺼져 버리려는지 주일이 거듭되고 달이 넘어도 조그만 도전과 걱정거리는 삐지 않았다. 준보가 학교에서 별안간 요란스럽게 울리는 수화기를 잡으면 면목은 있으나 그다지 귀 익지 않은 여자의 목소리가 두 사람의 사건을 비웃는 듯 야유해 왔고 거리에서 간혹 동무들과 술좌석을 같이 하면 입술을 비죽들 기리면서 누구나 한 촉의 화살을 준보에게 던지려고 대기하고 있는 것이었다. 그들을 둘러싸고 있는 그런 험악하고 적의에 넘치고 있는 분위기 속에서 마음은 도리어 단련되고 굳어져 가는 것도 사실이었다. 누가 못 견디나 보자 하는 앙심이 생기면서 사면초가의 외로운 속에서 끝까지 항거해 보려는 결의가 솟을 뿐이었다.

보라는 듯이 떳떳이 거리를 다니고 교외를 소요하는 심정 속에도 그런 대항의식이 숨어 있다고도 하지 않을 수 없었다. 고집스럽게 바라들 보고 빈정거리는 사람들의 시선들을 목석같이 무시해 버리고 두 사람은 두 사람만의 길을 꼿꼿이 걸었다. 두 사람만의 세계를 그렇게 성벽같이 주위와 구별해서 지키면서 그것으로서 도리어 밖 세상까지 또 지배하려고 함은 행복스런 일이었다. 그 성벽 속에서는 단 두 사람만의 세계이므로 사랑과 이해는 한층 굳어져 가고 밖 세상을 지배하려 함에는 커다란 자랑과 교만이 상반하는 까닭이었다. 내 몸의 실력이 충실할 때 밖에 대해 교만함은 유쾌한 일이다. 그 내면에서 솟아 나오는 유쾌한 느낌을 지우고 보충하려는 것이었다.

산속 길을 걸으며 낙엽을 밟고 강을 굽어보고 짙어가는 가을을 관상할 때 실은 다시 장래의 생활설계를 치밀하게 세웠다. 하루에 몇 시간씩 책 읽고 음악 연습하고 아이들을 지도하겠다는 것, 찻그릇은 어떤 것을 쓰고 요리는 어떻게 만들겠다는 것까지를 찬찬히 계획했다. 그렇게 희망에 넘치는 실의 얼굴은 또 어느 때보다도 빛나고 아름다운 것이었다.

"세상이 정 시끄럽구 말썽이거든 우리 촌에 나가 염소나 기르구 닭이나 쳐요, 네."

실은 이런 제의도 또한 기특하고 아름다운 것이다. 여자의 포부와 각오가 항상 더 원대하고 굳은 것일까.

"좋구 말구. 속세에 그렇게 연연해 할 것두 없는데 남은 반생을 차라리 전원의 목가 속에서 살 수 있다면 그 역 좋구 말구요."

"소와 돼지까지를 기를 수 있다면 더욱 좋겠어요. 일년 먹을 햄을 맨들어 두구 소는 젖을 짜구요. 소가 잘되면 버터 제조업을 시작해두 좋죠. 집에서 손수 버터를 맨들어 먹을 수 있는 처지— 전 이걸 인간생활의 최대의 이상이라구 생각하구 있어요."

"어디 이상을 실현해 봅시다 그려. 과히 어렵지 않다면야."

가랑잎이 발아래에 요란스럽게 울리는 수풀 사이에서 헌칠한 나뭇가지 너머로 푸른 강물을 내려다보고 그 너머 마을의 인가들을 세이면서 전원의 명상에 잠김은 그것이 실현되든 안 되든 단지 그것만으로도 행복스러웠다.

초가을부터 시작된 두 사람의 사이는 두어 달을 지나는 동안에 모든 장해를 넘어 더욱 깊어가서 흡사 시절의 걸음과 발을 맞추려는 듯도 했다.

시절이 깊어 가면 갈수록 영혼들도 맑아가고 그 열정을 가다듬어 갔다. 날이 으슬으슬해 가고 공기가 차감을 따라 산속을 거니는 날이 적어지고 방 속에서 꿈과 설계에 빠지는 날이 늘어갔다. 첫서리가 허옇게 내려 땅을 덮은 날 실은 조금 조급하게 설렜다.

"정신없이 늑장을 대구 있느라고 이 옷주제 좀 보세요. 거리에선 벌써들 겨울옷들을 입기 시작했는데 아직두 이게 첫가을의 차림 아녜요. 옷벌이란 옷벌은 전부 동경에 두었거든요. 얼른 가서 첫째, 옷을 가져와야겠어요."

"그렇소. 지금 남은 일은 꼭 한 가지밖엔 없소.—얼른 동경 들어가서 짐을 가지구 나올 것."

"참으로 무서운 변화예요. 다시 들어가 공부를 계속할 줄 알았지 누가 짐을 꾸리게 될 줄 알았던가요. 여름휴가로 나왔다가 꼭 두 달 동안에 이 기적이 오구 말았어요."

"되려 섭섭한 것두 같죠. 커다란 변화란 아무리 그것이 행복된 것이래 두 한 줄기 섭섭한 느낌을 주는 법인데."

"짐이 좀 많아요. 피아노, 축음기, 의장, 침대, 옷, 레코드, 책. 옳게 꾸려서 부치려면 아마두 두 주일은 걸릴 것예요. 두 주일 동안 안녕하시구 그리구 —한눈 파시지 마세요."

언제나 그것이 걱정인 모양이었다. 준보는 번번이 그것을 대답하기가 실없어서 눈에 웃음을 머금고 실의 귓불을 짐긋이 끌어당겼다.

"이 걱정쟁이 같으니 누굴 칠면조나 카멜레온으로 아나 부다."

"저 없는 동안에 모두들 충충대서 마음을 변하게 하문 어떻게 해요. 정말 걱정예요.—전 그렇게 되면 죽을걸요. 뭘."

"어서 내 염려 말구 당신 마음의 고삐나 든든히 잡아 둬요. 행여나 대중없이 노여나지나 말게."

"인제 그만둬요 그런 소리. 듣기만 해두 소름이 끼쳐요."

지난 두 달 동안의 변화와 수많은 굴곡을—행복과 불행의 가지가지를 반성하면서 벌써 그것이 과거가 되고 추억이 된 것이 신기해서 견딜 수 없었다 뭇 인물들의 . 왕래와 미묘한 인심까지를 아울러 생각할 때 두 사람이 꾸며 놓은 그 조그만 한 폭의 역사가 또한 인간생활의 장한 한 페이지로 여겨졌다. 그 한 폭을 주초로 하고 앞날의 발전이 훤하게 내다보이는 것이 두 사람의 마음을 한량없이 밝게 해주었다. 스스로의 운명을 스스로들 개척해 가는 용기 앞에는 하나의 확고한 결정이 있을 뿐이었다. 미래에 속하되 미래가 아닌 결정이었다.

삼한이 풀리고 사온이 시작되는 날 드디어 실은 동경으로 길을 떠나게 되었다.

날마다 학교로 오는 전화가 그날은 특별히 아침 일찍이 왔다.

"오늘 떠나게 될는지도 모르겠어요. 안녕히 계셔요."

실은 역에서 보냄을 받기를 좋아하지 않는 성질에 떠나는 날짜의 결정을 언제나 확적히 작정하지 않고 흐려오던 것이었다. 세상에 작별같이 마음 성가신 일이 없어서 역에서 마주보고 눈들을 붉히면 도저히 떠날 용기가 생기지 않는다는 것이었다. 언제나 떠나게 되면 말없이 가만히 떠나겠다고 하던 것을 생각하고 그날 아침 전화로 준보는 혹시 이날이 아닌가 설레면서 물었다.

"몇 시에 떠난단 말요. 몇 시에."

"모르겠어요. 떠날지 안 떠날지 모르겠어요. 아이들 데리구 얼마나 고생하시겠어요. 제발 몸 주의하세요. 병원에 자주 다니시구 많이 잡수시구요. 제발, 제발 건강하세요."

열 번 백 번 듣는 이 몸에 대한 주의가 번번이 마음을 울리는 것이었다.

조급하게 차 시간을 거듭 묻고 되물었으나 종시 대답이 없는 전화는 끊어졌다.

떠나도 필연코 밤이려니 생각하고 준보는 학교를 일찍이 나와 그를 보낼 약간의 준비를 갖추어 가지고 저녁 무렵은 되어 가게로 전화를 거니 그의 언니의 대답이 이미 세 시 차로 떠났다는 것이었다. 준보는 한참이나 우두커니 서서 실망이 컸으나 생각하면 실의 말마따나 그 편이 도리어 성가시지 않고 개운하거니 하고 마음을 눅여도 보았다.

밤에 가게로 내려가니 언니는 금시 장난을 하고 난 아이같이 빙그레 웃으면서 말했다.

"기어코 가만히 떠나고 말았어요. 그 애 성질이 원래 그래요. 여럿이 나가면 결국 울구불구해서 못 떠나구 만답니다. 잠시 적적은 하시겠으나 그 동안 건강하실 테니 되레 안심이라구 기뻐두 해요. 서울 가서 제 심부름을 보군 바로 동경 들어가기로 했어요. 서울서나 동경서 장거리 전화를 걸겠다구요."

"이젠 전화나 기다리는 수밖엔요. 무사하게나 다녀온다면 더 바랄 것이 없죠. 날짜의 길흉을 몹시 가리더니 오늘이 그럼 대안날인가요."

"그렇답니다. 삼벽 대안이에요. 이것 보셔요."

하면서 가리키는 벽의 괘력을 바라보니 조그만 글자가 그렇게 짐작되었다.

"떠나두 대안, 돌아와두 대안, 대안날 제발 무사태평하구 만사형통 하소서."

축원의 말을 마음속에 외이면서 준보는 두 주일 동안 만나지 못할 실의 자태를 머릿속에 떠올려 보았다. 달덩어리같이 휜한 얼굴과 포도알 같이 맑은 눈이 분명하게 뚜렷이 떠올랐다. 맑은 목소리가 아울러 귀에 울려왔다.

"……제발 몸 주의하세요. 병원에 자주 다니시구 많이 잡수시구요. 제발, 제발 건강하세요."

실은 육체와 영혼의 한 방울 한 방울이 한 점 빈틈없이 준보의 속에 그대로 살아 있었다. 준보는 그것을 마음과 육체를 가지고 역력히 느끼는 것이었다.